PAPIER FRESSERCHEN
MTM-VERLAG
DIE BÜCHER MIT DEM DRACHEN

Impressum:

Alle Personen und Handlungen des Buches sind frei erfunden. Ähnlichkeiten mit lebenden oder verstorbenen Personen sind zufällig und nicht beabsichtigt.

Besuchen Sie uns im Internet:
www.papierfresserchen.eu

Mühlstraße 10, 88085 Langenargen

info@papierfresserchen.de

Erstauflage 2025

Das Cover wurde mithilfe Künstlicher Intelligenz (Midjourney) erstellt.

Die Beschreibungen für das Bild stammen vom Herausgeber.

Druck: KDP Amazon

ISBN: 978-3-99051-392-7 - Taschenbuch
ISBN: 978-3-99051-393-4 - E-Book

Fantastisch gute Kindergeschichten

Band 4

Magische Abenteuer mit Humor und Nervenkitzel

Ein Buch geht um die Welt

Thorsten E. Meier (Hrsg.)

Inhalt

Autorinnen + Autoren

Abubak
Addie
Aikaterini Vorila
Aino Bach
Alexandra Elizabeth Barski
Alice Peters
Ana Cirja
Anaïs Ouattara
Anastasia Hartmann
Andrej
Anouk Feseha
Aya Al Najjar
Berenike Sinnig
Bernhard Stanislowski
Celina
Charlotte Köhler
Clemens
Cora Muñoz Wenk
Devrim Uzatmaz
Diana Bär
Ella
Emilia
Emilia Köhler
Enuar Jusufi

Erik Hartmann
Eva Fischer
Ewa von Rohden
Finja
Finn Dvalin Ilmmer
Flavia Tonte
Frieda Marie Böttcher
Giuliana
Hannah G.
Helena Gödecke
Helene Gans
Henry
Henry Schelle
Ida
Isabella Goebel
Janne
Jay
Johanna
Jonathan
Josefine Riest
Jouline Müller
Julia
Larissa
Léa Amaro Ferronha
Leni Kühl
Lennard M.
Lennard T.
Luna
Luzia Krannich
Magdalena
Mahmoud
Marie
Mariia
Marlon
Martha Gökeler
Mateusz Osuch
Matthis
Max
Maximilian Welk
Melek Avar
Mila
Mila Elflein
Milena Cirja
Mira
Nella Weber
Neo
Nhi
Nico
Patricia
Paulina
Pauline Schläger
Per
Rafael Cardoso Fonseca
Raphael
Rawin
Rebecca Reena
Ryan Hentschel
Sandrina
Sarah Liv Rademacher
Sayumi Heitmann
Selina
Semina Eminovic
Shawn
Shenandoah Fruth
Sophia Belkoura
Sophie
Theo
Theodor
Thilo
Tilon
Tori Kriss
Victoria
Vivien Schiga
Werner
Yahnet Kahase

Die neuen Schreibwettbewerbe

Die geheime Tür

Was würdest du tun, wenn du eine geheime Tür in deinem Klassenzimmer findest? Oder bei dir zu Hause? Wohin führt die Tür? Und welches Abenteuer erwartet dich dahinter? Wir sind sicher, dass hinter jeder Tür ein Abenteuer beginnen kann. Schreibe deine spannendste oder magischste Geschichte rund um deine geheime Tür, die dich in andere Welten bringt. Das kannst du einreichen:

- Märchen
- Gedichte
- Erzählungen
- Kurzgeschichten
- Selbst gemalte Bilder

Einsendeschluss für alle Texte ist am 1. November 2025.

Die Waldzeitung

„Man wird über uns in der Zeitung schreiben!“, rief eine Elster, während sie lautlos von Ast zu Ast glitt. „Über die besten Tiere und Vögel!“

Sie hielt einen Moment inne und glättete ihr Gefieder, dann flog sie weiter und im ganzen Wald war zu hören: „Man schreibt sicher über mich, den zartesten und elegantesten Vogel! Über mich! Über mich! Über mich …!“

Die anderen Waldbewohner freuten sich. Wer will schließlich nicht in die Zeitung kommen? Also versammelten sie sich an einer Lichtung, um zu überlegen, über wen man schreiben würde.

„Natürlich über mich“, war sich der Fuchs sicher. „Schaut mal, was ich für einen schönen, buschigen Schwanz habe! Mir hat der Igel sogar zum Winter eine samtige Weste genäht! Ich bin der Schönste im ganzen Wald!“

Doch als der Fuchs dachte, dass er alle Tiere mit seiner Präsentation überzeugt hatte, kam der Hase aus der Ansammlung gehüpft. „Seht mal, wie geschickt ich bin und wie gut ich springen kann!“, meinte er und zeigte einige Sprünge. Er sprang über Aststämme und huschte im Zickzack zwischen den Bäumen hindurch.

Die Tiere stimmten zu, dass der Hase gut springen konnte, nur die Eichhörnchen wurden traurig. Also sprangen sie schnell über die Rinde eines Baumes in die Baumkrone und von dort zum nächsten Baum. „Der Hase kann nur in die Weite springen, während wir auch ganz weit oben springen können. Man wird über uns in der Zeitung schreiben!“, riefen sie im Flug.

Nun fingen auch die anderen Tiere an, mit ihren Fähigkeiten anzugeben. Die Frösche sprangen auf einem Baumstumpf auf und ab, der Waschbär fing an, mit seinen kräftigen Gliedmaßen ein tiefes Loch zu graben, und der Bär versuchte, einen Baum zu entwurzeln.

In diesem Chaos merkte man nicht gleich, dass über einen kleinen Waldweg der Igel trippelte, einen Besen in der Hand hielt und kehrte. Verwundert fragten ihn die anderen: „Was machst du denn?“

„Ich mache Ordnung im Wald“, sagte der Igel, „Ich kehre die Straßen, beseitige den Müll der – wie heißen sie noch mal? Ach ja, stimmt – der Menschen.“ Etwas außer Atem ging er weiter. Still wurden die Tiere und fingen an zu überlegen. Der Igel hatte recht. Auf dem Weg lag vieles: kaputte Äste, ein Haufen Laub, aber auch das wahrscheinlich Schlimmste: Müll, Plastikbecher, Masken und Plastiktüten.

„Vielleicht sollten wir dem Igel helfen!“, schlugen die Mäuse vor und alle waren einverstanden. Die Mäuse und Eichhörnchen sammelten kleine Reste ein, die Hasen etwas größere Verpackungen und kleine

Äste und der Bär nahm einen ganzen Baum, der auf dem Weg lag, und zog ihn mit Leichtigkeit zur Seite.

Die Frösche befreiten einen Teich von dem ganzen Dreck und Müll, der sich mit der Zeit auf dem Wasser abgelagert hatte.

Nur der Fuchs war nicht begeistert. Er wischte nur vereinzelt mit dem Schwanz hinter den Fröschen her und kehrte.

Jeder hatte etwas zu tun. Die Biber schlugen sogar einige Holzstämme zusammen, sodass sich ein Mülleimer bildete, damit die Leute ihn in Zukunft benutzen konnten und nicht mehr den Boden.

Plötzlich sahen die Tiere zwei Leute: Ein Mann und ein Junge gingen den Waldweg entlang. Der Junge hatte einen Fotoapparat um den Hals. „Guten Tag, wir sind Journalisten von der Zeitung, und wir wollen über euch und euren Wald schreiben“, sagte der Mann und redete gleich weiter: „Wie schön, dass ihr den Wald pflegt! Mateo, mache

doch bitte ein Foto von allen Tieren zusammen. Wir werden mehrere Sonderbände zu diesem Thema erstellen."

„Über wen werden sie denn jetzt schreiben?", fragte die Elster aufdringlich. „Wahrscheinlich über die besten Tiere", drängelte sie weiter.

„Ja", sagte der Mann, „über die besten. Über euch alle! Denn nur die besten Tiere achten dermaßen auf ihren Wald. Und wir Menschen sollten uns daran ein Beispiel nehmen."

***Erik Hartmann** geht derzeit in die 5. Klasse. Er hat viele Interessen und Hobbys: Eiskunstlauf, Zaubern, die Natur erforschen, Harry Potter lesen und auch Geschichten schreiben. Seine ältere Schwester Anastasia Hartmann hat für ihn die Zeichnungen zur Illustration der Geschichte beigesteuert.*

Reise in die Schlucht des Verderbens

Kapitel 1: Der Beginn eines Abenteuers

Ihr wollt eine Geschichte hören? Gut, ich erzähle sie euch. Diese Geschichte ist wirklich passiert, doch keiner kennt sie, denn keiner außer mir war dabei …

Es war ein schöner Sonntagmorgen im Feldtal. Überall säumten Obstbäume die Wege und die Seen glitzerten im Licht. Ich, Bernax, saß in meinem Haus und las ein Buch. Heute war mein freier Tag und ich konnte mich entspannen. Auf einmal hörte ich ein Klopfen an der Tür. Wer konnte das sein? Ich erwartete keinen Besuch.

Als ich die Tür öffnete, traute ich meinen Augen kaum. Vor mir stand ein Zauberer mit langem, weißem Bart, schwarzem Gewand und einem braunen Hut. Zwei Sauriocephalen (Sauriermenschen) flankierten ihn. Sie waren grün, trugen schwere Äxte und hatten einen Saurierkopf auf einem Menschenkörper.

„Wir müssen los", sprach der Zauberer, „hilf uns, den Schlangenlord aufzuhalten."

„Wer ist der Schlangenlord?", fragte ich.

„Vor vielen Jahren", begann der Zauberer, „wollte der Schlangenlord mit seinen Wölfen die Welt erobern. Mit viel Mühe gelang es uns, ihn zu besiegen, doch jetzt ist er zurück."

„Warum eigentlich ich?", rief ich, „Ich bin viel zu klein."

„Du bist der Auserwählte. Ich, der große Haldenrand, sehe das Gute in dir", sprach der Zauberer, „doch du kannst dich auch zurücklehnen und zusehen, wie die Welt untergeht. Der Schlangenlord wird auch hier ankommen."

„Also gut, ich komme mit", sprach ich, „aber ich bin mir sicher, dass das eine Verwechslung ist."

Und so verließ ich mein Dorf und begann das wohl größte Abenteuer meines Lebens.

Kapitel 2: Die verlassene Stadt

„Wann sind wir endlich da?“, fragte ich. Wir waren lange gelaufen und ich war müde.

„Bald“, antwortete Haldenrand, „aber ich werde später ankommen, denn ich werde die Machenschaften des Schlangenlords auskundschaften.“ Und mit diesen Worten verwandelte er sich in eine Eule und flog davon.

„Komm, dort ist die Stadt. Ich bin übrigens Snafgral und das ist mein Freund Sorox“, sprach der größere Sauriocephale auf einmal.

Als wir endlich in der Stadt eintrafen, wunderte ich mich: „Wo sind denn die ganzen Leute?“

„Sie sind aus Angst vor dem Schlangenlord geflohen. Schau! Dort hinten ist ein guter Lagerplatz!“, antwortete Snafgral.

Unser Nachtlager war neben einem alten Wachturm. Irgendwie war mir bei seinem Anblick nicht wohl zumute. Trotzdem legte ich mich schlafen. Doch zu diesem sollte es nicht mehr kommen …

In der Nacht vernahm ich plötzlich ein Geräusch aus dem Turm. Dieser sah im Mondlicht noch schauerlicher aus. Riesige Teile des Mauerwerks fehlten. Ich hatte Angst, doch meine Neugier siegte. Ich schulterte mein Schwert und betrat die Ruine. Es roch modrig. Überall waren Staub und Spinnenweben. Meine Eingeweide zogen sich zusammen.

Doch das Schlimmste war: Im Raum stand eine Gestalt. Das fahle Mondlicht ließ sie noch gruseliger wirken. Sie trug einen dunklen Kapuzenmantel und hatte mir den Rücken zugewandt. Ich packte mein Schwert fester.

Auf einmal drehte die Gestalt sich um. Ihre Haut glänzte silbern und ihr Gesicht war mit Narben entstellt. Überall krochen Schlangen hervor. „Ich werde dich töten“, zischte sie.

Auf einmal ertönte ein Zauberspruch: „Verschwindex!“

„Torerex!“, erwiderte die Gestalt. Ein Knall ertönte. Die Gestalt war verschwunden.

„Meine schlimmsten Befürchtungen haben sich bestätigt“, sprach Haldenrand mit sorgenvoller Stimme, „Der Schlangenlord hat uns gefunden. Weck die anderen, wir müssen fliehen!“

Kapitel 3: Der Hinterhalt

Der nächste Teil des Weges verlief ohne Zwischenfälle. Langsam wurde es dunkel. Wir waren den ganzen Tag auf der Flucht vor dem Schlangenlord gelaufen. Doch nun vermuteten wir, dass wir ihn abgehängt hatten. Wir waren in einem dunklen Wald angekommen. Ich spürte etwas Seltsames an diesem Ort, denn die Bäume hatten keine Blätter und an ihren Stämmen waren Kratzspuren zu erkennen.

„Hier ruhen wir uns aus", sprach Haldenrand. „Wir müssen am nächsten Tag fit sein, wenn wir die Schlucht des Verderbens erreichen wollen."

In dieser Nacht bemerkte ich Schatten, die sich an den Bäumen bewegten. Langsam schlich ich auf sie zu, als eine der Gestalten sich plötzlich umdrehte. „Sorox? Was machst Du denn hier?"

„Wir wollten dem Schlangenlord eine Falle stellen, falls er wieder hier auftaucht", antwortete Sorox.

Auf einmal hörten wir ein Jaulen. Es war sehr nah. Plötzlich sprangen Hunde zwischen den Bäumen hervor. „Vorsicht! Das könnten Gestaltumwandler sein", warnte Haldenrand.

Bei diesen Worten verwandelten sich die Hunde in Wölfe, die uns ansprangen. Nun schritten auch Wölfe mit Spinnenbeinen aus dem Dickicht hervor.

„Ein Hinterhalt!", rief ich.

„Flieht!", rief Haldenrand. „Ich werde sie aufhalten."

„Ich helfe dir!", rief ich und attackierte einen der Wölfe mit dem Schwert. Sofort floh er. Auch die Sauriocephalen waren bereit für den Kampf. Doch es kamen immer mehr Wölfe. Verzweifelt rief Haldenrand einen Schutzschild hervor. Wir nutzten diese Gelegenheit, um zu fliehen.

Kapitel 4: Die Schlucht des Verderbens

Wir schafften es unbehelligt in die Schlucht des Verderbens. Da bemerkte ich eine verschlossene Tür. Sofort hackten wir mit unseren Waffen auf sie ein, doch die Tür öffnete sich nicht.

„Diese Pforte muss mit einem seltsamen Zauber geschützt sein!", bemerkte ich.

„Wie wäre es, wenn ich euch helfe?", sprach eine Stimme, die mir sehr vertraut vorkam. Hinter uns stand Haldenrand. Wir hatten gar nicht bemerkt, dass er wieder aufgetaucht war.

„Explodrax!“, rief er.

Ein lauter Knall erklang und die Tür war offen. Die Wölfe, die sich im Raum befunden hatten, flohen. Der Schlangenlord stand nun ganz alleine da. Er war noch schrecklicher, als ich ihn mir vorgestellt hatte, denn sein Gesicht war eine hässliche Fratze mit blutunterlaufenen Augen. Sofort stürmte Haldenrand mit erhobenem Zauberstab auf ihn los. Die beiden verstrickten sich in ein Zauberduell. Währenddessen schlich ich um den Schlangenlord herum. Auf einmal hielten die Kämpfenden inne. Durch zwei aufeinandergeprallte Zaubersprüche hatte sich ein Portal gebildet. Der Schlangenlord nutzte die Gelegenheit und trat Haldenrands Zauberstab gegen die Wand. Der Fiesling würde ihn wahrscheinlich töten. Doch ich hatte mich hinter den Schlangenlord geschlichen und sprang auf ihn zu. Ich hörte den Unhold noch ein „Neeein!“, schreien, bevor sich das Portal, in das ich ihn gestürzt hatte, für immer schloss.

„Siehst du? Du hast die Welt und mich gerettet. Ich habe nie an deinen Fähigkeiten gezweifelt“, sprach Haldenrand.

Nun konnte ich endlich in mein Dorf zurückkehren. Von dem Schlangenlord habe ich nie wieder etwas gehört. Haldenrand und ich sind inzwischen gute Freunde geworden. Dies ist meine Geschichte.

Mein Name ist ***Bernhard Stanislowski.*** *Ich bin zwölf Jahre alt und lebe mit meinen Drillingsbrüdern in Isernhagen (Niedersachsen). Ich besuche die sechste Klasse im Gymnasium Isernhagen und ich schreibe sehr gerne Geschichten.*

Kein Käse, kein Mond

Es war einmal in der Zukunft eine Mutter, sie hieß Frau Müller, ihr Mann hieß Herr Schlaumeier. Sie waren Eltern von 150 Kindern und alle waren Zwillinge. Das coolste an den Eltern war, dass Herr Schlaumeier zwölf Arme und Frau Müller sechs Arme hatte und beide hatten drei Augen. Aber das war noch nicht alles, die Eltern hatten grüne und die Kinder blaue Haut. Das war aber echt krass! Herr Schlaumeier konnte fliegen wie ein schöner Papagei. Und Frau Müller hing sich oft an eine Wolke wie eine Fledermaus. Die Eltern und die Kinder lebten nicht auf der Erde, sondern auf dem Mond. Die Kinder redeten nicht, sondern sie miauten, aber obwohl die Kinder miauten, sahen sie wie Pferde aus. Die Eltern sprachen wie Menschen mit ihren Kindern. Die Familie wohnte in der größten Villa im ganzen Universum. Die Villa stand auf dem Mond.

Aber eine Sache war schade – und das war, dass Frau Müller und Herr Schlaumeier samt ihrer 150 Kinder früher normale Menschen auf der Erde waren. Im Jahre 5555 feierten die 150 Zwillinge Geburtstag. Eine Hexe hatte den Eltern gesagt, dass der neuste Trend sei, den Geburtstag auf dem Mond zu feiern.

Gesagt, getan. Sie feierten den Geburtstag in der Mitte des Mondes. Die Kinder fanden das Leben auf dem Mond toll und überredeten die

Eltern, dort zu leben. Der Mond war nämlich ein Käse, ausgerechnet der Lieblingskäse der Kinder. Aus dem Käse baute sich die Familie auch die riesige Villa. Vor der Villa gab es einen Spielplatz, auf dem alle Spielgeräte aus Käse waren. Dort spielten auch andere Kinder, Kinder, die merkwürdig aussahen und zwischen 50 und 70 Jahre alt waren. Sie waren Pferde, hatten blaue Haut und miauten und sie steckten mit ihrem Aussehen 50 der Zwillinge an. Die steckten dann auch noch die anderen 100 Zwillinge an. Den Eltern passierte etwas Ähnliches mit Mondgästen, die sie eingeladen hatten. Diese steckten sie mit ihrem komischen Aussehen an. Seitdem sahen diese auch so merkwürdig aus. Auf dem Mond – vielleicht wegen des Käses – war eben alles sehr ansteckend.

Nach zehn Jahren, im Jahr 5565, war vom Mond nur noch ein kleiner Klecks Käse übrig, auf dem stapelte sich die ganze Familie übereinander. Das Kind, das ganz oben auf dem Stapel stand, hatte ein sehr großes Feuerzeug in der Hand. Die ganze Familie zählte bis 152 und dann zündete das Kind das Feuerzeug an. Es gab eine große Flamme, das Kind beugte sich nach vorne, machte einen Backflip und die Familienstange schoss wie eine Rakete Richtung Erde.

Sie alle flogen sechs Monate und zwei Minuten, bis sie auf der Erde landeten. Leider nicht in Deutschland, sondern in Südafrika. Zum Glück hatte Herr Schlaumeier dort einen Freund. Der Freund erkannte ihn zuerst gar nicht, aber Herr Schlaumeier erzählte ihm seine Geschichte.

Der Freund aber wollte auf Nummer sicher gehen und fragte: „Wann hast du Geburtstag? Wie heißt meine Frau? Wie heißt mein Kind? Was ist mein Lieblingsessen? Was ist mein Hobby?“

Herr Schlaumeier konnte alle Fragen beantworten, vorwärts und rückwärts. Sein Freund staunte und umarmte Herr Schlaumeier stürmisch. Der Freund war sehr schlau. Er hatte ein ganzes Buch mit Zaubersprüchen auswendig gelernt. Aber es war keiner dabei, der die Familie wieder zu normalen Menschen machen konnte.

Sie gingen zum Familienarzt, der sagte, dass Zauberwort sei: „Wir wollen nicht komische Wesen sein, sondern normale Menschen. Das müsst ihr rückwärts sagen: nehcsneM elamron nrednos, nies neseW ehcsimok thcin nellow riW.“

Es dauerte zwei Jahre, bis alle aus der Familie dieses Zauberwort sagen konnten. Endlich war die Familie wieder normal. Sie zog zurück nach Deutschland, nach Berlin. Die Eltern wurden Käseverkäufer und die Kinder trugen nur Kleider aus Käse.

Und die Moral von der Geschichte ist: Man muss nicht jeden Trend mitmachen.

Ich heiße ***Aya Al Najjar****, ich bin 2014 in Syrien geboren. Ich bin mit einem Jahr nach Deutschland gekommen und hier aufgewachsen. Ich habe drei Geschwister und gehe auf die Schule Am Wall in Kassel, Semina ist meine beste Freundin. Meine Hobbys sind Häkeln, Schwimmen, Zeichnen und Geschichten schreiben. Im Sommer komme ich in die 5. Klasse und wechsele auf ein Gymnasium.*

Ein unerwartetes Wiedersehen

Laya und ich waren schon lange befreundet. Leider war Laya dann in ein anderes Land gezogen. Wir waren voll traurig, weil wir Freundinnen waren, seitdem wir uns in Babysprache unterhalten hatten.

Eines Tages hatte ich Fieber und legte mich schlafen. Beim Schlafen geriet ich in die Vergangenheit. Ich sah, wie ich mit zwei Jahren mit meinem Opa gespielt habe. Kurz nach meinem Geburtstag war er gestorben und ich so traurig. Ich war drei Jahre alt und in einer Woche starben meine beiden Opas. Aber das konnte man nicht ändern.

Jetzt war ich in der Vergangenheit und beobachtete durch eine Glaswand, wie ich mit meinem Opa spielte. Ich war froh, ihn wiederzusehen.

Und jetzt kommen wir zu Laya. Obwohl wir uns fünf Jahre nicht mehr gesehen hatten, passierte mit Laya in der gleichen Nacht dasselbe. Sie hatte Corona und ihr war schwindelig. Auch sie stand vor einer Glaswand und sah sich im Garten mit mir herumspringen. Laya war glücklich und fing vor Freude an zu weinen.

Ich versuchte, durch die Glaswand zu meinem Opa zu gehen. Die Glaswand zerbrach und ich umarmte meinem Opa ganz doll. Aber er löste sich in Luft auf. Ich wurde im gleichen Moment in die Zukunft geschickt.

Auch bei Laya passierte das Gleiche. Als sie durch die Glaswand ging und mich umarmte, verschwand ich und auch Laya landete in der Zukunft. Zum Glück landeten wir beide in Tokio. Als wir noch zur gleichen Schule gingen, hatten wir immer eine Sendung gesehen, die in Tokio spielte. Und nun waren wir zusammen in Tokio! Als ich Laya sah, rannte ich zu ihr und konnte nicht fassen, dass sie auch hier war. Wir gingen Sushi essen und tranken Bubbeltee. Um zu bezahlen, mussten wir unsere Hände auf einen Scanner legen und der registrierte uns und so bezahlten wir. Wir hatten keine Ahnung, wie das Geld dann zu dem Laden kommen würde. Die Kellner und Kellnerinnen waren Roboter. Die Kellner hatten alle eine Glatze und die Kellnerinnen hatten orangefarbene Perücken auf. Alle Leute in Tokio liefen nicht, sondern rollten mit Rollen unter den Schuhen durch die Stadt. Die Autos fuhren dafür nicht, sondern flogen in einer Höhe von 500 Metern über eine rosa durchsichtige Straße.

Wir hatten uns so viel zu erzählen und redeten und redeten. Die Leute guckten uns komisch an, weil wir keine Rollen unter den Füßen hatten und in einer anderen Sprache redeten. Überall standen Übersetzer-Roboter an der Straße. Man musste nur winken und sie kamen schon. Wir winkten uns einen herbei und ließen uns übersetzen: „Wo ist ein kleines Hotel in Nähe?"

So fanden wir ein nettes Hotel. Im Flur des Hotels sahen wir rosa-gelbe Kreaturen herumlaufen, die 18 Augen am Kopf hatten. Sie sahen uns an und wir flohen aus dem Hotel. Da flog ein riesiger Timer über unsere Köpfe, auf dem stand auf Deutsch:

Ihr könnt nur noch zwei Stunden in der Zukunft bleiben.

Wir wussten nicht, ob wir dann wieder in unser normales Leben zurückkommen und dann wieder in verschiedenen Ländern leben würden. Deswegen waren wir traurig.

Dann klingelte auf einmal Layas Handy. Ihre Mutter war dran, sie hatte Laya nicht in ihrem Bett gefunden und war besorgt. „Wo bist du?", fragte sie aufgeregt.

Laya antwortete: „Das glaubst du mir nie. Ich erzähle es dir, wenn ich zurück bin."

Die Mutter sagte: „Ich muss dir etwas sagen. Wir werden wieder zurück nach Deutschland ziehen. Du kannst wieder in deine alte Schule gehen."

Laya schrie vor Freude und wir sprangen herum wie verrückte Hühner. Der Timer zeigte, dass wir nur noch eine halbe Stunde hatten. Wir machten noch ein paar Fotos von Tokio. Wir fotografierten auch die fliegenden Autos, die rosa Luftstraßen, die Roboterkellner und die Übersetzer.

Es war plötzlich, als würden wir von einem Staubsauger eingesaugt. Wir hielten uns fest, bis wir auseinandergerissen wurden.

Ich wachte in meinem Bett auf und sah meine Mutter panisch herumrennen. Als sie mich sah, rannte sie zu mir und fragte mich, wo ich gewesen sei. Ich erzählte ihr, dass ich mit Laya in Tokio war. Aber sie dachte, ich hätte nur einen Fiebertraum gehabt und hätte mich dann irgendwo versteckt.

Ich sagte: „Wenn Laya wieder hier wohnt, zeige ich dir die Fotos, die wir gemacht haben." Ich wurde langsam wieder gesund und freute mich auf Laya.

An einem Montag, dem ersten Schultag nach den Ferien, stand auf einmal Laya auf dem Schulhof. Sie war wirklich wieder da und wohnte auch wieder nebenan. Nach der Schule holte sie ihr Handy und wir zeigten unseren Eltern die Bilder aus Tokio. Jetzt glaubten sie uns und wollten alles noch mal genau erzählt bekommen.

Laya und ich sind bis heute beste Freundinnen. Irgendwann wollen wir mal mit unseren Eltern zusammen nach Tokio reisen. Von meinem Opa habe ich zum Glück noch öfter geträumt.

*Ich heiße **Semina Eminovic**. Ich bin 2014 in Kassel geboren und aufgewachsen. Meine Familie kommt aus Serbien. Ich habe drei Geschwister. Meine Hobbys sind Häkeln, Schwimmen, Geschichten schreiben und Zeichnen. Ich gehe auf die Schule Am Wall und Aya ist meine beste Freundin. Wir wechseln beide im Sommer auf das gleiche Gymnasium und hoffen, dass wir wieder in die gleiche Klasse kommen.*

Das Einhorn und die Fee

Es war einmal ein Einhorn. Dieses Einhorn hatte eine Besonderheit. Es konnte bei Vollmond zaubern. Es konnte Sterne zum Reden bringen und Bäume zum Lachen.

Eines Tages kam eine Fee an dem Einhorn vorbei. Sie sagte: „Ich finde dich wunderbar."

Das Einhorn blieb bei der Fee und wenn es Vollmond war, ritten sie zusammen aus.

Ich heiße ***Pauline Schläger*** *und bin 8 Jahre alt und besuche die zweite Klasse.*

Der Schattengeist

Wer läuft dort durch den tiefen Schnee?
Ein Fuchs, ein Has' oder gar ein Reh?
Nein, es ist die Mutter mit dem Kind,
Sie laufen dort durch den Wind geschwind.
Eingewickelt in wollenes Kleid
Laufen sie jetzt in den tiefen Wald.

Im Wald, dort lebt der Schattengeist,
Der ist sehr unfreundlich meist.
Als Legende, Mythos sehr bekannt,
Doch nicht als echt, eine Schand'!

Um Mutter und Kind wird's dunkel herum,
Ein Schatten steigt auf
Und ein Unheil nimmt seinen Lauf.
Ein Grollen, ein Lachen, zwei Augen im Nichts.
Da, mit tiefer, hämischer Stimme spricht's:
„Keine Angst, es geschieht euch nichts hier,
Ich beschütze euch nur vor den grausigen Vier!"

Mutter und Kind schreien aus Not,
Doch da färbt sich der Himmel rot.
Ein Zischeln und Rascheln,
Ein Flüstern und *zack*!
Tausend Schlangen fallen herab.

Der Schlangengeist trägt Mutter und Kind
Zum Waldrand, schnell, geschwind!
Tausend Schlangen hinterher,
Bald wird's für den Geist zu schwer.

Sie züngeln, sie wuseln, sie schnappen, sie schlängeln,
So gibt es ein großes Drängeln.

Mutter und Kind rennen weg vom Wald,
Nicht hinein gehen sie wieder bald.
Der Schattengeist steigt auf in die Luft,
Zieht sich zurück in die luftige Gruft.

Da öffnet der Boden sich unter dem Wald,
Es britzelt, es schleudert und es knallt.
Der Boden schließt sich, die Schlangen sind weg,
Zurück bleibt nur ein großer Schreck.

Da laufen sie durch den tiefen Schnee,
Es ist kein Fuchs, kein Has' oder Reh.
Nein, es ist die Mutter mit dem Kind,
Die durch den Wald läuft dort, geschwind.

Cora Muñoz Wenk *(12 Jahre)*

Luna und der Frieden

Vor langer Zeit lebte einmal ein Mädchen namens Luna und es tat alles für den Frieden. Denn die Menschen in Lunas Stadt mochten keinen Frieden. Sie kämpften auf den Straßen und schrien einander an. Luna hängte viele Friedensplakate auf. Doch die Leute liefen daran vorbei und beachteten die Plakate nicht. Aber eines Tages kam Luna eine gute Idee, wie sie die Leute doch noch vom Frieden überzeugen konnte. Und so kam es, dass am nächsten Tag alle Leute der Stadt vor ihrem Haus ein Blatt Papier liegen hatten. Auf dem Blatt standen viele aufmunternde und nette Worte darauf. Am Anfang beachteten die Menschen die Worte nicht. Aber schon nach wenigen Wochen konnten sie sich darüber freuen und lasen gespannt die neuen Worte. Sie riefen sich die Worte zu und fanden sie sehr schön. Die Leute schenkten sich gegenseitig neue und verschiedene Worte. Seit dieser Zeit gab es keine Kämpfe mehr in dieser Stadt. Alle Menschen lebten im Frieden miteinander. Luna freute sich darüber sehr.

***Eva Fischer** wohnt in Bad Urach und ist 11 Jahre alt.*

War das mutig?

Draußen war es stockdunkel. Nur die funkelnden Sternen und der Mond waren noch am Himmel zu sehen. Die Straßen waren alle von einer unheimlichen Stille umhüllt.

Ich saß ruhig im Bett, aber egal, wie sehr ich versuchte, einzuschlafen, es gelang mir einfach nicht. Langsam öffnete ich meine Augen und schaute herum. Auf meinem Nachttisch lag ein neues Buch, das ich heute gekauft hatte. Neben ihm lag meine dicke Brille. Ohne Zögern schaltete ich das Licht an und nahm das Buch und die Brille.

Aufmerksam bewunderte ich die Hülle des Buches. Sie war karminrot, geschmiert mit weißen Blüten am Rande. In der Mitte stand großgeschrieben: *Kurze Feriengeschichten* … Ich öffnete es neugierig und begann, entspannt zu lesen:

Es gab einmal eine uralte Fee namens Evanya. Sie war wunderschön, aber auch stark und mächtig. Niemand wagte es, ihre Kraft infrage zu stellen. Es war Evanyas Pflicht, den Stern der Feen zu schützen, denn in ihm lag eigentlich die ganze Kraft des Volkes. Er war pure Kraft, die von den ersten Feen des Waldes in Form eines Sterns gefertigt worden war. Der Stern hatte so viel Kraft, dass er, wenn er in die falschen Hände geraten würde, die Welt der Feen zerstören könnte und sie ihm machtlos ausgeliefert wären.

Der Stern lag tief in einem magischen Wald. Evanya überprüfte jeden Tag, ob es noch da war. Die wunderschöne Fee war also jetzt inmitten des dunklen Waldes, entschlossen, den Stern so schnell wie möglich zu erreichen.

Der Feenwald war wunderschön, aber gefährlich. Dunkle Bäume, seltsame Schatten … Ein magischer Nebel schwebte über dem schlammigen Boden. Flüsternde Stimmen hallten durch die Luft, während dunkle Wesen sich im Schatten versteckten. Evanya flog so schnell wie ein Pfeil durch den unheimlichen Wald. Sie trug ein Kleid, das aus zartem Stoff gefertigt war. Ihre blonden Haare waren zu einem langen

Zopf gebunden und ihre smaragdgrünen Augen waren wegen des Windes halbwegs geschlossen. Als sie endlich den Ort des Sterns erreichte, begann ihr Herz heftig zu pochen. Adrenalin raste durch ihre Adern und ihre Hände begannen zu schwitzen, als sie nach vorne guckte.

Sie fühlte sich schwindlig, als sie langsam flüsterte: „Er ist weg ..." Dann fiel sie plötzlich auf die Knie. „Oh nein, nein, nein, das ist gar nicht gut!", bemerkte ich gähnend. „Das ist gar nicht gut."

Ich bemerkte, dass auch mein Herz schneller schlug. Voller Neugier las ich weiter:

Mit Augen voller Tränen nahm sie den roten Zettel, den der Dieb des Sterns ihr wahrscheinlich hinterlassen hatte:

Komm' heute Nacht in den Außenwald der Feen. Allein, wenn du es wagst, du feige …

Evanya las nicht weiter, sondern zerknüllte das Blatt verärgert. Sie wollten, dass sie alleine kam? Gut! Wer konnte das tun? Wer konnte so arrogant sein, um ihr diesen Zettel zu lassen? Hunderte Gedanken rasten ihr durch den Kopf, als sie endlich eine heisere Stimme hinter sich hörte: „Du bist hierhergekommen, oh, wie gut, Evanya! Ich hab deinen beliebten Stern und jetzt bist du auch so gut wie tot."

Ich schloss das Buch so schnell wie möglich. Wer konnte das sein? Er war bestimmt sehr gefährlich, also höchstwahrscheinlich … ein Ungeheuer? Ich öffnete das Buch wieder und las schließlich weiter:

Evanya drehte sich um mit zitternden Knien. Als sie ihren Gegner sah, setzte ihr Herz einen Schlag aus. Er war ein Ungeheuer!

„Oh ja, ich hatte recht!", flüsterte ich froh.

Das Ungeheuer war riesig mit einer Haut voller schwarzer Schuppen. Aus seinem Gesicht starrten zwei große, gelbe Augen, die im Dunklen leuchteten. Sein Maul war voll mit spitzen Zähnen. Es bewegte sich langsam, aber jeder Schritt ließ den Boden erzittern. Es war ein furchtbares Wesen, das niemandem etwas Gutes bringen würde.

„Was willst du von mir? Warum willst du mich töten?", keuchte Evanya zitternd. Sie hatte keine Zeit mehr, Fragen zu stellen, denn das Ungeheuer stürzte sich direkt auf sie. Seine scharfen Klauen krallten sich im Boden fest. Es hatte den Stern des Volkes in seinen riesigen Händen und der glühende Stein strahlte stark.

„Du hast ihn gestohlen!", rief Evanya, ihre feinen Flügel zitterten vor Wut.

„Du bist schwach!", brüllte das Ungeheuer.

Mit einem kräftigen Schlag der Flügel stürzte sich Evanya auf das Ungeheuer, aber jetzt war sie entschlossen, zu gewinnen. Ihr Körper war von einem leuchtenden Strahl umhüllt. Sie atmete tief Luft ein und griff nach dem Stern des Volkes. Schnell gelang es ihr, den Stern wegzuschnappen. Es war wieder in ihren Händen! Wieder sicher … Sie flog so schnell wie möglich weg. Der Stern war sicher!

„Oh ja, Evanya hat das Ungeheuer überlistet. Oh ja!", dachte ich froh. Ich schloss das Buch und legte es wieder auf meinen Tisch zusammen mit meiner Brille. „War das nicht mutig?", flüstere ich müde. Dann schlief ich endlich ein. Ich träumte von Feen, Ungeheuern, einer anderen Welt, einer voller Magie …

*Ich bin **Selina**, 13 Jahre alt und liebe es, zu lesen und zu schreiben. Geschichten sind meine Leidenschaft – egal, ob ich sie verschlinge oder selbst neue Welten erschaffe. Bücher inspirieren mich, vielleicht werde ich eines Tages selbst Autorin.*

Ich höre auf mein Herz

Ich höre auf mein Herz,
die schwarze Seele kommt,
ich gehe auf die Reise
und komme nicht zurück.

Es ist zu weit,
ich höre meinem Herzen zu.
Ich bin zu weit gegangen
und hatte Angst vorm Wald.

Ich müsste über Nacht bleiben
und Wasser trinken.

Anaïs Ouattara *hat vor ihrem 10. Geburtstag am 14.2.2025 ein von ihr erfundenes Lied geschrieben.*

Leb wohl, Elayne

Es war ein wunderschöner Frühlingsmorgen. Elayne stand am Fenster der Küche, wusch das Frühstücksgeschirr und lauschte dem Zwitschern der Vögel. Der Tag versprach, angenehm warm zu werden, und ihre Gedanken wanderten zu einem Spaziergang im Wald. Sie liebte es, durch die Bäume zu streifen und sich Geschichten auszudenken, besonders über die kleinen, unsichtbaren Waldelfen, die sie sich lebhaft vorstellte. Mit sechzehn wusste sie zwar, dass es solche Wesen nur in Märchen gab, doch die Magie ihrer Fantasie hielt sie lebendig. Gerade hatte sie das letzte Glas abgetrocknet, als es unerwartet an der Tür klopfte.

Elayne eilte zur Tür und öffnete sie mit Schwung. Vor ihr stand Bobby, der Zeitungsjunge. Normalerweise war er voller Energie, immer bereit, die neuesten Neuigkeiten mit einem schelmischen Grinsen zu erzählen. Doch heute war etwas anders. Sein Gesicht war ernst und in seinen Augen lag eine seltsame Mischung aus Angst und Mitgefühl. „Elayne, … Priscilla hat die Influenza“, sagte er zögernd.

Elayne hatte das Gefühl, ihr Herz setze einen Moment aus. Sie stützte sich am Türrahmen ab, um nicht das Gleichgewicht zu verlieren. „Oh nein! Das kann nicht sein!“ Ihre Stimme klang fast flehend, als ob sie Bobby dazu bringen könnte, die Wahrheit zurückzunehmen. Ihre und Priscillas Eltern waren gemeinsam verreist und Doc Miller, der einzige Arzt in der Gegend, war ebenfalls fortgefahren zu irgendeinem Ärztekongress. Panik ergriff sie. Sie rief Mary Jean, das Hausmädchen, zu sich und bat sie, sich um ihre kleine Schwester Meg zu kümmern. Dann packte sie hastig ein paar Sachen zusammen und rannte los in Richtung der MacKansey-Farm, die Ingleside hieß.

Als sie ankam, lief ihr der Stallbursche Phil entgegen. „Sie liegt oben in ihrem Zimmer. Es geht ihr sehr schlecht. Ich versuche, jemanden zu finden, der helfen kann“, sagte er atemlos, bevor er davonstürmte. Elayne nickte nur und stieg die knarrende Treppe hinauf.

Priscilla lag blass und fiebrig in ihrem Bett. Ihr Atem ging schwer, und ein tiefer, schmerzhafter Husten schüttelte ihren Körper. Elayne griff nach ihrer Hand und erschrak über die glühende Hitze ihrer Haut. Sie wusste, dass sie handeln musste, doch sie hatte keine Ahnung, was zu tun war. Sie bereitete Pfefferminztee zu, ließ Priscilla ein Halsbonbon lutschen und legte ein kühles Tuch auf ihre Stirn. Stunden vergingen, während Elayne an Priscillas Seite wachte. Sie sprach ihr beruhigend zu und kämpfte gegen ihre eigene Angst an. Die Nacht schien endlos – und das stetige Ticken der Standuhr im Flur wurde zu einem unerbittlichen Zeichen der Zeit, die ihr entglitt.

Am nächsten Morgen kamen einige Nachbarinnen, die von Bobby gehört hatten, was geschehen war. Sie brachten Tipps, Medizin und etwas zu essen. Elayne nahm alles dankbar an, doch sie ließ niemanden in Priscillas Nähe – die Angst vor Ansteckung war zu groß. Sie fühlte sich allein verantwortlich – und die Last dieser Verantwortung lastete schwer auf ihren Schultern.

In den nächsten Tagen verschlechterte sich Priscillas Zustand. Das Fieber wollte nicht weichen und der Husten nahm ihr fast den Atem. Elayne schrieb verzweifelte Briefe an ihre Eltern und an Doc Miller in der Hoffnung, dass jemand bald zurückkehren würde. Die Nächte wurden zu einem Albtraum aus Sorgen und Schlaflosigkeit. Elayne betete, sie glaubte, dass Gott sie hörte, doch manchmal hatte sie das Gefühl, ignoriert zu werden.

Am fünften Tag kam endlich eine Wendung. Priscillas Fieber sank leicht und sie begann, etwas von dem zähen Schleim abzuhusten. Elayne war erleichtert, doch sie wusste, dass der Kampf noch nicht vorbei war. Sie selbst war inzwischen so erschöpft, dass sie kaum noch gerade stehen konnte. Phil half ihr, das Krankenzimmer sauber zu halten, Essen zu machen und die notwendigen Arbeiten auf der Farm zu erledigen. Am achten Tag war Priscilla auf dem Weg der Besserung. Ihr Husten war zwar noch da, aber das Fieber war verschwunden, doch sie konnte wieder aufrecht sitzen. Elayne fühlte sich endlich ein wenig erleichtert, aber die Anstrengungen der vergangenen Tage hatten ihren Tribut gefordert. Sie spürte, wie ihre eigene Kraft sie verließ.

Zwei Tage später, Priscilla und Elayne waren gerade von einem Spaziergang zurückgekommen und unterhielten sich auf der Veranda. Die Sonne schien warm und der Duft von Blumen lag in der Luft.

Plötzlich wurde Elayne blass. „Priscilla, hol mir bitte einen Stuhl“, flüsterte sie und stützte sich am Geländer.

Besorgt brachte Priscilla ihre Freundin ins Haus. Als sie Elaynes Stirn fühlte, erschrak sie: Sie war glühend heiß. Das Fieberthermometer zeigte fast 40 Grad. „Du hast dich angesteckt …", flüsterte Priscilla. Die Erkenntnis traf sie wie ein Schlag. Trotz all ihrer Mühen, sich nicht bei Priscilla anzustecken, war Elayne nun selbst betroffen. Priscilla tat ihr Bestes, um die Rolle der Pflegerin zu übernehmen. Sie bereitete Tee, wechselte kalte Umschläge und versuchte, Elayne zu beruhigen. Doch deren Zustand verschlechterte sich rapide.

Doc Miller, der inzwischen zurückgekehrt war, wurde gerufen, doch seine Miene war düster. „Ich werde alles tun, was ich kann, aber sie ist sehr schwach", sagte er leise.

In der langen Nacht wachte Priscilla an Elaynes Seite. Der Regen trommelte gegen die Fenster und Blitze erhellten das Zimmer in kurzen, grellen Momenten. Elayne rang mit dem Fieber und Priscilla konnte nur beten. „Bleib bei mir, Elayne. Bitte gib nicht auf, du musst gegen den Tod kämpfen", flüsterte sie immer wieder, als ob ihre Worte helfen könnten.

Doch als der Morgen graute, wurde Elaynes Atem flacher. Mit letzter Kraft öffnete sie die Augen und sah Priscilla an. „Danke für alles", flüsterte sie. „Auch wenn ich sterbe, bleibst du immer in meinem Herzen." Dann schloss sie die Augen und im Licht der aufgehenden Sonne tat sie ihren letzten Atemzug.

Priscilla stand abseits der kleinen Trauergemeinde, die sich um das frisch ausgehobene Grab versammelt hatte. Der eisige Wind zerrte an ihrem Mantel, aber sie spürte ihn kaum. Ihre Augen waren starr auf den Grabstein gerichtet, der den Namen trug, der sie all die Jahre begleitet hatte, kurz und schlicht: *Elayne*. Darunter standen die Worte:

Geliebt und unvergessen.

Die Stimme des Pfarrers klang wie aus weiter Ferne, als er mit bedächtigen Worten von Hoffnung und Ewigkeit sprach. Priscillas Gedanken jedoch schwebten in der Vergangenheit. Sie sah Elaynes Lächeln vor sich, hörte ihr unbeschwertes Lachen, das in jedem Raum Licht verbreitet hatte. Sie erinnerte sich an die zahllosen Stunden, die sie zusammen verbracht hatten – von kindlicher Unbeschwertheit bis zu den Momenten, in denen sie sich gegenseitig durch die dunkelsten

Zeiten getragen hatten. Als die Trauergäste nach und nach Blumen niederlegten und sich verabschiedeten, blieb Priscilla allein zurück.

Nach einer Weile setzte sich Steven Thomsen, ein junger Mann aus dem Dorf, neben sie. „Priscilla, … darf ich einen Moment mit dir sprechen?", fragte er leise. Seine Stimme war sanft und in seinen Augen lag eine Traurigkeit, die sie verstand. „Vielleicht denkst du, dass ich keinen Grund zu trauen habe, da ich nicht mit ihr in Verbindung stand, aber du sollst wissen, dass ich … ich sie geliebt habe. Alles an ihr: ihr wunderbares Lächeln, ihre Art, die Welt um sich herum zu sehen. Einfach alles."

Priscilla spürte Tränen in sich aufsteigen. Sie legte eine Hand auf seine und nickte. „Sie war etwas ganz Besonderes. Wir werden sie beide nie vergessen."

Einige Tage nach der Beerdigung kniete sie an Elaynes Grab. Aus ihrer Manteltasche holte sie einen kleinen Rosenstrauch mit tiefroten Blüten. Die Rosen gaben einem die Atmosphäre des Waldes zu spüren, wie als wäre man in einem geheimnisvollen Märchenwald gefangen.

Tränen tropften auf das Grab, während sie die Rosen einpflanzte, und flüsterte: „Leb wohl, Elayne. Leb wohl."

Alice Peters: *Ich bin am 07.10.2011 in Ludwigsfelde geboren und gehe zurzeit in die 7. Klasse des Barnim-Gymnasiums. In meiner Freizeit gehe ich gerne eislaufen, außerdem backe und lese ich gerne und es macht mir viel Spaß, Kurzgeschichten zu schreiben.*

Bella

Abby ist ein zwölfjähriges Mädchen, welches in einem Dorf lebt. Als eines Abends der Großvater von Abby ihr Freundschafsketten schenkte, wurde alles anders. Sie begegnete einem gruseligen Tier im Wald. Einem Tier mit messerscharfen Zähnen, gold-grünen Augen und …

Doch ist es irgendwie nett. Was verbirgt sich dahinter? Wird es Abby herausfinden?

Mein Name ist ***Nella Weber****, ich bin 12 Jahre alt und wohne in Heidelberg-Wieblingen. Meine Schule heißt Heidelberg College, ich gehe in die 6. Klasse, meine Hobbys sind Blockflöte spielen, Leichtathletik, Karate und die Zeit mit Tieren und Freunden zu verbringen. Die Geschichte über Bella habe ich mit 11 Jahren geschrieben und das Bild mit 10 Jahren gemalt.*

Die blutrote Hecke

Vor vielen Jahren gab es in Deutschland noch Trolle. Die fest vereinbarte Grenze zwischen den Trollen führte unter anderem über ein verlassenes Grundstück in Heidingsfeld.

Eines Tages sagte Friedrich, der König der Menschen, zu seinen Untertanen: „Reicht euch euer Reich? Ich finde, wir haben viel zu wenig Platz. Ich habe bei den Trollen eine Goldmine erspäht. Was haltet ihr davon, auch das Reich der Trolle zu beschlagnahmen?“

Begeistert jubelten ihm die Leute zu.

Ein Jahr später stießen die Menschen mit einem Rammbock das Tor der Grenze auf und marschierten in das Land der Trolle ein. Erschrocken von dem Lärm stürzten die Trolle aus ihren steinernen Hütten.

„Ergebt euch!“, brüllte Friedrich.

„Auf keinen Fall!“, kam es von den Trollen einstimmig. „Lieber sterben wir für unser Heimatland, als uns hier freiwillig zu ergeben.“

Die Trolle holten alles, was sie noch an Waffen hatten, aus ihren Häusern. Schwerter klirrten, Blut floss. Man hörte Schreie. Pfeile sirr-

ten durch die Luft. Häuser fielen in sich zusammen. Trollmänner ächzten. Trollkinder und -frauen schluchzten.

Sieben Jahre lang tobte der Krieg und schließlich, da die Menschen ja besser vorbereitet gewesen waren, stand auf einem Feld aus Leichen und Blut nur noch ein einziger Troll. Alle anderen waren entweder im Krieg oder auf der Flucht ums Leben gekommen. Aber auch dieser letzte Troll wollte sich nicht ergeben, er kämpfte für die Ehre seines Volkes. Er hielt lange durch, doch schließlich traf ihn ein Stein am Kopf und er sank zu Boden. Doch kurz bevor er seinen letzten Atemzug vollendet, schickt er noch ein Stoßgebet an Gott: „Allmächtiger Gott, bitte gib uns Trollen die Möglichkeit, auf irgendeine Weise ins Leben zurückzukehren." Dann starb auch er.

Gott erhörte sein Gebet, und als die Menschen wieder abgezogen waren, ließ Gott aus dem Blut der Trolle eine Hecke wachsen: die blutrote Hecke. Sollte es diese Hecke eines Tages schaffen, um das Grundstück herumzuwachsen, könnten wieder Trolle dort leben.

Noch heute, wenn nach langem Regen Tau auf der Hecke liegt, glaubt man zu erkennen, dass sich die Tropfen färben: blutrot.

Sarah Liv Rademacher, *geboren am 04.05.2013, Schülerin in Würzburg.*

Maximaler Maximus – Ein tierisches Vergnügen

Maximaler Maximus feierte Geburtstag. Er hatte alle seine Kollegen und seine Kollegin eingeladen. Alle waren gekommen – außer Timo mit dem schrägen Hut.

„Er hat doch jetzt eine Hauskatze und sie muss sich erst an die neue Umgebung gewöhnen“, erklärte Dora Sternenfängerin.

„So ein Gargamel!“, schimpfte Maximaler Maximus beleidigt. „Ist denn so eine Mauskatze wichtiger als ich?“

„Hauskatze“, korrigierte Dora Sternenfängerin.

„Mir doch egal.“ Maximaler Maximus hörte nicht mehr zu, was sie noch zu sagen hatte. Erst als Dora Sternenfängerin ihr Geschenk hervorbrachte, änderte sich schlagartig die Stimmung von Maximaler Maximus. „Was ist das? Was ist das?“, fragte er ganz aufgeregt und schnappte sich sofort das Geschenk. „Wow! Echte Zaubersterne! Danke Dora!“, freute sich Maximaler Maximus.

„Du musst aber gut aufpassen und achtsam mit den Sternen umgehen. Es sind fünf verschiedene Sterne drin und alle haben unterschiedliche Funktionen. Und sie sind etwas defekt. Aber vielleicht ist das auch besser so. Dann kannst du nicht so viel kaputt machen“, erläuterte Dora Sternenfängerin.

„Ja, ja. Das finde ich schon raus. Probieren geht über Studieren, hat mein Opa immer gesagt“, antwortete Maximaler Maximus.

Die anderen Geschenke von Springpimpfi und dem Unsichtbaren landeten irgendwo in einer Kiste. Dafür interessierte sich Maximaler Maximus nicht mehr.

Bei der Verabschiedung fragte Springpimpfi: „Wann sollen wir meinen Gutschein einlösen, den ich dir geschenkt habe?“

„Gutschein?“, stotterte Maximaler Maximus. „Äh. Morgen?“

„Klasse, dann sehen wir uns morgen im Zoo.“

Endlich waren alle Gäste gegangen. „So, jetzt probiere ich mal die Sterne aus“, dachte sich Maximaler Maximus und ging aus seinem Haus. Kaum war er zwanzig Meter gegangen, da sah er eine Katze, die sich eine Maus geschnappt hatte und gerade drauf und dran war, sie zu essen. „Mal schauen, was Doras Zaubersterne können. Nehme ich mal diese zwei blauen Sterne und werfe sie auf die Katze und die Maus.“

Es gab einen großen Knall und Maximaler Maximus lachte sich schlapp. „Das ist ja ein cooler Stern!“ Vor ihm stand ein neues Wesen. Vorne sah es aus wie eine Katze: Katzenkopf und lange Beine mit Katzenpfoten. Das Hinterteil des Wesens sah aus wie eine Maus: graues Fell, kurze Beine und langer Schwanz. „Das ist ja zum Brüllen! Eine Mauskatze.“

Maximaler Maximus schaute sich das lustige Treiben an. Wie die Katze versuchte, ihr neues Maushinterteil zu fangen. „Wenn sie jetzt noch singen könnte. Das wäre super! ... Was haben wir noch für einen Stern? Ah. Nehmen wir mal diesen hellblauen Stern.“ Er warf den Stern auf die Mauskatze. Und *zack* stand eine zweite Mauskatze vor ihm. „Sehr gut. Von jedem Tier sollte es ja mindestens zwei Tiere geben. Das war auch bei Noah schon so. Was haben wir noch? Ah. Diesen gelben Stern.“ Und *zack* warf er den Stern auf eine der Mauskatzen. Sie fing sofort an zu singen:

Mauskatze, Mauskatze.
Ich beiß mir in den Hintern.
Mauskatze, Mauskatze.
Ich kann es nicht verhindern.
Mauskatze, Mauskatze.
Ich beiß mich in den Tod.
Mauskatze, Mauskatze.
Ich ess' mich selbst zum Abendbrot.

„Ob ich sie wohl streicheln und ihr sagen kann, dass sie wunderschön und vor allem furchtbar witzig ist?“, dachte Maximaler Maximus. „Och nö. Sie wird schon ihren Weg finden.“

„Learsa! Learsa! Wo steckst du nur? Learsa, komm her. Mitz, Mitz, Mitz. Learsa!“

„Wer ruft denn da so laut?“, wunderte sich Maximaler Maximus. Und da erkannte er, wer es war: Timo mit dem schrägen Hut. „Was ist denn mit dir los, Timo?“, fragte er.

„Hallo Maximaler Maximus. Gut, dass ich dich treffe. Hast du meine neue Hauskatze gesehen? Learsa?“

„Na, da hättest du auch zu mir zum Geburtstag kommen können, wenn deine Mauskatze so oder so wegläuft“, murmelte Maximaler Maximus.

„Was hast du gesagt?“, fragte Timo mit dem schrägen Hut.

„Ach nichts.“

„Also hast du meine Hauskatze gesehen oder nicht?“

„Hauskatze, Hauskatze. Nein. Ich habe nur eine Mauskatze gesehen. Aber eine Mauskatze ist ja nicht im Haus ... Nein. Nein. Ich weiß nichts. Tut mir Leid. Viel Glück beim Suchen!“

„Danke!“ Und so machte sich Timo mit dem schrägen Hut weiter auf die Suche nach seiner Hauskatze Learsa.

„Hm. Ob die Mauskatze Learsa war?“, überlegte Maximaler Maximus. „Ach was.“ Er machte sich auf den Weg nach Hause.

Als er sein Haus betrat, kicherte er vor sich hin: „Jetzt bin ich „Hausimaler Hausimus. Oder noch besser Katzimaler Katzimus. Oder Mausimaler Mausimus. Ach. Das war der beste Geburtstag meines Lebens. Gute Nacht.“

Am nächsten Tag machte sich Maximaler Maximus auf den Weg. Er hatte sich mit Springpimpfi für den Zoo verabredet. „Die Dose mit den Zaubersternen darf ich nicht vergessen. Das wird bestimmt noch einmal ein herrlicher Tag!“

Und so verließ er vergnügt sein Haus. Er hörte Vögel zwitschern und sah, wie ein Vogel davonflog. „Ach, fliegen wäre schön“, träumte Maximaler Maximus vor sich hin. Doch wurde er aus seinen Gedanken gerissen, als er eine vertraute Stimme hörte (zwar etwas erschöpft, aber immer noch schön anzuhören):

Mauskatze, Mauskatze.
Ich renn die ganze Nacht.
Mauskatze, Mauskatze.
Bald hab ich mich umgebracht.
Mauskatze, Mauskatze.
Ich renne den ganzen Tag.

Mauskatze, Mauskatze.
Wer schaufelt mir mein Grab?

Maximaler Maximus lachte sofort darauf los: „Ach Mauskatze. Du bist die Beste. Keiner bringt mich so zum Lachen wie du! Du erinnerst mich an Tom und Jerry. Nur bist du noch viel lustiger. Weil du Tom und Jerry bist. Vielleicht sollte ich dich Tom-Jer oder Jer-Om nennen? Jer-Om ist gut."

„Hm …", überlegte Maximaler Maximus weiter, „aber was ist, wenn du Learsa bist?" Vorsichtig sprach er Mauskatze mit: „Learsa?" an.

Sofort hörte die Mauskatze auf zu singen und sagte hoffnungsvoll: „Miau!"

„Du bist Learsa." Maximaler Maximus konnte es nicht glauben. Er schaute sich um, ob Timo mit dem schrägen Hut in der Nähe war und schlich schnell davon Richtung Zoo.

Springpimpfi wartete schon vor dem Eingang auf Maximaler Maximus. „Da bist du ja endlich. Ich warte schon eine ganze Weile auf dich. Wo warst du denn so lange? Die Karten habe ich schon gekauft. Los, lass uns reingehen", blubberte Springpimpfi drauflos.

Maximaler Maximus erzählte ihm von Mauskatze und wie das Katzenvorderteil versuchte, das Maushinterteil zu fangen.

Springpimpfi lachte laut los und sagte: „Jetzt sind wir im Zoo. Hier gibt es noch mehr Tiere. Vielleicht können wir hier noch mehr lustige Dinge erleben. Du hast doch die Zaubersterne dabei, oder?"

„Na klar."

Als Erstes kamen sie an dem Affenkäfig vorbei. „Hm, welchen Stern nehme ich?", überlegte Maximaler Maximus laut vor sich hin.

„Was? Du weißt gar nicht, welcher Stern welche Auswirkung hat? Dora Sternenfängerin hat dir doch alles erklärt!"

„Das macht die Sache doch noch lustiger, wenn man nicht weiß, was passiert", antwortete Maximaler Maximus und nahm einen hellblauen Stern aus seiner Dose. Er warf den Stern auf einen Affen, der gerade an einer Liane schwang. Und *zack*, während der Affe noch schwang, änderte sich sein Affenkörper – und der von Maximaler Maximus auch. Maximaler Maximus hatte jetzt einen Affenkörper und der Affe den Körper von Maximaler Maximus.

Springpimpfi lachte: „Ha, jetzt gibt es tatsächlich Menschenaffen. Was für eine Sensation, Maximaler Maximus!"

Maximaler Maximus fühlte sich aber irgendwie nicht so wohl in seiner neuen Haut: „Ich glaub, ich hab Läuse." Und er kratzte sich am Kopf. Um den Blicken der anderen Zoobesucher zu entgehen, gingen sie schnell zum nächsten Gehege weiter.

Als sie an einem Mädchen und seiner Mutter vorbeigingen, hörten sie das Kind sagen: „Schau mal, Mama. Da schwingt ein nackter Mann auf der Liane."

„Ach, so ein Blödsinn …", sagte die Mama. Doch als sie den Affen in Menschengestalt sah, blieb ihr der Mund offen stehen. Auch die anderen Besucher stürmten auf das Gehege zu und konnten ihren Augen nicht trauen. Der Affe im Adamskostüm bemerkte die erhöhte Aufmerksamkeit, grinste, wie es Affen gerne machen, und winkte mit der einen Hand seinen neuen Fans zu. „Kinder, kommt. Wir müssen uns beim Zoowärter beschweren. Ein nackter Mann im Affengehege. Das geht zu weit."

Springpimpfi und Maximaler Maximus gingen schnell weiter und erst als sie von niemandem mehr gesehen wurden, prusteten sie laut los. „Oh, Maximaler Maximus! Was hast du noch für Zaubersterne? Schau mal. Da sind Elefanten."

„Okay. Mal schauen. Was habe ich noch? Einen gelben Stern. Hoffentlich krieg ich nun irgendwie meinen Affenkörper wieder weg." Er warf den Zauberstern. Und *zack* – sein Wunsch wurde erhört. Maximaler Maximus schrie laut auf: „Oh Schreck. Was ist denn jetzt passiert? Schau dir mein Hintern an!"

Springpimpfi konnte sich nicht mehr vor Lachen halten: „Ach, wenn es nur dein fettes Hinterteil wäre! Aber du hast auch noch einen Rüssel im Gesicht!"

„Ja schon, aber meine Hose ist gerissen!", jammerte Maximaler Maximus.

„Vielleicht wäre es doch besser gewesen, wenn du Dora Sternenfängerin zugehört hättest."

Etwas verzweifelt und mit gequältem Lächeln sagte Maximaler Maximus: „Ach was. Probieren geht über Studieren." Er versuchte sein Glück noch beim Jaguar. Diese Verwandlung hatte zumindest den Vorteil, dass er keinen so großen Hintern mehr hatte und der Rüssel aus dem Gesicht verschwand. Dann ging es weiter zu den Giraffen. Auch da versuchte er sein Können.

„Hey, Maximaler Maximus. Der Giraffenkörper passt irgendwie gut

zu dir. Jetzt bist du fast so groß wie Dora Sternenfängerin“, sagte Springpimpfi.

„Stimmt. Das ist gar nicht so übel“, dachte sich Maximaler Maximus. „Aber etwas auffällig ist dieser Körper schon.“

Dann kamen sie zu den Vögeln. Und wieder warf er einen Stern auf eines der Tiere. „Na, was sagst du jetzt?“

„Flügel? Nicht schlecht! Kannst du damit fliegen?“

„Warte. Ich probiere es!“ Maximaler Maximus schlug seine neuen Flügelarme auf und nieder und flog in die Luft. „Juhu! Ich kann fliegen! Das fühlt sich witzig an!“ Und er flog hin und her und zog wie ein Adler seine Kreise. Doch wie aus dem Nichts kam ein Zauberstern auf ihn zugeflogen. Den kannte er bisher noch nicht. Er wollte zwar ausweichen, doch es gelang ihm nicht. Der Zauberstern traf ihn mitten ins Gesicht. Auf einen Schlag wurden alle seine Verwandlungen rückgängig gemacht. Er wurde nämlich von einem Wegmach-Stern getroffen.

„Oh nein. Meine Flügel sind weg. Hilfe! Ich falle!“, schrie Maximaler Maximus voller Verzweiflung. Er plumpste mit voller Wucht auf den Boden.

Mit großer Sorge sprang Springpimpfi zu Maximaler Maximus. „Ist alles in Ordnung, Maximaler Maximus?“, fragte er besorgt.

„Geht schon“, bekam er als Antwort. Maximaler Maximus rieb sich die Stirn. „Das gibt bestimmt eine Beule.“

„Wenn das alles ist!“, lachte Springpimpfi. „Aus der Höhe hätte auch Schlimmeres passieren können. Aber ein Gutes hat es. Jetzt bist du wieder ganz der alte Maximaler Maximus“, sagte Springpimpfi.

„Ich glaub, ich muss nach Hause und mich ausruhen. Mein Kopf brummt“, sagte Maximaler Maximus. Und so machten sich die beiden auf den Heimweg.

Kurz vor dem Ausgang kamen sie am Streichelzoo vorbei. „Drei Sterne habe ich noch“, sagte Maximaler Maximus, der allmählich wieder zu Kräften kam.

„Du willst doch nicht noch mal dich und die Tiere verzaubern?“, entgegnete Springpimpfi.

Doch schon hatte Maximaler Maximus einen Stern auf ein Schaf geworfen, das sofort anfing, zu singen:

Schaf, Schaf.
Ich bin so brav.
Schaf, Schaf.
Bald beginnt mein Schönheitsschlaf.
Ich habe die schönsten Locken.
Kein anderes Tier kann das toppen.
Ich bin so toll, ich bin so schön.
Alle Besucher kommen, um mich zu seh'n.

Die verblüfften Besucher applaudierten dem Schaf. „Habt ihr das schon einmal erlebt? Ein singendes Schaf? Ist es nicht zuckersüß?“

In dem Tumult um das Schaf, das die erhöhte Aufmerksamkeit sichtlich genoss, holte Maximaler Maximus den vorletzten Stern hervor. „Vielleicht können wir einen zauberhaften Schaf Chor eröffnen?“ Und er zielte auf ein zweites Schaf. Doch er verfehlte sein Ziel und traf eine Ratte, die ganz unscheinbar im Stroh nach Futter suchte. Plötzlich fing auch die Ratte an zu singen:

Ratte, Ratte.
Mein Leben ist irgendwie kacke.
Die Kanalisation ist mein Zuhause.
Ich schlage mich durchs Leben wie ein Banause.
Ratte, Ratte.
An meinen Pfoten klebt Schlacke. (Oder ist es Kacke?)

Die Besucher und das Schaf rümpften bei dem Gesang die Nase und verzogen das Gesicht. „Wer singt da so grässlich?“, fragten sie sich.

Und vor allem: „Wo ist diese Ratte?“

„Okay. Einen letzten Versuch habe ich noch“, dachte sich Maximaler Maximus und warf den Ist-gleich-Stern. Der Stern traf das Schaf und –

na klar – auch die Ratte. Das Rattenschaf war geboren. Und so ertönte ein ganz neues Lied:

Betrachtet meine schönen Locken.
Gleich werde ich euch alle abzocken.
Im Untergrund werde ich wohnen.
Ich nehme euch alles weg,
selbst eure Bohnen.
Zu stillen ist mein Hunger nicht.
Ihr werdet schreien: Das Tier ist nicht ganz dicht.
Doch ich bin Rattenschaf und rattenscharf.
Ich hab unzählig viel Bedarf.
Rattenschaf und rattenscharf.
Ich bin gemein, kein bisschen brav.

„Kommt, singt alle mit!“, animierte das Rattenschaf seine Zuhörer. Die Zoobesucher schauten sich gegenseitig verdutzt an, aber die Melodie war so eingängig und das Rattenschaf zog sie alle in ihren Bann, dass alle lauthals mitsangen:

Rattenschaf und rattenscharf.
Ich hab unzählig viel Bedarf.
Rattenschaf und rattenscharf.
Ich bin gemein, kein bisschen brav.

„Das habt ihr klasse gemacht! Vielen Dank!“, sagte das Rattenschaf und im nächsten Augenblick war es wie vom Erdboden verschluckt.

„Mama, wo ist mein Essen? Ich hatte doch gerade noch mein Käsebrot in der Hand“, sagte ein kleines Mädchen zu seiner Mama.

„Hast du es beim Singen auf die Seite gelegt?“

„Nein.“

„Dann hat es wohl das Rattenschaf geklaut.“

„Das Rattenschaf ist so gemein“, schluchzte das Mädchen.

Und auch der Kiosk nebenan war wie leer geräumt. Wer das wohl war? Vermutlich auch das Rattenschaf. Man war sich nicht so sicher, denn niemand hatte irgendwas bemerkt.

„Komm. Lass uns auch verschwinden“, sagte Springpimpfi zu Maximaler Maximus. „Nicht dass noch jemand auf die Idee kommt, dass wir was damit zu tun haben.“ Und so machten sich die beiden auf den Heimweg.

Anhang: Erklärung der unterschiedlichen Sterne

Ist-gleich-Stern: Zwei Gegenstände ergeben zusammen einen Mix.
Veränderungsstern: Man wirft einen Stern auf einen Gegenstand. Der Gegenstand verwandelt sich in etwas anderes.
Verdoppelungsstern: Die letztliegende Veränderung wird verdoppelt.
Wegmachstern: Die letztliegenden Veränderungen werden rückgängig gemacht.
Wunschstern: Den Wunschstern kann man nur auf sich selbst werfen und für sich selbst etwas wünschen. Maximaler Maximus hat diesen Stern allerdings nicht.
Der unsichtbare Stern: Es gibt noch einen Zauberstern. Allerdings hat den noch niemand gesehen und noch nie gehabt. Ein kluger Zauberer hat ihn schon mal gesehen: Minimus, der Kluge.

Henry Schelle: *Ich bin 10 Jahre alt und habe im Alter von 6 Jahren angefangen, mir meine Geschichten vom Zauberer „Maximaler Maximus“ auszudenken. Ich habe viele Bilder gemalt und meinem Papa erzählt, was darauf zu sehen ist und was passiert. Mein Papa hat es dann für mich aufgeschrieben. Ich möchte sehr gerne Schriftsteller werden, so wie Jörg Hilbert. Er hatte wie ich als Kind eine Lese-Rechtschreibschwäche und trotzdem nie aufgegeben. Das motiviert mich. Wenn ich nicht an neuen Geschichten sitze, spiele ich sehr gerne Fußball oder bin einfach draußen mit meinen Freunden unterwegs.*

Die magische Schule der Feen

In der magischen Feenschule war es schon immer spannend, besonders an dem Tag, als Leila die Freundschaft mit Tieren des Ozeans begann. Sie hatte eine enge Verbindung erschaffen. Auch Mila freute sich, jetzt konnten sie beide das gleiche Fach lernen.

Die erste Stunde begann am Montag. Sie hatten also noch ein Wochenende Zeit. Sie freuten sich wirklich sehr und Mila sagte oft, dass sie sich schon auf die gemeinsamen Stunden freue. Dann war es endlich so weit und es ging los.

„Wir dürfen heute nicht zu spät kommen, wir müssen rechtzeitig da sein." Mila und Leila packten ihre Sachen und auch die Mama drängelte: „Jetzt aber los, Kinder!"

Beide Kinder antworteten fast zur selben Zeit: „Ja, wir essen nur noch schnell das Brot auf."

Die kleinen Feen sagten: „Tschüss", und die Mama wünschte ihnen ganz viel Spaß. Sie flogen eilig zur Schule, weil der Unterricht ja gleich begann. Sie mussten sich am ersten Tag noch beim Direktor anmelden.

Da kam er auch schon lachend auf sie zu. „Ihr müsst wohl Leila und Mila sein!"

Die beiden Schwestern riefen fast gleichzeitig: „Ja, das sind wir!"

„Ich bin Herr Schmidt, ich bin euer Direktor. Ich bringe euch jetzt mal in eure Klasse." Die Mädchen waren ganz aufgeregt und liefen hinterher. „Schaut mal, da ist ja schon eure Lehrerin Frau Staub!"

„Hallo Frau Staub!"

„Hallo Herr Schmidt, wie geht es Ihnen?"

„Gut! Ich habe noch zwei neue Schülerinnen für Sie."

Frau Staub schaute die Mädchen an und fragte freundlich, wer die beiden denn seien.

„Wir sind Mila und Leila! Wir sind jetzt in Ihrer Klasse."

Frau Staub bat die beiden, zu ihr reinzukommen. „Das ist eure Klasse, ich stelle euch mal schnell alle vor. Das Mädchen hier vorne links heißt Julie, sie ist sehr nett und schlau. Sie sitzt gern allein, weil sonst die anderen immer bei ihr abgucken können. Wir sind insgesamt nur acht Kinder, sechs Mädchen und zwei Jungen. Die zwei Kinder in der Mitte heißen Sofia und Erik, die beiden sind richtig gute Freunde geworden. Die beiden auf der rechten Seite heißen Elisa und Ben. Gleich dahinter werdet ihr ab jetzt sitzen." Die Mädchen waren glücklich.

Die Reise durch den Ozean

Nachdem alle auf ihren Plätzen saßen, begann der Unterricht. „Schön!", rief die Lehrerin. „Dann kann ich ja den Unterricht losgehen lassen. Als Erstes einmal guten Morgen, liebe Klasse. Ihr müsst mir kurz einen Zettel ausfüllen. Mit welchem Tier wollt ihr eine Verbindung aufstellen? Schreibt das doch bitte mal auf das Blatt drauf und bringt es euren Eltern nach Hause. Ich kriege es morgen zu Schulbeginn wieder. Das erste Thema in dieser Stunde ist der Ozean."

Die Kinder sollten durch den Ozean reisen und nach ihren Partnertieren suchen. „Viel Spaß, Kinder, aber passt aufeinander auf! Bildet bitte kleine Gruppen, es dürfen immer vier Kinder in einer Gruppe sein."

„Mila, Leila! Wollt ihr mit in meine Gruppe?"

„Ja gern!"

Frau Staub befragte die Mädchen. „Was sucht ihr denn für ein Tier?"

Julie antwortete schnell: „Ich suche einen Delfin." Auch Mila wusste schon welches. „Ich suche einen Narwal." Leila suchte eine Robbe.

„Welches Tier wollen wir zuerst suchen?", überlegten die drei.

„Wie wäre es denn mit dem Delfin?" Das war eine prima Idee von Julie.

„Schaut schnell, da ist ein tolles Riff", rief Mila laut.

„Gut gesehen!", bedankte sich Leila. „Da könnte vielleicht ein Delfin leben."

„Lasst uns schnell nachschauen!", beschlossen die Mädchen gemeinsam. „Ohhhh, da ist ja schon einer!"

Der arme Delfin war aber verletzt und hing zwischen zwei Steinen fest, stellten die Kinder erschrocken fest. „Wir müssen ihm helfen!"

„Ich habe den perfekten Zauber hierfür", sagte Leila. „Wir müssen uns an die Hände nehmen und sagen: Eins, zwei drei, der Delfin ist frei. Vier, fünf, sechs, die Verletzung ist verhext. ... Es hat geklappt!" Die kleinen Feen freuten sich so sehr. Sie hüpften und tanzten umher.

Julie fragte, ob der Delfin mitkommen wolle.

Er sagt auf Delfinisch: „Ja."

Julie freute sich so. „Wir müssen noch zwei Tiere suchen, hilfst du uns?"

„Ja gerne", sagte der Delfin. „Ich kann auch ein bisschen Feeisch sprechen", sagte der Delfin. „Mein Name ist Dolly."

„Dolly, das hier sind meine Freunde Mila und Leila. Die beiden suchen auch ihre Freundschaftstiere. Einmal eine kleine Robbe und einmal einen mutigen Narwal."

Zum Glück der Mädchen hatte Dolly die beiden Tiere hier schon einmal gesehen, sie durften also gar nicht weit weg sein.

„Da sind sie auch schon", riefen die Mädchen nach kurzer Zeit. „Hey, könnt ihr mal kurz anhalten?"

„Darf ich euch meine Freunde vorstellen? Der Narwal heißt Sky, die Robbe heißt Flesch, sie ist die schnellste Robbe im ganzen Ozean. Wir müssen mit euch zu unserer Lehrerin gehen, da vorne ist sie ja schon."

„Hallo!" Frau Staub war ganz froh, als sie sah, dass die Feen ihre die Tiere gefunden hatten. „Jetzt könnt ihr zum nächsten Schritt gehen. Eine Freundschaft aufbauen. Leila! Du fängst mit deiner Robbe an. Ihr dürft auch gern einen Brief schreiben!"

Ein Brief an Flesch

Liebe Flesch,
du bist die coolste Robbe im ganzen Ozean!
Willst du meine für immer Freundin sein? Das wäre fein!

Und Flesch antwortete: „Ja, gerne, Leila, ich freue mich, dass du jetzt meine Freundin bist." Julie und Dolly waren nun auch Freunde und auch Mila und Sky. Die Lehrerin rief die anderen Feen zusammen, denn es ging wieder zurück in die Schule. Die anderen Feen warten schon. Das Portal war offen. Die Schwestern gingen glücklich nach Hause, denn sie durften die neuen Tierfreunde mitnehmen, wenn die Tiere es auch wollten.

*Ich heiße **Frieda Marie Böttcher** und bin 10 Jahre alt. Ich lebe in Berlin. Meine Hobbys sind Geschichten schreiben und Karate.*

Fantastisch gute Kindergeschichten

Geschichten der

Grundschule am Altglienicker Wasserturm

in Berlin

Mermaids entführt

Lina, Laura und Maria saßen auf einer Terrasse, die genau an einen wunderschönen Strand grenzte. Sie genossen bei einer leckeren Limo die herrliche Sonne, die ihnen auf den Bauch schien. Nach einigen Minuten herrlicher Ruhe sagte Lina: „Wollen wir schwimmen gehen? Das Wetter ist so herrlich und geradezu perfekt dafür." Lina war ein Mädchen mit blonden, lockigen Haaren und hellblauen Augen.

„Ja", sagte Maria sofort. Sie liebte es, die Korallen, Tintenfische, Haie und Wale und die Unterwasserwelten zu erkunden.

„Geht ihr ruhig, ich habe Mutter und meinem Vater versprochen, auf unser Haus aufzupassen, so lange sie ihre Kur an der Ostsee machen. Das ist die Vereinbarung", sagte Lina geknickt.

Maria sah Lina traurig an. „An deiner Stelle würde ich jetzt unfassbar traurig sein. Es muss furchtbar sein, nicht in die Unterwasserwelt als Meerjungfrau zu dürfen."

„Ach, ich finde es nicht so schlimm. Ich betrachte es als Erholung. Ihr kennt doch die Geschichte von dem Krieg zwischen Aliens und Meerjungfrauen und Meermännern. Er ist 29 Jahre vor Christus entstanden, weil die Aliens das Unterwasserreich haben wollten. Allerdings konnten die Meerjungfrauen und Meermänner ihr Reich verteidigen. Ende des Krieges war 15 Jahre vor Christus, doch an diesen Tag meinten die Aliens, bevor sie sich zurückzogen: „Wir gründen eine Armee von Aliens und werden dann zurückkommen, um jeden Einzelnen von euch niederzutrampeln." Seit diesen Tag an haben die Meerjungfrauen und Meermänner erfunden, sich in Menschengestalt zu verwandeln. Und da die Aliens das nicht wissen, sind wir an Land mehr geschützt als im Wasser, wo die Aliens uns irgendwann angreifen werden", sagte Lina.

„Das ist eine Legende, eine uralte Legende, außerdem – wir können uns nicht in einer uralten Legende verstecken, wir müssen einfach ins Wasser, wir sind Meerjungfrauen", sagte Maria.

„Geht ihr ruhig", sagte Lina, „ich muss eh aufs Haus aufpassen."

„Na gut“, sagte Maria, „dann eben nicht.“

Und so kam es, dass sie und Laura sich alleine ins Wasser stürzten. Als sie grade einmal zehn Sekunden in der Unterwasserwelt waren, bekamen sie wunderschöne Fischschwänze. Das Allerschönste daran war aber, dass sie sich Unterwasser mit allen Lebewesen verständigen konnten. Doch auf einmal sahen sie eine Horde von kleinen Aliens mit einer unfassbaren Ausrüstung, die geradezu ins Wasser stürzten. So schnell sie konnten, rasten Maria und Laura zum Ufer und verwandelten sich in ihre normale Menschengestalt, dann rannten sie zu Lina ins Haus.

„Lina, du hattest voll recht, sie sind da! Genauer gesagt, sie sind in der Unterwasserwelt!“

„Was?“, fragte Lina. „Wir müssen hier weg.“

„Und das ist auch noch nicht alles. Sie hatten Waffen und eine super Ausrüstung dabei“, sagte Laura.

„Das wird ja immer besser“, meinte Lina.

Plötzlich hörten die drei Mädels ein Quietschen hinter sich. Sie sahen, wie hinter ihnen die Tür aufging, und schauten ins Leere.

„Wer ist da“, rief Laura mit Blick auf die offen stehende Tür.

„Wir“, erklang es hinter ihnen.

Die Mädchen drehten sich auf der Stelle um und sahen unfassbar viele Aliengesichter. Bevor Lina, Lara und Maria auch nur ein Wort sagen konnten, wurden sie am Kragen gerissen. Ihnen wurde schwarz vor Augen und sie fanden sich im Weltall wieder.

„Oh nein, wo sind wir hier?“, fragte Lina.

„Anscheinend in einem Gefängnis, das im Weltall liegt“, antwortete Laura.

Auf einmal sagte eine dumpfe Stimme zu ihnen: „Ihr wisst es nicht mehr, das ist gut, doch lange soll das nicht halten. Ihr müsst schließlich einiges erzählen über das, was ihr könnt, und über das, was eure Schwächen sind und über euch. Ihr seid also mein Opfer.“

„Und was ist, wenn wir dir und deinen Aliens nicht antworten?“, rief Laura frech.

„Dann seid ihr wohl ein weiteres Opfer, eines von mir und von unserer Meerjungfrauen-Meermänner-ins-Weltall-schieß-Kanone. Genauer gesagt, sie schießt euch ins schwarze Loch“, sagte die dumpfe Stimme, die sich jetzt offenbart hatte. Es war ein Riesenalien, fasst zwei Meter und einen halben groß. Jetzt verstanden die Mädchen, warum die Decken hier so hoch waren.

Die Mädchen sahen sich erschrocken an. Auf keinen Fall wollten sie in das Weltall zum schwarzen Loch geschleudert werden, doch sie wollten auch auf keinen Fall ihren Schwarm, der jetzt auf der ganzen Welt verteilt war, verraten. Doch auch wenn sie sich opfern würden, würden die Aliens einfach neue Meerjungfrauen und Meermänner angreifen und irgendwann hätten sie trotzdem gewonnen.

Da sagte das Alien: „Ach so, fast hätte ich es vergessen." Es zeigte auf ein wie eine Box aussehendes Teil über ihnen. „Das ist eine Überwachungskamera und ein Gedankenleser zugleich."

Wie kamen sie hier nur weg? Und wie sollten sie sich einen Fluchtplan überlegen, wenn sie nicht denken durften? Ratlos sahen sie sich an. Da hatte Laura eine Idee und fragte: „Werden jetzt denn auch schon unsere Gedanken gelesen?"

Das Alien schaute ratlos zur Decke. „Ja", antwortete es zerknirscht.

„Also nein", dachten Lina, Laura und Maria.

Auf einmal ging es ganz schnell. Es kam ein blauer Wasserstrahl ins Weltall geschossen und traf das Riesenalien, es war das Oberhaupt aller Aliens, am Arm. Grinsend schaute sich Laura ihr Werk an. Der nächste Wasserstrahl kam von Lina, sie lenkte den Strahl so, dass die Gefängnisstäbe einfroren und schließlich zerbröselten – sie waren frei.

Doch wo waren sie hier überhaupt? Plötzlich hörten sie ein Piepen, sahen rot leuchtende Lampen und eine Armee von großen Aliens. Ein Alien schleppte seinen Boss in einen Raum und die anderen stellten sich mit wasserfesten Westen auf. Doch sie standen nicht lange in fester Angriffshaltung, sondern spürten bald einen kalten Hauch, dann sahen sie eine große Eiskugel im Inneren des Raums.

„Also deine Reaktion hätte ich gerne", sagte Maria.

„Ich konnte noch nicht mal mit der Wimper zucken", bestätigte Lina.

„Für mich ist das normal", sagte Laura stolz.

Die Mädchen merkten aber nicht, dass sie bereits am Ende des Raumes angelangt waren. Maria schrie erschrocken auf, als sie sie sah, was in weniger als einer Millisekunde passieren würde. Und auch passierte! Das Eis zersplitterte und die Wand ebenso. Lange konnten die Meerjungfrauen nicht mehr die Luft anhalten, ihnen musste schnell eine Lösung einfallen, sonst würden sie noch Ballon-Fischschwänze im Weltall. Doch wie sollte man nachdenken, wenn man die Luft anhalten musste und einem der Kopf wehtat?

Doch da hatten die drei Mädchen eine Idee. Sie formten zusammen drei Astronautenanzüge. Doch wie sollten sie den nötigen Sauerstoff herbekommen? Da wusste Laura etwas. Sie guckte angespannt zur Erde und holte eine Wasserblase hoch. In deren Inneren war Sauerstoff – und schon konnten sie zur Erde mit Schwimmbewegungen zurückkehren.

Als sie zurück waren, gingen sie erst mal zurück zu ihren Eltern, die in Brasilien lebten und gerade Abendessen aßen.

„Mama, Papa“, rief Laura aufgeregt. „Die Aliens sind wieder da, sie haben uns schon gefangen gehalten. Wir müssen uns wehren.“

„Laura hat recht“, sagte Maria.

„Genau“, meinte auch Lina. „Wir müssen was tun!“

„Alles gut“, sagten die Eltern von Laura. „Wir haben schon erfahren, was bei euch die letzten Stunden los war.“

„Woher?“, fragte Laura verdutzt.

„Schon vergessen? Wir wissen doch immer, wo ihr euch befindet. Als ihr unterwegs ins Weltall ward, haben wir schon den Meerjungfrauen und Meermännern Bescheid gesagt. Als ihr gegen die Aliens gekämpft habt, waren sie schon da. Und als ihr dann weg ward, haben die Meerjungfrauen und Meermänner das Riesenalien, also deren Oberhaupt, festgenommen und eingesperrt. Danach haben sie festgelegt, dass sie den Kampf gewonnen haben, und dann das Reich den Eigentümer zurückgegeben. Aber nur weil in der Chronik steht, dass beide Reiche in Frieden leben sollen und dass die Aliens in die Unterwasserwelt und wir in das Weltall dürfen. So können wir wieder in Frieden leben.“

„Ja!“, riefen Maria, Laura und Lina.

*Ich heiße **Marie**, ich bin 10 Jahre alt. Meine Hobbys sind Ringen, Nähen, Rudern, Trommeln, Lesen, Malen, Geschichten schreiben, Zeichnen, Videospiele spielen und Comics schreiben und zeichnen.*

Minni, Hazel, Amina und der Wasserdrache

Kapitel 1: Die Drachenschuppe

In einer Zeit, in der es noch keine Autos und Fabriken gab, waren wir noch mit der Natur im Einklang. Wir lebten in den Tag hinein und hatten keine Sorgen um unser Geld, weil Geld für uns ein Fremdwort war. Aber jetzt mal davon ab: Das ist die Geschichte von Minni. Sie lebte in einem Dorf nah am Wasser und war neun Jahre alt. Sie hatte kurze, hellbraune Haare und feine Sommersprossen im Gesicht. Ihr Vater war Fischer. Er fing den besten Fisch im Dorf. Ihre Mutter hingegen fing keine Fische. Sie machte Kleidung aus Stoff oder Leder.

Eines Tages ging Minni mit ihren Freunden Hazel und Amina spazieren. Amina fragte: „Wo gehen wir eigentlich hin?"

Minni antwortete: „Ich wollte euch was zeigen, es müsste hier gleich um die Ecke sein." Sie zeigte mit dem Finger nach rechts. Amina traute ihren Augen nicht, auch Hazel blieb der Mund offen stehen. Vor ihren Augen war ein riesiger Wasserfall.

Hazel fragte: „War der schon immer da?"

„Ich weiß es nicht, seit wann er da ist, aber er ist auf jeden Fall wunderschön", antwortete Minni auf Hazels Frage.

Als sie eine Weile den Wasserfall betrachtet hatten, gingen die drei wieder zurück nach Hause. Als sie am Baumhaus angekommen waren, sagte Amina leise: „Als wir am Wasserfall waren, da habe ich was gefunden." Sie zeigte ihnen etwas bläulich-grünes Schimmerndes.

Minni sagte etwas lauter „Das sieht aus wie die Drachenschuppe aus dem Buch, was mir meine Oma geschenkt hat!"

Sie holte ihr Buch raus und blätterte und blätterte, bis Hazel sagte: „Da, das ist die Seite."

Minni blätterte ein paar Seiten zurück und las vor, was auf der Seite stand: „Das ist die Drachenschuppe von einem Wasserdrachen, manchmal fallen vereinzelte Schuppen ab. Sie sind sehr selten und schwer zu finden."

Für einen Moment herrschte Stille im ganzen Baumhaus. Erst nach fünf Minuten traute sich Hazel, wieder zu sprechen. „Das heißt also, dass bei uns in der Nähe ein Wasserdrache lebt."

„Ja, sieht ganz so aus", ergänzte Minni und auch Amina freute sich sehr darüber, da sie die Schuppe schließlich gefunden hatte. Minni schlug vor, am nächsten Tag erneut zum Wasserfall zu gehen, um zu sehen, ob sie noch was finden würden.

Am nächsten Morgen trafen sich die drei auf dem Platz des Dorfes. Minni hatte eine Lupe und ihr Buch dabei, Amina hatte einen Block und einen Stift dabei, um wichtige Erkenntnisse zu notieren, und Hazel hatte ein Seil und eine Schaufel dabei und sagte zu Amina und Minni mit einem Lächeln: „Man kann ja nie wissen."

Sie machten sich auf zum Wasserfall. Auf dem Weg dorthin fragte Amina Hazel: „Warum hast du ein Seil und eine Schaufel mitgenommen?"

Hazel antwortete: „Na ja, wenn wir vielleicht in ein Loch fallen, brauchen wir ein Seil. Und falls wir ein Loch graben müssen, brauchen wir die Schaufel."

Woraufhin Amina sie ganz verdutzt anschaute. „Aber warum sollten wir denn ein Loch graben müssen oder in ein Loch fallen?"

„Sicher ist sicher", antwortete Hazel daraufhin und war dann einfach still.

Kurz danach waren sie auch schon angekommen. Minni holte ihre Lupe raus, Hazel begann zu graben und Amina zückte ihren Stift und hielt sich ihren Block vor die Nase. Eine Stunde später legten sie eine kleine Pause ein und suchten sich was zu essen. Sie fanden einen Busch mit leckeren Beeren und einen Baum mit saftigen Äpfeln. Nach einer halben Stunde Essenspause gingen sie zurück an die Arbeit. Als die Sonne begann, unterzugehen, gingen die drei enttäuscht zurück ins Baumhaus.

Kapitel 2: Der verschmutze Fluss

Ein paar Tage später gingen die drei erneut zum Wasserfall, da ihre Forschungen im Baumhaus sie kein Stück voranbrachten. Beim Wasserfall angekommen, sahen sie, dass das Wasser des Flusses seltsam aussah und unangenehm roch. Minni fragte: „Wieso sieht der Fluss so komisch aus? Und wieso stinkt es so abscheulich? Seht nur, den Wasserfall hat es wohl leider auch erwischt." Wer würde sich schon über so was freuen? Auf jeden Fall mussten sie der Sache auf den Grund gehen. Sie beschlossen, eine Wasserprobe zu nehmen und zu untersuchen, denn falls der Übeltäter nicht geschnappt würde, war das Dorf in Gefahr!

Als sie das Wasser untersuchten, passierte etwas Komisches. Vor ihren Augen war ein blasses Bild von einem Drachen zu sehen!

„Bitte, bitte findet mich", sagte er.

Die drei starrten ihn an.

„Ich bin in einer Höhle beim Wasserfall. Bitte, bitte findet mich."

„Wir werden dich suchen", sagte Minni und das Bild verschwand.

Am nächsten Morgen machten sich die drei auf den Weg zum Wasserfall und suchten nach dem Eingang. Eine Stunde später hatten sie immer noch keinen Erfolg gehabt. Auch am nächsten Tag machten sich die drei auf den Weg zum Wasserfall. Als sie da angekommen waren, guckten sie sich um. Mit dem bloßen Auge konnten sie nichts entdecken. Sie suchten eine weitere Stunde lang nach dem Eingang.

„Das wird doch nichts! Wir werden ihn nie finden", sagte Minni und guckte ganz traurig. Sie hatten in der ganzen Zeit nichts gefunden. Traurig gingen die drei zurück zu ihrem Baumhaus. Sie saßen um den Tisch und redeten über den Tag.

„Wir konnten heute den Drachen wieder nicht finden und er braucht unsere Hilfe." Sie grübelten und grübelten, aber trotzdem konnten sie den Drachen nicht finden. Plötzlich erschien wieder, was sie schon mal gesehen hatten – der Wasserdrache, der ihnen schon mal begegnet war! „Ihr müsst mich finden!"

„Aber wo bist du? Wir haben schon überall gesucht!", sagte Amina und sah dabei ganz böse aus.

„Ich bei in einer Höhle beim Wasserfall eingesperrt und komme nicht mehr raus!"

„Wir haben aber keinen Eingang zur Höhle gefunden?!", antwortete Hazel dieses Mal und sah auch so wütend aus wie Amina vorhin.

„Das liegt daran, dass der Eingang nur mit einer bestimmten Technik aufzukriegen ist", sagte der Drache und setzte sich hin.

„Dann sag uns doch, wie diese Technik geht!", sagte Hazel und platzte fast vor Ungeduld.

„Okay, okay, aber ihr dürft sie niemandem verraten. Die darf nämlich niemand wissen. Ihr müsst einen Stein finden und ihn zur Seite rollen, dann ist der Eingang frei." Die drei kletterten sofort vom

Baumhaus runter und gingen gleich zum Wasserfall, wo sie mit der Suche begannen.

Kurze Zeit später fanden sie den Stein und rollten ihn zur Seite. Und da war er, der Eingang zur Höhle. Überall waren schöne Kristalle, die bläulich schimmerten. Sie sahen aber auch sehr viel Müll. Wie zum Beispiel Essensreste, Glasflaschen und alte Möbel wie Tische, Stühle, Betten und so weiter. Aber am beeindruckendste war der Drache! Er war ungefähr acht Meter groß. Seine Flügel waren ungefähr sechs Meter lang. Seine Schuppen schimmerten blau-grünlich und er sah einfach wunderschön aus.

„Na endlich, endlich ist mal eine andere Seele als meine hier", sagte der große Drache und lachte herzlich.

„Was ist dein Problem?", fragte Hazel.

„Na ja, dadurch, dass das Wasser verschmutzt ist, kann ich nicht mehr durch denn Wasserfall hinaus", sagte der Drache und guckte zum Wasserfall.

„Das heißt also, dass wir das Wasser sauber machen müssen?", stellte Minni fest.

„Genau! Ihr müsst das Wasser reinigen, dann kann ich wieder raus!"

Sie begaben sich gleich hoch zum Wasserfall, um zu sehen, wer dafür verantwortlich war. Aber als sie es sahen, blieb ihnen der Mund offen stehen. Es war kaum zu glauben! Es war der Bürgermeister, der das Wasser verschmutzte!

„Stopp!", schrie Amina und der Bürgermeister hob den Kopf.

„Was wollt ihr denn hier?!", schrie der Bürgermeister zurück.

Die drei verjagten den Bürgermeister und riefen ihm noch hinterher: „Mach das bloß nie wieder!" Gemeinsam entsorgten sie den Müll aus dem Wasser. Später, als der ganze Müll weg war, kam der Drache aus dem Wasserfall und drehte eine Runde. Dann kam er wieder zurück. „Das habt ihr toll gemacht! Ihr seid meine Retter!"

„Ja, sieht so aus", sagten die drei und zuckten mit den Schultern.

„Damit verkünde ich, dass ihr ab sofort Freunde aller Lebewesen seid!", rief der Drache. Die drei waren also nun Freunde aller Lebewesen. Vielleicht wirst du es ja auch!

*Ich bin **Charlotte Köhler**, 10 Jahre alt und wohne in Berlin. Meine Hobbys sind: Lesen, Zeichnen, Geschichten schreiben, Videospiele spielen und Geschichten schreiben.*

Die Kanutour

1. Kapitel

Luna und Ronja waren Zwillinge und sehr eigenständige Mädchen, die es liebten, wenn sie mal etwas herausfinden konnten. Ihr Lieblingsspiel war das Detektivspiel. Als ihr Papa sie fragte, ob sie eine Abenteuertour nach Costa Rica erleben wollten, antworteten beide gleich mit einem lauten: „Ja." Als sie dann ihre Mama fragten, ob sie auch mitkommen wolle, antwortete sie auch mit: „Ja."

Sie hatten schon sehnlich auf die Reise nach Costa Rica gewartet und buchten gleich den Flug, er ging in drei Tagen. Die drei Tage gingen rasch um. Als Luna und Ronja am Flughafen wieder ein Spiel spielten, sahen alle Leute ihnen zu. Sie mochten das nicht, deswegen sagte Ronja laut: „Stopp!"

Als das Flugzeug gelandet war und das Abteil von Luna und Ronja aufgerufen wurde, stürmten sie rein und guckten sich das gesamte Flugzeug an. Es war ein Doppelstockflugzeug, weil es gleich von Deutschland nach Costa Rica durchflog. Als sie auf ihren Plätzen saßen, guckten sie einen Film und schliefen gleich ein. Einmal wachte Luna in der Nacht auf und weckte Ronja, sie mussten auf die Toilette. Als sie danach wieder aufwachten, waren sie schon in Costa Rica.

Dann sagte ihr Papa: „Aufwachen, wir sind gelandet."

Als sie am Flughafen waren, sehen sie auch schon die Palmen. Sie gingen aus dem Flughafengebäude raus und ihr Papa buchte gleich ein Taxi. Als sie aus dem Taxi ausstiegen, sahen sie schon das Hotel, es sah schön aus. Sie liefen hin, der Weg dauert ungefähr fünf bis zehn Minuten. Als sie am Hotel ankamen, sagte die Rezeptionistin, dass sie im Zimmer 543 wohnen würden. Ihr Zimmer teilten die Zwillinge gleich auf. Sie hatten die Betten ganz hinten, da gab es eine Wand, die sah aus wie ein Dschungel. Als die Mädchen sich ins Bett legen wollten, weil es schon halb zehn war, kam ihre Mama ins Zimmer. Sie sagte, dass sie schnell zur Rezeption gelaufen sei und nach einer Aktivität für den nächsten Tag gefragt habe. Dann schliefen die Zwillinge ein.

Als sie am nächsten Tag aufwachten, wollten sie gleich zum Frühstücksbuffet laufen, ihre Eltern waren schon da. Nur wussten sie nicht, wo das war, also liefen sie erst einmal in die dritte Etage. Da war kein Essen zu sehen, also liefen sie in die zweite Etage. Da war aber auch kein Essen. Also liefen sie in die erste Etage gelaufen, da war auch nichts. Sie gingen zur Rezeption. Luna war schon voll außer Atem. Dann fragten sie an der Rezeption, wo das Buffet sei. Die an der Rezeption sagten, dass das Buffet im in Hof sei.

Ronja sagte zu Luna: „Wir sind echt gerade ein bisschen verpeilt, weil unser Fenster direkt zum Hof zeigt."

2. Kapitel

Die Mädchen liefen schnell zum Buffet und guckten, ob noch etwas da war. Es war noch ein bisschen da und sie wurden satt. Dann kam ihre Mama und sagt: „Wir wollen gleich eine Dschungelwanderung machen." Die beiden machten sich fertig und hatten richtig viel Spaß, sogar das Eincremen mit der Sonnencreme machte Spaß. Als sie dann bereit waren, sagten sie ihren Eltern Bescheid und buchten ein Art Taxi – es war halt ein kleiner Bus. Dann fuhren sie eine Stunde zum Dschungelpfad.

Als sie da waren, liefen sie ewig durch den Dschungel. Dann, nach einer ewigen Weile, kamen sie an einen, na ja, wie soll man es sagen, ... zu einem Tor mitten im Dschungel. Luna ging erst mal durch und dann sagte Ronja: „Wer weiß, was dahinter ist, schließlich sind wir hier mitten im Dschungel." Aber dann entschied sich Ronja auch, durch das Dschungeltor zu gehen. Sie sagte, dass es ja auch mal eine Abwechslung sei, etwas zu tun, was nicht sicher sei.

Alle liefen durch das Tor, sogar Mama und Papa. Zuerst stand unter einer Plane ein Dschungel-Jeep. Als sie weitergingen, kamen sie zu einem langen Fluss, der direkt in Ozean oder in irgendein anderes Meer führte. Da waren viele Kinder, die auf Englisch mit den Eltern redeten. Sie sagten, dass sie ein Camp seien und gleich baden gehen würden. Da kam ein Mädchen ungefähr im Alter der Zwillinge und fragte, ob diese mit baden wollten. Das Mädchen hieß Liuna.

Luna und Ronja fragten, ob sie baden dürften. Sie durften und sprangen gleich ins Wasser. Anschließend gingen sie weiter. Da kam der Leiter des Camps auf sie zu und fragte, ob sie auch eine Kanutour machen wollten.

Sie wollten das unbedingt, also sagten sie: „Ja." Dann fuhren sie mit dem Kanu los. Sie sagten: „Nur immer der Nase nach." Aber nach einiger Zeit kam eine Insel auf sie zu, besser gesagt kamen sie auf die Insel zu. Luna und Ronja wollten unbedingt dort hin, ihre Eltern zwar nicht so gerne, aber dann gingen doch alle auf die Insel. Die Insel war ein Dschungel, aber das waren sie ja schon gewohnt. Es war geheimnisvoll. Sie guckten sich die Insel bis zum frühen Abend an. Weil sie dann nicht mehr zurückkonnten, weil es schon so spät war, beschlossen sie, auf der Insel zu übernachten.

3. Kapitel

Nur wussten sie nicht, wo sie übernachten sollten, sie hatten ja nicht damit gerechnet, auf der Insel übernachten zu müssen. Sie guckten sich überall um. Sogar auf dem Boot. Ganz hinten im Kanu war tatsächlich ein Zelt, in das sie sogar alle reinpassten. Ihre Mutter staunte, als sie das Zelt sah, ihr Papa baute es gleich auf. Sie wollten gerade ins Bett gehen, da ging eine kleine Flamme an. Natürlich nicht im Zelt, sondern irgendwo auf der andern Seite der Insel. Sie wunderten sich echt. Um Luna einen kleinen Schreck einzujagen, sagte Ronja zu ihr: „Vielleicht gibt es ja hier einen Vulkan."

„Das stimmte natürlich nicht", sagte die Mama.

„Vielleicht doch", sagte Ronja und das meinte sie dieses Mal wirklich ernst. Luna und Ronja wollten es auf jeden Fall noch diesen Abend herausfinden. Sie holten ihre Ausrüstung, die aus einem Seil, einer Taschenlampe und ihrer Sonnencreme bestand. Das Seil fanden sie im Boot und die Taschenlampe hatten sie von am Anfang an eingepackt. Sie gingen los, aber sie fanden keinen einzigen Berg, in dem womöglich ein Vulkan sein konnte.

Also guckten sie sich weiter um, aber sie fanden nichts. Bis noch eine Flamme erschien, aber viel näher dran.

Da sagte Luna: „Wir kommen näher ran, das ist ein gutes Zeichen oder auch ein schlechtes Zeichen." Dann hörten die Mädchen Trampelschritte. Sie kamen sie zu einem großem, na ja, wie soll man es sagen, ... zu einem Drachen. Luna und Ronja wollten alles über ihn erfahren, aber vielleicht – oder sehr wahrscheinlich – war er böse. Man wusste es ja nicht. Dann machte der Drache noch mal eine Feuerflamme. Luna und Ronja versteckten sich im Gebüsch versteckt und hatten echt Angst.

Dann sagte der Drache: „Bitte, bitte habt keine Angst vor mir, ich bin ein Feuerdrache und muss auf mein Kind aufpassen."

„Ach so, wir sind auch zwei Kinder, die es lieben, wenn wir etwas herausfinden dürfen", sagte Ronja. „Wir wollen mehr über dich herausfinden, dürfen wir?"

„Ja natürlich", antwortete der Drache. „Was wollt ihr denn über mich wissen? Oder wollt ihr noch etwas über die Insel wissen?"

Luna antworte: „Wir wollen erst was über die Insel erfahren."

Da sprach Ronja dazwischen: „Danach aber etwas über dich!"

Nun fing der Drache an zu reden: „Diese Insel heißt Magunanu, sie wurde von Palmen gebildet, als sie untergegangen waren. Dann sind unter Wasser Wasserpflanzen gewachsen und die Insel wurde von einem Wasservulkan, der unter ihr ist, hochgedrückt. Keiner weiß, wieso die Insel jetzt ein Dschungel ist. Aber der Vulkan bricht nicht mehr aus."

Dann machte er eine kurze Pause – und in der Pause hörten die Mädchen ihre Eltern rufen.

4. Kapitel

Luna schrie zurück: „Kommt doch einfach her!"

Dann erzählte der Drache weiter. Er wohnte in dem Wasservulkan, aber auf einmal funktionierte der nicht mehr. „So bin ich auf die Insel gekommen und habe ein Kind bekommen", sagte er.

Ronja fragte: „Wie heißt du eigentlich und wie heißt dein Kind?"

Da antworte der Drache: „Ich heiße Fire und das ist mein Drachenkind." Er stellte den Zwillingen sein Kind genau vor und sagte: „Das ist Flame."

Dann kamen die Eltern und sagten laut: „Versteckt euch!"

Ronja meinte schnell: „Der Drache ist nett!"

Da sagte die Mama: „Gut, jetzt bin ich schon sehr erleichtert." Und der Papa wurde viel entspannter. Alle wurden Freunde.

„Schlaft doch bei mir, ich meine, ihr schlagt euer Zelt neben meiner Höhle auf", sagte der Drache. So machten sie es auch. Fire entzündete noch ein Lagerfeuer und erzählte Geschichten bis spät in die Nacht.

*Mein Name ist **Leni Kühl**, ich wohne in Berlin und bin 9 Jahre alt. Meine Hobbys sind Schwimmen, Turnen, Geige spielen, Ski fahren, Golf, Geschichten schreiben, Zeichnen, Lesen, Videospiele spielen.*

Das magische Portal

In einem verborgenen Königreich leben viele Sagengestalten. Das Ganze wird von Glimmers Mutter Elisabeth Mary IV regiert. Sie hat vier Kinder: Ferdinand, Annabella, Elisabeth und Glimmer. Ihr Mann, der König, heißt Franz Bruno II und sie leben alle im Reich Fantasia.

In Fantasia leben Elfen, Feen, Kobolde und Trolle. Fantasia ist durch ein magisches Portal von der Menschenwelt getrennt. Dieses Portal trennt nicht nur die Menschenwelt und die Fantasiewelt voneinander, sondern hat auch die magischen Elemente von Fantasia in sich: Feuer, Wasser, Luft und Erde. Glimmers Einhorn heißt Wasserfall. Wasserfall ist ein Wasser-Einhorn und hat besondere Kräfte: Es kann das Wasser kontrollieren und bestimmen, wo es gerade ist.

Glimmer und Wasserfall reiten am liebsten durch den verzauberten Wald. Meistens ist Glimmers Kaninchen Lüftchen auch dabei. Lüftchen kann seine Träume erfüllen und auch die der anderen.

Glimmer zieht beim Reiten am liebsten ein leichtes, blaues Kleid an. Sie hat braune Haare und eine blaue Strähne. Ihre Krone ist golden mit rosa Diamanten. Wasserfall ist himmelblau und hat ein buntes Horn und goldene Flügel. Sein Sattel ist dunkelblau mit goldenen Einkerbungen. Wasserfall ist sehr neugierig und hat ein feuriges Temperament. Lüftchen ist weiß und hat einen silberfarbenen Puschelschwanz. Er ist sehr schüchtern, aber immer dabei, wenn Glimmer und Wasserfall ein spannendes Abenteuer erleben.

Der Verzauberte Wald ist ein Laub- und Nadelwald. Die Blätter sind wunderschön bunt. Glimmer findet aber die goldenen Nadeln besonders schön. Außerdem gibt es im Verzauberten Wald auch magische Gestalten wie Blumenmädchen und Baumriesen. Das Besondere ist am Verzauberten Wald der Edelsteinsee, er schimmert türkisfarben und hält Unheil von Fantasia ab. Glimmer und Wasserfall lieben es, im Edelsteinsee zu baden, dessen Wasser kristallklar und erfrischend ist. Das Wasser ist auch heilend – trinkt man es, verschwinden plötzlich schwere Krankheiten.

In Fantasia ist heute ein wunderschöner Tag. Glimmer und Wasserfall galoppieren auf den Feldern gegenüber des Schlosses.

„Es ist ein wundervoller Tag“, sagt Glimmer zu Wasserfall, „morgen werde ich zur Königin von Fantasia gekrönt. Alle im Schloss bereiten schon für die Feier vor ... Wir müssen uns beeilen, um nicht zu spät nach Hause zu kommen. Ich soll doch noch einmal zur Kleideranprobe kommen und außerdem muss ich noch Lüftchen füttern.“

Wasserfall antwortet ihr: „ Okay, soll ich die Abkürzung nehmen?“

Glimmer sagt: „Na klar.“

Zehn Minuten später in Glimmers Zimmer.

„Och man, Mama, muss ich dieses Kleid anziehen. Ich dachte, du lässt mir ein eigenes Kleid anfertigen und ich muss nicht dein Kleid, das du zu deiner Krönung getragen hast, anziehen.“

„Aber Schätzchen, du fandest es früher doch so schön.“

„Ja, Mama, aber ich bin jetzt schon 19 Jahre alt.“

„Okay, Glimmer, der weltbeste Schneider von Fantasia wird dir ein ganz besonderes Kleid schneidern.“

„Dann nehme ich ein Kleid mit lila Stoff und violettem Tüll.“

Am nächsten Tag bei der Anprobe.

„Das ist das perfekte Kleid, Mama.“

„Gut, Schätzchen, dann nehmen wir es.“

Nachmittags um 15:00 Uhr.

„Mama, in einer halben Stunde ist die Krönung.“

„Ja, Kindchen, jetzt ist erst mal die Begrüßung der Gäste. Okay?“

„Ja Mama.“

Später bei der Krönung.

„Hier ist unsere älteste Tochter. Sie wird ab heute zusammen mit mir über Fantasia herrschen.“

Die Gäste jubeln und freuen sich mit Glimmer, doch plötzlich kommt ein großer Windstoß und Terzenzia erscheint in einem dunklen Nebel. Terzenzia war viele Jahre mit Glimmer befreundet, bevor ein böser Fluch sie auf die dunkle Seite von Fantasia zog.

Terzenzia sieht sich um und fragt: „Lieber König, warum wurde ich denn nicht zur Krönung eingeladen? Zur Strafe werde ich alle magischen Kräfte der Magischen Dimension stehlen und bleibe so lange stur, bis ich das erste Kind eurer ältesten Tochter bekomme!" Damit verschwand Terzenzia mit allen Kräften aus Fantasia.

Neun Jahre vergehen und aus Glimmer wird eine junge Frau, die heiratet und wirklich ein süßes und hübsches Baby bekommt. Dieses Baby heißt Luna. Alle Schlossbewohner denken nun nur noch an die böse Terzenzia und ihre Drohung.

Nach zwei Tagen kommt sie dann auch und sagt: „Ich will euer Kind doch nicht. Ich behalte die Kräfte – und ihr euer Kind." Und dann verschwindet Terzenzia in einem grauen Nebel.

Glimmer ruft: „Hinterher! Wir müssen die Kräfte von Fantasia zurückholen. Wir haben neun Jahre ohne unsere Magie gelebt, das muss jetzt ein Ende haben. Wir fliegen auf Vulkan und Flamme, den Drachen-Zwillingen, dann haben wir sie schnell eingeholt."

Glimmer und ihre Schwester Annabella verfolgen Terzenzia bis zu ihrem Zuhause. Die Schwestern entdecken Terzenzia in einem Labor, umgeben von vielen Mixturen, dampfenden Kesseln und mehreren Regalen voller Gläser. Die Gläser sind beschriftet mit den Elementen Feuer, Wasser, Erde und Luft.

Annabella flüstert: „Oh nein, Terzenzia ist kurz davor, die magischen Kräfte der vier Elemente zu vereinen! Dann wird sie zur mächtigsten Hexe der Magischen Dimension! Das müssen wir verhindern."

Glimmer erschrickt genauso wie Annabella und sagt: „Du hast recht, wir müssen es verhindern. Bloß wie?"

Die Schwestern sehen sich ratlos an. Plötzlich erinnert sich Glimmer an die Geschichte, die ihre Mutter ihnen immer erzählt hat, als sie noch klein waren. Die besagt, dass nur die Königin der Fantasiewelt die magischen Elemente beherrschen kann. Alle diejenigen, die zu Unrecht in den Besitz der Kraft der Elemente gelangen, verwandeln sich in Stein. Doch es gibt einen Haken: Die Fantasiewelt ist aufgeteilt in zwei Reiche. Das dunkle Reich des bösen Zaubers und das helle Reich des guten Zaubers. Terzenzia ist heute die Königin der dunklen Seite, war aber früher ein Wesen der guten Seite und ist nur durch die Macht der Elemente in den Bann des Bösen gezogen worden.

Langsam wird es dunkel und die Schwestern müssen zurück nach Hause. Sie sehen noch, wie Terzenzia sich in ihr Bett legt und sofort einschläft. Der Rückweg führt die Schwestern durch einen finsteren Wald und eine Schlucht mit vielen Gefahren. Denn in dieser Gegend leben Werwölfe, Steinriesen, magische Klapperschlangen und angriffslustige Kauze. Glimmer und Annabella wickeln ihre Mäntel enger um sich, um sich vor der Kälte und den beängstigenden Geräuschen um sich herum zu schützen. Je tiefer sie in den Wald kommen, desto kälter wird es. Mittlerweile können sie ihren Atem als weißen Nebel sehen. Nach einer gefühlten Ewigkeit erreichen sie endlich die Grenze zum guten Reich und kommen an den Hütern des Tores vorbei. Es sind Phönixe, weil sie am besten sehen, hören und riechen und sie bei Gefahr am schnellsten zur Königin fliegen können. Endlich fühlen die Schwestern sich wieder sicher und langsam kommt auch das Schloss in Sicht. Sie werden schon sehnsüchtig erwartet.

Glimmer und Annabella landen im Schlosshof und ihre Mutter fragt sofort: „Habt ihr die Magie?"

„Nein, Mama", antwortet Annabella und die Schwestern berichten von ihrem Erlebnis.

Am nächsten Morgen wacht Glimmer sehr früh auf, die Sonne geht gerade erst auf. Sie hat plötzlich die Idee, die Kräfte aus dem magischen Portal zu bündeln und dann die vier Elemente herbeizurufen. Wenn sie auf den Ruf reagieren, würden die Gläser, in denen sie gefangen sind, platzen und die Elemente würden wieder freigesetzt werden. Dadurch könnte alles rückgängig gemacht werden, auch Terzenzia würde wieder zu einem Wesen des Guten werden.

Glimmer eilt in das Zimmer ihrer Schwester und weckt sie. Ganz aufgeregt erzählte sie Annabella, was sie sich überlegt hat, und Annabella ist sofort einverstanden, sie zum magischen Portal zu begleiten. Eine halbe Stunde später fliegen die beiden los. Sie kommen an Wasserfällen und schönen Wäldern vorbei.

Endlich kommt auch das Portal in Sicht und sie geben den Zwillingen Vulkan und Flamme Bescheid, dass sie landen sollen. Glimmer holt einen besonderen Diamanten aus ihrem Rucksack, den ihre Mutter ihr gab, als sie erst zehn Jahre alt war, damit sie das Portal öffnen kann. Sie legt den Diamanten in die Einkerbung des Portals, das sich als runder Torbogen aus glitzernden Steinen zeigt. Annabella und Glimmer machen sich bereit, die Kräfte aus dem Portal zu bündeln, und sprechen gemeinsam den Zauberspruch: „Erde, Wasser, Feuer und Luft, hört unseren Rat und kommt aus der Gruft!"

Nachdem sie den Zauberspruch gesprochen haben, sehen sie die Mächte der Elemente in der Ferne leuchten. Die Energien der Elemente leuchteten lila, blau, grün und rot und vereinten sich wieder mit der Natur.

Annabella ruft: „Wir haben es geschafft! Die Elemente haben sich befreit! Jetzt müssen wir nur noch Terzenzia aus dem Fluch der Elemente befreien."

Glimmer antwortet: „Ja, ich hoffe, dass wir auf Vulkan und Flamme da sind, bevor Terzenzia mitbekommt, dass die Elemente verschwunden sind."

Die beiden Drachen-Zwillinge bringen die Schwestern in Windeseile in die Grotte von Terzenzia. Annabella grinst: „Hihi, die Schlafmütze schläft ja immer noch!"

„Stimmt", antwortet Glimmer. „Gut, dass sie noch schläft. Dann können wir sie, ohne dass sie es merkt, vom Fluch befreien. Und wenn sie aufwacht, weiß sie nicht mehr, dass sie eine Gestalt der dunklen Magie war."

Die Schwestern holen Sternenstaub aus ihren Taschen und lassen ihn über Terzenzias Gesicht rieseln, dann sagt Annabella: „Fluch der Elemente sei mit Sternenstaub gelöst." Es gibt einen dumpfen Knall und Terzenzia sieht wieder aus wie früher, ihre schwarzen Haare verschwinden und ihr blondes Haar kommt wieder zum Vorschein, auch hat sie anstelle des dunklen, schweren Mantels nun wieder ein leichtes, farbenfrohes Kleid an.

Langsam erwacht Terzenzia aus ihrem tiefen Schlaf und blickte die Schwestern verwundert an: „Was wollt ihr denn hier? Und was mache ich eigentlich hier in dieser Grotte?"

Annabella sagt: „Wir haben einen Ausflug gemacht und es war schon dunkel, deshalb sind wir in diese Grotte gegangen und haben uns schlafen gelegt. Wir wollen jetzt wieder nach Hause, dort gibt es ein leckeres Essen. Du bist herzlich eingeladen."

Ich bin ***Sandrina*** *und neun Jahre alt. Ich wohne in Berlin Altglienicke. Ich gehe auf die Schule am Altglienicke Wasserturm. Meine Hobbys sind Nähen, Reiten, Malen, Lesen und Ju-Jutsu. Außerdem habe ich viele Freunde, mit denen ich meine Leidenschaft teile. Ich mag übrigens auch Tiere. Zu Hause habe ich zwei Kaninchen und zwei Wellensittiche. Wenn ich groß bin, möchte ich mit einer Freundin einen Bauernhof in den Bergen haben. Am liebsten in Österreich. Meine Lieblingsfarben sind Gelb, Lila und Himmelblau.*

Die sieben Elemente

Es ist Freitag. Ella ist sehr aufgeregt. Sie hat Geburtstag. Ella rennt in die Küche. Da erwarten sie ihre Eltern. „Herzlichen Glückwunsch, Liebes." Ihre Eltern geben ihr ein Päckchen. Sie macht es sofort auf. Es ist eine schöne Kette.

„Danke, Mama, danke Papa, sie ist echt schön."

Ihre Mama holt einen Kuchen. „Schokoladenkuchen, danke Mama. Ich nehme mir ein Stück mit raus und spiele draußen."

Aber als sie die Tür aufmacht, ist ein Portal zu sehen und nicht der schöne vor Garten. Und jetzt zieht sie ihre Kette rein. Auf einmal steht sie vor einem schönen Gebäude. Sie weiß nicht recht, was das sein soll.

Da sprechen sie fünf Mädchen an. „Hallo, wer bist du denn?"

„Hallo, ich bin Ella. Wer seid ihr und wo bin ich?"

„Du bist in Magic und wir sind Bloom, Flora, Stella, Musa und Layla. Kommst du von der Erde?"

„Ja! Aber wieso fragt ihr mich das?"

„Weil es nicht normal ist, dass man einfach plötzlich da ist. Dann bist du die vorletzte Fee, die auf der Erde lebt."

„Bin ich eine Fee?"

„Ja!"

„Und gibt es etwa noch eine Fee auf der Erde außer mir?"

„Ja, du bist nicht die einzige, Ella. Ella, wie kannst du so ruhig sein, wo du gerade erfahren hast, dass du eine Fee bist?"

„Ich weiß es selbst nicht. Okay ... haben wir denn auch Kräfte als Feen?"

„Ja, jeder von uns hat eine Kraft."

„Welche habe ich denn?"

„Du musst es herausfinden."

„Und wie finde ich es heraus?"

„Wissen wir leider nicht."

„Und wie komme ich zurück nach Hause? Und was macht ihr hier und welche Kräfte habt ihr?"

„Ich habe die Kraft des Feuers, Flora hat die Kraft der Natur und der Pflanzen, Stella hat die Kraft der Sonne und des Mondes, Musa hat die Kraft der Musik und Layla hat die Kraft des Wassers. Und wir wollen gerade auf die Erde, um dich und die andere Fee auf der Erde zu suchen. Willst du mitkommen, um die andere Fee auf der Erde zu finden?"

„Ja, liebend gern. Aber wie kommen wir auf die Erde?"

„Na mit einem Portal! Mit was sonst?"

„Und wie erschafft man ein Portal?"

„Mit seinen Kräften. Los, Bloom, öffne das Portal. In welche Stadt müssen wir denn?"

„Die Direktorin hat gesagt, wir müssen nach Berlin", sagt Bloom.

„Da wohne ich!", sagt Ella.

„Das ist super, Ella. Dann kannst du uns gleich zeigen, wo du wohnst. Bloom, nun öffne schon das Portal."

„Ja, ja, Stella, du bist so ungeduldig. Macht euch bereit. ... Ella, ist das Berlin?"

„Ja, das ist Berlin."

„Super, wollen wir jetzt nach der letzten Fee auf der Erde suchen, bevor der Schwarzen Kreis sie findet."

„Was ist der Schwarze Kreis?"

„Das sind böse Männer, die der Erde die Magie geraubt und die Feen zerstört haben, aber zwei Feen sind übrig geblieben, und zwar du, Ella, und noch ein anderes Mädchen, das denkt, dass es ein ganz normales Mädchen ist. Und die müssen wir jetzt suchen und die Magie auf die Erde zurückbringen. Los, Mädels. So, fix! So sind wir schneller. Nimm meine Hand, Ella."

„Toll Mädels! Ihr habt jetzt Flügel und ihr seht wunderschön aus. Bloom, kann ich auch zu einer Fee werden wie ihr?"

„Natürlich, Ella."

„Aber wie?"

„Mit deinem Herzen, Ella. Du musst es öffnen, dann entdeckst du, was in dir steckt."

„Muss ich dabei auch etwas sagen, Stella, so wie ihr?"

„Ich weiß es nicht, Ella. Mach es einfach."

„Gut, ich versuche es, mich zu verwandeln." Nach einer Weile sagt Ella: „Ich habe es geschafft, Mädels. Schaut doch mal, ich habe es echt geschafft und ich habe schöne hellblaue Flügel. Toll, oder Mädels?

„Das ist super, Ella. Können wir jetzt los?"

„Ja, ja, Stella. Los, Mädels, ab in die Lüfte."

„Wie ist es, zu fliegen Ella?"

„Super ist es, Layla, einfach super. Was ist mit euch Mädels?"

„Ich spüre eine starke magische Energiewelle", sagt Layla. „Die letzte Fee muss hier in der Nähe sein."

„Dann landen wir mal lieber. Einverstanden Mädels?"

„Einverstanden, Bloom. Verwandeln wir uns lieber zurück, ja?"

„Musa, weißt du, welche Kraft ich habe?", fragt Ella.

„Nein, aber du kannst es herausfinden, indem du einen kleinen, einfachen Zauber ausprobierst."

„Und wie geht der Zauber?"

„Den Zauber kann dir Flora zeigen."

„Flora, kannst du mir zeigen, wie der Zauber geht?"

„Ja, guck mal, Ella, er geht ganz einfach, mach mir einfach nach."

Ihr habt recht, er geht ganz einfach. Oh schaut mal!"

„Super, Ella, du hast die Kraft des Eises. Wir freuen uns echt für dich. Guckt mal, Mädels, ich glaube, wir sind da. Ella, was ist das da?"

Die Mädels sind in einer Strandbar. Die Erde sieht für sie echt cool aus. Sie sind auch an fünf Shoppingcentern vorbeigelaufen.

„Gehen wir jetzt da rein oder nicht?", fragte Boom.

„Ja, wir gehen da rein. Kommt, Mädels, ab rein."

„Hier sieht es echt schön aus. Was habt ihr denn alle?", fragt Musa.

„Wir haben Hunger, und zwar großen Hunger. Wir müssen was essen."

„Ach so, zum Glück kann man hier was zu essen bestellen. Setzen wir uns an den Tisch da drüben", sagt Ella.

„Schnell, bevor uns jemand anderes den Platz wegschnappt. Was wollt ihr essen?"

Flora, Stella und Musa wollen ein Vanilleeis und ein Mangoeis, dazu eine kalte Limo. Layla und Boom wollen einen Erdbeerbecher und auch eine kalte Limo. Und nimmt einen Schokoladenbecher.

„Ich gehe schnell zum Tresen, um die Bestellung abzugeben", sagt Ella. „Habt ihr Geld mit? Nein? Nicht so schlimm, ich lad euch ein.

Als Ella weg ist, fragt Musa: „Bloom, wie findest du Ella eigentlich?"

„Ich finde sie sehr nett. Und du, Stella, wie findest du sie?"

„Ich find sie auch sehr nett", sagt die.

Das Eis schmeckt allen super. Nun aber müssen sie die letzte Fee suchen. So fragt eine von ihnen: „Und was denkt ihr, Mädels, wer von diesen Leuten ist es? Die da! Die hinterm Tresen?"

Und so ist es. Stella sagt: „Ihr habt uns direkt zu den zwei letzten Erden Feen gebracht."

Doch da ist noch jemand.

„Ist das der Schwarze Kreis?", fragt Ella.

„Leider ja!

„Du kriegst die beiden niemals", sagt einer der Männer.

„Und wer soll uns daran hindern? Ihr etwa?", gibt Stella zurück.

„Ja, wir!"

„Mädels, Verwandlung! Feuersturm!", ruft Stella. Und gleich darauf: „Treffer, ich hab einen. Blütensturm! Der nächste ist dran. Schall der Musik! Los, Mädels, das schaffen wir schon, es ist nur noch einer. Ella, versuch es doch auch einmal. Hagelsturm! Oh nein, der sieht so aus, als wäre ihm nichts passiert."

„Ha ha ha, ihr kleinen Gören, denkt ihr echt, könnt es mit mir aufnehmen? Mit mir?", ruft der.

„Dunkles Loch der Finsternis! Leyla! Musa, fliegt mal zu Ella runter und helf ihr mal ... Passt aber auf, er startet zum nächsten Angriff. Sonnenschild! Flamenrüstung! Bloom, Musa, super gemacht. Leyla, geht es wieder? Fliegen wir schnell weg." Stella ist ganz in ihrem Element.

Die Frau hinterm Tresen fragt: „Was ist hier los und wer seid ihr?"

„Erzählen wir dir auf dem Weg. Nimm meine Hand", sagt Ella.

„Aber ich muss noch einkaufen gehen, in einer Woche ist Weihnachten."

„Beeilt euch bitte. Ab in die Lüfte. Oh nein, er verfolgt uns. ... Dann müssen wir eben schneller fliegen."

„Wie bitte, seid ihr durch geknallt. Das gibt es doch nicht", ruft die Frau und fragt: „Wer seid ihr?"

„Feen, wir sind Feen. Deswegen können wir fliegen", sagt Stella.

„Hahaha, und ich bin der Weihnachtsmann und kann zaubern", sagt die Frau vom Tresen. „Aber was ist das denn jetzt? Wir fliegen ja wirklich. Wir fliegen echt! Träume ich gerade? Kann mich mal jemand kneifen? Aua, das tut weh!"

„Donnersturm! Oh nein! Flora, Musa, ihr bringt Ella und die andere in Sicherheit, wir kümmern uns um den da", ruft Stella.

„Wo sollen wir die beiden hinbringen?", fragt Musa.

„Vielleicht da hinten in den Schuppen."

„Super Idee, der Schuppen hat sogar einen Hinterausgang. Ab, rein in den Schuppen“, befiehlt Musa.

„Wir bringen alle doch lieber nach Magic“, sagt Stella. „Magisches Portal! Layla, gib den anderen Bescheid!“

Doch Layla ist nicht mehr da. „Ich habe eine Nachricht von Layla bekommen. Sie ist in Magic. Wollen wir auch nach Magic?“, sagt Musa.

Bald sind sie wieder zusammen. Anna Marie heißt die letzte Fee, das haben sie nun erfahren. „Ella und Anna, glaubt ihr nun eigentlich an Feen?“, fragt Stella.

„Ja, klar“, sagen beide.

„Super, dann können wir uns eine Stufe weiter entwickeln. Zu Daimix. Daimix!“

Doch da ist er wieder. Der Mann vom Schwarzen Kreis. „Planetenwirbel! Eissturm! Oh, die kleinen Feen können sich verwandeln. Wie niedlich. Ich fang gleich an zu weinen. Dunkler Schatten! Sonnenfinsternis! Drachenflamme! Blütenwirbel! Musikschall! Dunkles Loch!“

Ein wilder Kampf beginnt. Als er vorbei ist, fragt Stella. „Anna und Ella, wollt ihr in Magic bleiben und auf die Feenschule gehen?“

„Sehr gerne! Aber was ist mit unseren Eltern? Die machen sich doch Sorgen?“

„Schreibt ihnen einen magischen Brief. Dann machen sie sich keine Sorgen.“

„Und wie schreibt man den?“

„Schreibt einfach einen Brief, ich verzaubere in dann.“

Der Brief von Ella:

Hallo Mama, hallo Papa,

ich hoffe, es geht euch gut. Mir geht es sehr gut. Ich habe sechs neue Freundinnen gefunden. Ich bin in Magic. Dort will ich zur Feenschule gehen, es ist super dort. Ich war schon immer eine Fee mit Kräften, ich wusste es nur nicht. Ich habe die Kraft des Eises. Eine meiner Freundinnen heißt Anna, sie wusste auch nicht, dass sie eine Fee ist. Dank unserer neuen Freundinnen wissen wir es jetzt.
Viele Grüße
eure Ella

Brief von Anna:

Liebe Mama, lieber Papa,

mir geht es sehr gut. Wie geht es euch? An einen Tag habe ich ein großes Abenteuer erlebt mit meinen neuen Freundinnen. Ich habe erfahren, dass ich eine Fee bin und Kräfte habe. Ich habe die Kraft der Planeten. Also bin ich die Fee der Planeten. Ich bin in Magic und ich möchte hier zur Schule gehen. Meine neuen Freundinnen sind so nett. Magic ist echt supertoll.
Viele Grüße
eure Anna

„Mädels, wir haben die Briefe fertig. Das Zimmer haben wir auch schon eingerichtet. Wir fühlen uns im neuen Zimmer schon richtig wohl. Wir sind beide so froh, dass wir euch als Freundinnen haben. Wir lieben unsere neuen Kräfte. Das Abenteuer heute war super. Ab ins nächste Abenteuer!“, rufen die neuen Feen.

*Ich heiße **Nhi** und wurde in Vietnam geboren. Ich bin neun Jahre alt und werde bald zehn. Ich bin mit meiner Familie nach Berlin gezogen. Ich bin oft in den Ferien in anderen Ländern. Da kauft mir meine Mutter oft tolle Bücher. Ich mag es zu lesen. Meine Lieblingssportarten sind Schwimmen und Federball. In meiner Freizeit lerne, zeichne, bastle, lese und nähe ich und treffe mich gerne mit meinen Freundinnen. Tiere mag ich auch.*

Die zwei verschwundenen Einhörner

Lina, Lisa, Jasmin, Bella und Safira saßen zusammen am Wasserfall und picknickten. Die fünfzehn Einhörner grasten neben ihnen auf dem Grasstreifen. Gerade fragte Safira: „Wollen wir einen Ausritt machen?"

„JA!", riefen alle außer Lina wie aus einem Mund. Safira war bereits aufgestiegen auf ihren Einhornhengst Milan.

Lina erwiderte: „Ich bleibe hier."

„Okay", sagte Lisa. „Aber pass ja auf, dass nicht der Prinz vom Dorf der Elfen kommt."

„Pass bloß auf", sagte nun Lina und wollte sich auf ihre Zwillingsschwester werfen, doch Jasmin ging dazwischen.

Als alle weg waren, kam Thies. Er sagte: „Hallo Lina, es sind gerade Einhorndiebe in der Gegend. In den näheren Dörfern sind öfter Einhörner verschwunden."

„Das ist ja schrecklich", sagte Lina.

Lisa und Jasmin ließen sich bei ihrem Ritt zurückfallen. Jasmin fragte: „Wollen wir vielleicht in die Elfenbibliothek?"

„Ja", meinte Lisa. Also ritten sie nun zur Bibliothek. Als sie da waren, stiegen sie ab und gingen rein. Lisa erzählte etwas von Thies. „Lina ist total in ihn verschossen. Thies sieht zwar super aus mit den blonden verstrubbelten Haaren. Aber mehr auch nicht."

„Lass mich raten, er war gestern oder an einem anderen Tag bei euch zu Hause", riet Jasmin.

„Ja, leider. Er war gestern, vorgestern und noch an vielen weiteren Tagen da. Gestern musste ich sogar etwas zu essen kochen. Nur weil sie im Kino waren und spät nach Hause kamen. Ich nehme dieses Buch", quatschte Lisa weiter.

„Okay, dann nehme ich das hier. Möchtest du heute Abend zu mir nach Hause kommen?", fragte Jasmin.

Bella und Safira merkten erst jetzt, dass sie nur noch zu zweit waren.

Safira fragte Bella: „Sag mal, wo sind Jasmin und Lisa hin?“

Bella antwortete mit: „Keine Ahnung. Aber warte mal. Ich habe es. Sie sind in der Elfenbibliothek. Sie haben sich Bücher ausgeliehen.“

Safira fragte: „Wie kannst du das sehen?“

Bella meinte: „Das ist eben meine Kraft. Dafür kannst du was anderes gut. Du kannst Musik machen. Und ich kann nur sehen, wo jemand steckt. Wie gern würde ich mit dir tauschen.“

Safira meinte: „Also ich finde deine Kraft viel besser.“

„Ja, du vielleicht. Ich nicht.“

Später bei Lina und Lisa zu Hause:

Lisa wollte gerade zu Jasmin reiten, als sie etwas aus Linas Zimmer hörte – ein Lachen. Schnell lief ins Haus. Lisa riss die Tür zu Linas Zimmer auf und erstarrte. In Linas Zimmer war Thies. Schon wieder. Schnell schloss Lisa wieder die Tür.

Kurz darauf saß sie auf Milo, Linas Einhornhengst. Keine Viertelstunde später stand sie klingelnd an der Jasmins Tür. Jasmins Mutter öffnete ihr und rief: „Jasmin, ist für dich.“

Jasmin kam die Treppe runtergestürzt. „Schön, dass du kommen konntest. In einer halben Stunde gibt es Essen. Falls du fragst, was es gibt. Es wird Eierkuchen und Pancakes mit Marmelade, mit Schokoladen-Erdbeeren und noch viel mehr Sirup geben.“

Lisa sagte: „Das hört sich gut an. Ich freue mich schon aufs Essen.“

Jasmin meinte: „Du kannst ja auch nur ans Essen denken. Komm, wir gehen auf mein Zimmer. Dann können wir zusammen etwas spielen. Wie zum Beispiel …“

Lisa sagte: „Lass stecken. Komm, wir gehen hoch und spielen dann.“

Jasmin antwortete: „Okay!“ Sie rannten die Treppe hoch und fragten gleichzeitig: „Was spielen wir jetzt?“ Dann lachten beide laut los.

Jasmins Mutter fragte von unten: „Alles okay bei euch beiden?“

Ja!“, antwortet Jasmin. „Wir gehen raus und spielen was.“

Am nächsten Tag auf dem Weihnachtsmarkt war Lina nicht ganz bei der Sache. Sie sagte, sie müsse nach Hause, und lief zur Pferdekoppel. Sie bemerkte sofort, dass Miu und Dicky weg waren. Sie ritt auf Milo auf dem schnellsten Weg zum Weihnachtsmarkt zurück. Lina entdeckte ihre Schwester und ihren Freund sofort. Sie winkte die beiden zu sich. Als sie da waren, erzählte Lina den beiden alles. Lisa war entsetzt und Thies bat Lina und Lisa seine Hilfe an. Sie nahmen sie an. Lina holte den dreien erst mal einen Punsch.

Lisa nippte an ihrem Punsch. „Hm, der ist echt lecker. Danke Lina. Okay, dann suchen wir sie jetzt. Lina, du suchst am Wasserfall. Thies, du suchst in der Nähe vom Schloss. Und ich klapper ihre Lieblingsplätze ab. Der Treffpunkt ist genau wieder hier. Viel Glück."

Als Lina, Lisa und Thies sich nach einer halben Stunde wieder trafen, hatte keiner von ihnen Dicky und Miu dabei.

„Mist, wo können sie nur sein?", fragte Lina Lisa und Thies, als alle wieder zusammen waren. „Wir müssen sie suchen. Natürlich woanders als eben."

Lisa sagte traurig: „Ohne mich. Gleich ist ein Volleyballmatch, ich spiele mit. Ich ruf schnell meine Trainerin an und melde mich ab." Lisa wählte die Nummer. Die Trainerin ging ran. Lina sagte ins Telefon: „Hallo ... äh, wegen des Spieles gleich. Die Nummer #4 Lina und die Nummer #15, ich, also Lisa, sind heute nicht dabei. ... Danke, tschüss." Und zu ihrer Schwester sagte sie: „Lina, geht klar, wir dürfen suchen."

„Gut. Ich hole Jasmin. Lina, du holst Safira. Und Thies, du holst Bella. Bella wohnt in der Blumenallee. Da gibt es so wie in jeder Allee oder Straße nur ein Haus. Der Treffpunkt bleibt hier. Bis später."

Lina und Thies riefen auch: „Bis später."

Bei Jasmin war einiges los. Ihr kleiner Bruder Felix hatte angefangen zu weinen. Jasmin saß in Felix' Zimmer und räumte auf. Als sie Lisa bemerkte, sagte sie: „Hallo Lisa. Aufräumen macht keinen Spaß. Sag mal, warum bist du hier?"

Lisa erzählte ihr die ganze Geschichte. Jasmin war einverstanden und kam mit.

Zur gleichen Zeit ritt Lina zu Safira. Als sie an der Zimmertür von Safira klopfte, rief die: „Wer ist da?"

Lina sagte: „Ich bin es, Lina. Wir brauchen deine Hilfe. Dicky und Miu sind verschwunden."

„Was!", rief Safira und öffnete die Tür.

Lina fragte hilflos: „Kannst du uns suchen helfen?"

„Ja." Auch Safira war einverstanden.

„Also sind wir schon fünf. Fehlt nur noch Bella. Ich hoffe, sie hilft uns auch", sagte Lina.

Mittlerweile war Thies in der Blumenallee eingetroffen. Er klingelte an der Haustür. „Ist offen", hörte er eine Mädchenstimme rufen. Er trat ein und dachte sich gleich, dass diese Familie sehr reich sein müsse. Der Boden war aus Marmor und die Decke wurde von vielen Säulen gehalten. In der Mitte führte eine Wendeltreppe nach oben. Er fühlte sich gleich sehr wohl.

Da kam ein Mädchen die Treppe hinunter. Es sagte: „Hallo, ich bin Bella und wohne hier. Wer bist du?"

Thies antwortete: „Ich bin Thies, Linas Freund. Ich soll dir eine wichtige Botschaft überbringen. Miu und Dicky sind verschwunden. Du weißt schon. Dicky, das Selle-Francis-Einhorn. Und Miu ein Andalusier-Einhorn. Lina, Lisa, Jasmin, Safira, du und ich, wir wollen die beiden suchen. Also wenn du willst. Möchtest du denn?"

Bella rief: „Natürlich!"

„Dann komm mal mit, Bella", sagte Thies.

Als Jasmin und Lisa zum Treffpunkt kamen, war noch keiner von den anderen da. Sie warteten und warteten. Nach ein paar Minuten kamen Bella und Thies. Eine halbe Stunde später kamen dann auch endlich Lina und Safira. Sie hatten auf dem Weg nach Miu und Dicky geguckt, deswegen hatte es länger gedauert.

Lisa sagte: „Schön, dass ihr da seid und uns beim Suchen helft. Wir teilen uns auf. Lina und Thies suchen zusammen. Safira und Bella suchen zusammen. Und Jasmin und ich suchen zusammen. Jedes Team reitet in eine andere Richtung. Lina und Thies reiten nach links. Safira und Bella reiten geradeaus. Und Jasmin und ich reiten nach rechts. Los gehts. Der Treffpunkt ist wieder hier."

Lina und Thies ritten nach links, als dann eine Weggabelung kam, ritten sie jedoch nach rechts. Lisa und Jasmin kamen auch an eine Weggabelung, dort ritten sie jedoch nach links.

Nach einiger Zeit kamen beide Gruppen gleichzeitig an einem See an. Alle vier sahen einen Schwanz, der sich hin und her bewegte. Lina und Lisa stiegen ab und rannten dahin. Als sie ankamen, sahen sie ein kleines Mädchen, das Miu und Dicky an einen Wohnwagen angebunden hatte.

Lina sprach das Mädchen an: „Hallo, sind das deine Einhörner?"

Das Mädchen erwiderte: „Sie sind mir zugelaufen."

Lisa war froh und nahm Miu in den Arm. Sie meinte: „Das sind Dicky und Miu. Danke, dass du sie eingefangen hast. Möchtest du zum Dank heute mit uns unterm Apfelbaum picknicken?"

Das Mädchen meinte: „Ja, gerne. Das sind übrigens meine Nova Scotia Duck Tolling Retriever-Hündinen Taru und Hannah."

Ein paar Tage später machten alle gemeinsam unter dem Apfelbaum ein Picknick. Das Mädchen, das die Einhörner eingefangen hatte, war auch dabei. Safira und Bella bedankten sich bei ihm.

„Ich heiße übrigens Miranda. Und ich heiße mit Nachnamen Röblitz", sagte Miranda.

„Ich auch. Und meine Mutter heißt Mina", meinte Bella.

Miranda sagte: „Meine auch! Das heißt, wir sind Geschwister." Die beiden nahmen sich in den Arm. Dann beobachteten alle die Einhörner und aßen das selbst hergestellte Eis und Zauberwaffeln.

Da kam Thies angeritten, er verkündete: „Die Einhorndiebe sind schon lange gefasst. Das alles ist schon vor zwei Monaten passiert. Ich konnte es nicht fassen, als man mir das sagte. Da habe ich mir gedacht: Ich sage euch gleich Bescheid. Das ist auch ein guter Vorwand, dich zu sehen."

Lina flippte aus und rief begeistert: „Wollen wir zusammen gehen?"

Thies fiel aus allen Wolken „Ja, unbedingt. Das wollte ich dich auch immer fragen."

*Ich heiße **Hannah G.** und bin zehn Jahre alt. Ich interessiere mich für Geschichten, seit ich klein bin, und mittlerweile habe ich über einhundert Bücher im Schrank. Seit meinem neunten Geburtstag schreibe Geschichten, da ich eine alte Schreibmaschine bekommen habe. Meine Lieblingsfarben sind Türkis und Gelb. Und meine Lieblingstiere sind Delfine. In meiner Freizeit lese ich sehr viel und regelmäßig, spiele aber auch nach der Schule Volleyball im Verein. Außerdem überlege ich mir Geschichten, die ich dann später an dem Laptop meiner Eltern oder auf meiner Schreibmaschine schreibe.*

Die Reise des kleinen Zauberhasen

Es war einmal ein kleiner Hase. Er wollte unbedingt in die Unterwasserwelt springen, weil er so neugierig war und wissen wollte, was sich dort unten verbarg. Er zog seine Taucherbrille an und mit einem lauten Platsch sprang er ins Wasser.

Dann schwamm der kleine Hase eine Runde, anschließend tauchte er bis zum Meeresgrund hinunter und entdeckte ganz viele schöne Meerestiere. Zu sehen gab es kleine bunte Fische, einzigartige Wale und winzige Meeresschildkröten. Ganz besonders fand er die wunderschöne Muschel, die sich auf einem Stein befand. Er näherte sich und Glitzerstaub kam ihm entgegen.

Plötzlich blieb ihm die Luft weg und mit einem Satz tauchte er wieder an die Oberfläche und schwamm bis ans Ufer zurück. Am Strand bemerkte der kleine Hase, dass er sein Handtuch vergessen hatte. Da überlegte er kurz und sprang zweimal mit der rechten Pfote auf dem Boden auf. Wie von Zauberhand war er wieder trocken. Nanu?! Was war passiert? Konnte der kleine Hase nun etwa zaubern?

Er probierte es gleich noch einmal aus, sprang erneut ins kühle Nass und sprang danach zweimal mit der rechten Pfote auf dem Boden. Tatsächlich, er war wieder trocken.

Ein Gedanke kam ihm. Er wollte schon immer einmal zum Nordpol und den Weihnachtsmann besuchen. Er probierte es mit einem Handstand und *schwupps* war er auf einem großen Schlitten. Dort war er in einer kuscheligen Decke eingewickelt und konnte sein Glück kaum fassen. Der Weihnachtsmann saß direkt vor ihm und rief: „HO, HO, HO, kleiner Zauberhase!“ Sie flogen nach Hause zum Weihnachtsmann. Dort warteten viele kleine Wichtel mit einer Kanne Kakao auf sie. Die Wichtel hatten blaue und grüne Mützen auf und sahen sehr freundlich aus. Nachdem der kleine Hase ausgetrunken hatte, zeigten ihm die Wichtel die Werkstatt. Da waren ganz viele Spielzeuge drin.

Auf einmal hüpfte ein kleiner Wichtel von seinem Stuhl und fragte: „Hallo, ich heiße Auri und wie ist dein Name?“

Der kleine Hase sagte: „ Ich heiße Larissa und bin der Osterhase und mein Lieblingsessen ist Sushi."

Auri war begeistert und schlug Larissa vor, über Nacht am Nordpol zu bleiben.

Der Weihnachtsmann zeigte Auri und den Osterhasen den gemütlichen Schlafraum der Wichtel, der sich neben dem Schlafzimmer des Weihnachtsmannes befand. Vor dem Schlafengehen bekam jeder der Wichtel und – natürlich auch Larissa – Kekse und eine heiße Tasse Kakao ans Bett gestellt. Der Weihnachtsmann erzählte noch eine Gutenachtgeschichte und sofort schliefen alle glücklich ein.

Am nächsten Morgen wachte der kleine Hase auf und stellte fest, dass alle Wichtel bereits fleißig bei der Arbeit in der Werkstatt waren. Sofort sprang er auf und hoppelte in die Farbabteilung, um beim Bemalen der Spielzeuge zu helfen, denn darin war er besonders gut.

Hinter einem Farbeimer saß Auri und sagte: „Du kannst mir gerne helfen. Komm, setz dich zu mir!"

Das ließ sich der Osterhase nicht zweimal sagen und begann sofort mit der Arbeit. Plötzlich bemerkte er, dass er so langsam nach Hause musste. Dort warteten auf ihn noch viele Ostereier, die er bemalen musste. Auri versprach, in zwei Tagen nachzukommen, um ihm ebenfalls beim Bemalen der Ostereier zu helfen. Larissa freute sich sehr darüber.

Nachdem sich alle verabschiedet hatten, drehte sich der kleine Hase dreimal im Kreis und zauberte sich so zurück in seinen schönen Bau direkt neben dem tobenden Wasserfall.

Er träumte noch lange von seinem tollen Erlebnis und freute sich schon auf das nächste Abenteuer mit Auri.

*Ich bin **Larissa** und gehe in die vierte Klasse.*

Ende

Die Fee im grünen Kleid

So schön, so zart, so federleicht,
dass sie niemand andrem gleicht,
doch schon zu lang über ihr Geheimnis schweigt.
Ja, das ist die Fee im grünen Kleid!

Ihre braunen, klaren Augen
passen perfekt zu ihren roten Haaren.
Und nach all den Jahren
beschließt sie, ihr Geheimnis der Welt zu offenbaren.

Darum stellt sie sich eines Morgens vor die Leute hin
und ruft ganz laut:
„Ich hab ein Schiff gebaut!"

Die Feen schnappen überrascht nach Luft,
denn viele Feen haben das versucht
und wurden alle vom Tod heimgesucht.

Doch in der Legende heißt es:
Eine Fee wird stark genug sein,
ein Schiff zu bauen
und darauf zu vertrauen,
dass der Fluch gebrochen werde.

Nun ist tatsächlich
durch die Fee im grünen Kleid
der Fluch gebrochen
und die Feen kommen
aus ihren Verstecken gekrochen.

Alle packen ihre Sachen
und die Fee im grünen Kleid
berührt mit sanfter Hand
alles mit grünem Rand.

Nun sprechen sie ihren heiligen Eid,
denn das Schiff ist zur Abfahrt bereit.
Und alle wissen:
Dank der Fee im grünen Kleid
beginnt nun eine fröhliche Zeit!

Und so fahren alle Feen
glücklich und in Frieden
in die neue Welt
und lehren ihre Kinder das Fliegen.

Und die Fee im grünen Kleid?
Die lebt stolz und zufrieden
mit all ihren Liebsten
und erzählt ihnen, wie sie das Schiff gebaut:

„Ich hörte, wie alle kleinen Feen,
schon als Kind die Legende und
träumte davon, die Auserwählte zu sein.
Drum setzte ich mich eines Tages hin
und mir kam eine Idee in den Sinn.
Noch in derselben Minute war er da:
der große Beginn.

Mit meiner Magie war das nicht sonderlich schwer,
doch dann kam ein Bär.
Dieser Bär kommt zu jeder Fee,
die ein Schiff baut.
Er ist ein Tier, vor dem allen graut.

Ich jedoch blieb mutig stehen, wich nicht zurück,
das erwies sich als mein großes Glück.
Ich sprach zu ihm:
„Ich weiß, dass jeder etwas Gutes in sich trägt!
Das hat ihn sehr bewegt.

Er war ganz überrascht,
denn so hatte er noch nie gedacht.
Nun hatte er es satt,
immer der Böse zu sein,
und wir wurden Freunde.

Der Bär heißt Fridolin
und half mir, das Schiff zu bauen.
Nun ist er der allerbeste Freund,
davon hatte ich schon lang geträumt!"

Als die Fee ihre Erzählung beendete,
fragte Fridolin:
„Alle nennen dich *die Fee im grünen Kleid*",
doch was ist dein richtiger Name?"

Die Fee überlegte und trällerte fröhlich:
„Grace! Mein Name ist Grace!"

Aikaterini Vorila: *Geboren 2012 in Athen (Griechenland). Mit vier Jahren zog sie mit ihrer Familie nach Österreich und besucht derzeit die Schule BG BRG Purkersdorf.*

Fantastisch gute Kindergeschichten

Geschichten der

Berthold-Brecht-Gesamtschule

Seelze

Das Mädchen allein zu Hause

Es war einmal ein Mädchen namens Emma, sie war alleine zu Hause. Ihre Eltern waren auf Geschäftsreise, sie hatte keine Verwandten. Sie war in ihrem Zimmer.

Nach einer Weile, kurz vor Sonnenuntergang, passierten komischen Sachen. Die Tür ging sehr langsam auf. Emma hatte Angst, nachzuschauen, weil sie dachte, dass das der Wind war. Sie dachte sich nichts dabei, aber hatte trotzdem Angst. Sie hörte Musik und lenkte sich ab. Sie ging in die Küche, um ihr Essen zu machen und was zu trinken zu holen.

Nach einer Weile war es schon 03:00 nachts. Sie ging in ihr Zimmer und spielte mit ihrer Puppe, dabei schief sie ein. Plötzlich war da so ein lautes Klopfen. Emma erschrak, ging ganz leise zur Tür und guckte durch das Türloch, aber da war keiner. Sie hatte sich das vielleicht nur eingebildet und ging wieder in ihr Zimmer, doch dann klopfte es wieder. Emma hatte große Angst und wusste nicht, was sie tun sollte. Dieses Klopfen wurde lauter.

Nach einer Weile hörte es auf und Emma guckte nach, ob da jemand war. Sie machte die Tür auf und da waren Spuren, die zum Keller führen. Sie nahm einen Schläger mit und ging langsam hinunter. Im Keller unten war es stockdunkel, sie machte das Licht an und ging rein. Hinter ihr schloss sich die Tür.

Emma schrie: „Lasst mich raus!"

Doch da keine Antwort kam, hatte sie noch mehr Angst und wollte die Polizei anrufen, aber ihr Handy hatte nur noch drei Prozent. Sie hatte also keine andere Wahl, als zu warten, bis ihre Eltern nach Hause kommen und sie hier rausholen würden.

Sie wartete, doch hörte sie Stimmen im Flur und versteckte sich, doch dann wurde es laut und Emma wollte schauen, wer da redete. Sie ging langsam und dann sah sie einen Dämon mit sich selber reden. Sie erschrak und hielt sich den Mund zu.

Der Dämon guckte in ihre Richtung, aber Emma schaffte es, sich wieder zu verstecken und kein Geräusch zu machen. Der Dämon sagte: „Warum bin ich ein Dämon? Jeder hat Angst vor mir!“ Er weinte.

Nachdem er das gesagt hatte, wollte Emma zu ihm, aber sie hatte Angst, dass er sie umbringen würde. Aber dann sagte sie: „Hallo, Dämon, ich weiß, du bist ganz alleine!“

Der Dämon antwortete: „Hast du Angst vor mir?“

Emma sagte nichts und umarmte ihn, doch dann schrie jemand: „Emma, wach auf! Wach auf!“

Emma wachte auf und das alles war nur ein Traum. Ihre Eltern umarmten sie und meinten: „Wir lassen dich nicht mehr alleine.“

Emma weinte, doch dann hatten sie ein schönes Essen, Musik und alle lachten und hatten Spaß.

*Ich bin **Rawin** und 13 Jahre alt. Mein Hobby ist es, Gedichte zu schreiben, Tanzen und mit kleinen Kindern spielen.*

Hoffentlich nur ein Albtraum

Es gab einmal ein Mädchen namens Stacie. Stacie war ein ganz normales Mädchen mit einem stinknormalen Leben – bis zu dem Tag, an dem ihre Familie umziehen musste in die friedlichste Stadt der Welt, zumindest dachten sie das.

Stacies Familie bestand aus drei Personen, nämlich ihrer Mutter, ihrem großen Bruder Tyler und Stacie. Jeden Abend konnte Stacie schlafen wie ein Baby auf den Wolken, bis zu der Nacht, in der sie umziehen mussten. Stacie schlief, wie es jeder normale Mensch um diese Uhrzeit tun würde, es war nämlich 00:00 Uhr.

Plötzlich hörte Stacie ihre Zimmertür quietschen und sprang auf, doch als sie ihren Blick auf die Tür richtete, sah sie nichts und schlief wieder ein. Unerwartet hörte sie das Quietschen aber noch einmal! Dieses Mal war es anders – es hörte sich viel näher an. Panisch schaute Stacie auf die Uhr und merkte, dass es mittlerweile schon 03:00 Uhr nachts war. Zitternd versuchte sie, sich umzudrehen, doch nein! Ihr Körper gehorchte ihr nicht. Sie war wie gelähmt! Nun hörte sie ein Schreien, es hörte sich nach ihrer Mutter an. Weinend schrie Stacie: „Mama! Hilfe!“ Doch niemand konnte Stacie helfen – sie war in einer Schlafparalyse gefangen!

Am nächsten Morgen war Stacie so fertig, dass sie verschlief und vergaß, ihre Sachen zu packen. Auf einmal hörte Stacie jemanden rufen, es war ihre Mutter, die nach ihr gerufen hatte. Sie rief: „Stacie, aufstehen, es gibt Frühstück.“

Stacie stand auf und war plötzlich so fit wie noch nie. Sie ging zum Tisch und sah Tyler und ihre Mutter, wie sie genüsslich ihre Pancakes verzehrten. Sie setzte sich an den Tisch, sah ihre Mutter erstaunt an und fragte: „Mama, geht es dir gut nach gestern Abend?“

Die Mutter antwortete: „Ja, mein Schatz, was war denn gestern?“

Da wusste Stacie, dass alles nur ein Traum gewesen war. Zum Glück! Nach einer Weile waren alle fertig mit Packen und bereit, loszufahren. Sie stiegen in das Auto und fuhren ohne Probleme los. Sie waren nun auf dem Weg in eine verlassene Stadt in Rumänien. Doch dass die Stadt verlassen war, wussten sie nicht noch nicht! Nach ungefähr zehn Stunden Fahrt kamen sie an einem sehr heruntergekommenen Haus an, das irgendwo im Nirgendwo stand. Sie stiegen aus und betraten das Haus. Überall waren Spinnennetze, Staub und sogar an den Wänden waren sogar die Köpfe von toten Tieren wie zum Beispiel von Rehen, Elchen oder Pferden. Stacie fand das alles schon sehr creepy, aber sie hatte keine andere Wahl.

Mitten in der Nacht sah sie ihren großen Bruder in den Keller gehen und wunderte sich, warum. Niemand würde freiwillig daruntergehen. Das war für Stacie ein großes Rätsel, doch sie dachte sich nichts dabei.

Viele Tage vergingen, insgesamt eine Woche, und jeden einzelnen Abend sah sie ihren Bruder runtergehen. Fest entschlossen ging sie in einer Nacht auch in den Keller, aber so, dass es ihr Bruder nicht bemerkte. Zögernd betrat sie den Keller – und was sie da unten sah, schockierte sie zu Tode …

Überall an der Wand waren Blutspuren von einer Hand und überall waren auch Messer, die mit einer roten Flüssigkeit bedeckt waren. Stacie ahnte das Schlimmste. Sie ging weiter und schreckte nicht zurück. Am Ende des Kellers war dann nichts mehr – nur eine Tür. Durch eine Lücke zwischen dem Boden und der Tür kam blutrotes Licht. Stacie öffnete die Tür vorsichtig und es lagen überall auf dem Boden Leichen, darunter auch Tyler und die Mutter. Sie versuchte, leise wegzurennen, doch den Schrei in ihrem Inneren, den konnte sie nicht kontrollieren. Sie schrie, versuchte, die Treppen hochzulaufen, doch sie übersah eine Stufe, fiel mit dem Kopf auf eine Steinkante und merkte auch, dass ihr kompletter Kopf aufgeplatzt war und dass das ganze Blut ihren Körper herunterlief.

Kurz darauf machte sie ihre Augen auf und merkte, dass alles nur ein Albtraum war.

*Ich heiße **Melek Avar**, bin 13 Jahre alt und meine Hobbys sind Boxen und Kampfsport.*

Untergrund

Vor 1000 Jahren hatten Menschen und Monster einen Krieg. In diesem Krieg gewannen die Menschen und die Monster flüchteten in den Untergrund.

1000 Jahre später gab es ein kleines Mädchen, das mit einem Stock spielte, sein Name war Pia. Pia hatte einen Berg gesehen, der eine Höhle hatte. Sie ging hin, fiel runter in das Loch der Höhle und war bewusstlos. Als sie wieder aufwachte, lag sie in einem Haufen schöner gelben Blumen. Sie stand auf, nahm den Stock neben sich und ging in einen Gang – mit dem Stock als Verteidigung. Im nächsten Raum sah Pia eine lebende Blume.

Die Blume sagte: „Hi, ich bin Flowey. Flowey, die Blume."

Pia dachte, sie wäre verrückt geworden.

Plötzlich sprach die Blume wieder: „Ich zeige dir, wie die Sachen hier unten funktionieren." Als Pia nickte, dann sprach Flowey wieder: „Siehst du, das hier, das ist deine Seele. Und es gibt auch etwas namens Love. Fragst du dich, wofür das steht? Liebe natürlich."

Pia war verwirrt und ein bisschen scheu.

Flowey sprach wieder: „Siehst du diese weißen fliegenden Dinger? Das sind Freundlichkeitsbälle Versuche, so viele zu holen wie möglich." Pia fand das etwas verdächtig und wich ihnen aus.

Flowey war davon ein bisschen genervt und sprach: „Hey, du hast keine erwischt. Versuchen wir es noch mal." Die Freundlichkeitsbälle flogen auf Pia zu, sie aber wich ihnen wieder aus.

Flowey war jetzt richtig genervt und sagte: „Renn in die Patronen, ich meine die Freundlichkeitsbälle." Nun fand Pia alles richtig verdächtig und wich ihnen wieder aus. Flowey sagte: „Du weißt, was hier los ist? Oder nicht?"

Die Patronen waren nun um Pia herum und kamen immer näher. Pia dachte, es wär ihr Ende. Aber plötzlich wurde sie gerettet von einem ziegenähnlichen Menschen. Pia sprach: „Was für ein kleines, armes Ding." Pia war glücklich, dass sie gerettet worden war.

Der ziegenähnliche Mensch sprach: „Mein Name ist Toriel und das hier sind die Ruinen. Wie ist dein Name?"

Pia antwortete: „M...m...mein Name ist Pia."

Toriel sagte: „Was für ein schöner Name." Sie gingen in die Ruinen und Toriel erklärte: „Es gibt viele gefährliche Dinge hier unten und Rätsel. Hier ist das erste Rätsel, ich habe es schon markiert, also benutzt diesen Hebel." Pia benutzt den Hebel, eine Tür öffnet sich und sie gingen weiter. Beim zweiten Rätsel brauchte sie Hilfe, beim dritten Rätsel rannte Toriel weg und versteckte sich hinter einem kleinen Turm. Pia rannte hinterher, doch da kam Toriel hinter einem kleinen Turm hervor. „Keine Sorge, mein Kind. Ich war nur hinter dem kleinen Turm. Es war nur ein Test. Hier ist ein Telefon, damit du mich anrufen kannst, denn du musst die Rätsel alleine lösen."

Pia ging in den nächsten Raum, in dem war ein sternähnliches Teil, das sagte: „Damit du das nur weißt. Die Maus kommt irgendwann mal raus und isst Käse und füllt dich mit Determination."

Jetzt gab es nur noch zwei Rätsel. Das erste – den richtigen Weg finden, was Pia schaffte. Beim zweiten war ein Frosch, der sagte: „Froggit." Das musste wohl sein Name sein. Der Frosch attackiert Pia, sie wehrte sich mit dem Stock, ihn hatte sie als Schild dabei. Danach rannte Pia weg, doch es gab zwei Wege. Sie ging den Weg mit dem Spielzeugmesser, nahm es und ging dann aber den anderen Weg, bei dem es ein Haus gab. Sie ging rein und sah Toriel. Toriel hatte sich schon Sorgen gemacht um Pia. Pia war müde und Toriel sagte: „Hier ist dein Raum."

Der Raum von Pia sah schön aus und sie ging schlafen. Als sie aufwachte, ging sie ins Wohnzimmer. Toriel war am Lesen und Pia fragte ihn: „Wie kommt man wieder an die Oberfläche und nach Hause?"

Toriel war etwas schockiert und antwortete: „Das hier ist jetzt dein Zuhause, mein Kind." Pia war traurig, musste es aber akzeptieren und blieb im Untergrund in den Ruinen.

Inspiriert von einem Spiel namens „undertale" von Toby Fox.

*Ich bin **Raphael**, ich mag Videospiele, mache Videos mit meinem Cousin und bin 12 Jahre alt.*

Die geheime Dampflokomotive

Es ist 2025 und fast alle Länder haben E-Loks und Diesel-Loks, nur manche Länder haben noch Dampflokomotiven. Doch es gibt eine Dampflokomotive; die sehr selten ist und es ist auch ganz schwer, sie zu finden.

Aber ein Mann namens Mateusz wollte sie haben und einem Museum geben, sodass alle sie sehen konnten und er viel Geld bekam. Darum ging er am nächsten Morgen los, sie zu finden.

Die Lok zu suchen, dauerte 20 Jahren. Dann, nach 20 Jahren der Suche, hatte Mateusz die Lok gefunden, aber sie war irgendwo versteckt in einen Berg im Himalaja. Mateusz ging in das Versteck.

Plötzlich kamen ein paar Leute mit alten Waffen und sie sagten: „Wenn du den Zug haben willst, musst du drei Fragen beantworten. „Frage eins: Wann gab es den erster Service von Mercury?"

Mateusz sagte: „15. Juli 1936."

Die Leute sagten: „Okay, jetzt Frage Nummer zwei. Wann war der letzte Service von Mercury?"

Mateusz sagte „11. Juli 1959."

„Nun die letzte Frage. Wie schnell ist die Mercury?"

Mateusz sagt mit einem Lächeln: „160 km/h oder 100 Mph."

Die Leute waren neugierig, wie er das geschafft hatte, und erstaunt, wie gut er sich mit Zügen auskannte. Sie ließen ihn rein und Mateusz nahm die seltene Lok mit sich und fuhr ab nach Hause mit der Lok Mercury.

Bald schon war er im Museum, aber dort sagten sie ihm, dass er nur einen Euro bekomme für die Lok. Aber Mateusz wusste, wie viel die Lok wert war, und sagte: „Nein danke." Jetzt lebt er glücklich mit der Lok und fährt jeden Tag mit ihr, um Spaß zu haben – zusammen mit seiner Frau.

*Ich bin **Mateusz Osuch** und bin 14 Jahre alt.*

Die verlassene Spielzeugfabrik

In einer Vollmondnacht war ich wachgeblieben, weil ich etwas nachforschen musste. Es gab ein Gerücht in der ganzen Stadt, und zwar, dass es in der alten Spielzeugfabrik ein Monster geben würde. Ich traute der ganzen Sache nicht, deswegen ging ich in die Spielzeugfabrik, um zu beweisen, dass es keine Monster gibt!

Draußen war keine Menschenseele. Das lag vielleicht daran, dass es dunkel war. Endlich war ich da. Ich hatte ein bisschen Angst davor, was drinnen passieren würde, denn hier wurde schon lange keine Maschine mehr benutzt. Was war das denn für eine komische Statur? Die Statur bewegte sich ...

*Ich bin **Ryan Hentschel** und bin 14 Jahre alt. Meine Hobbys sind Angeln und Basketball spielen.*

Die verschwundene Fee

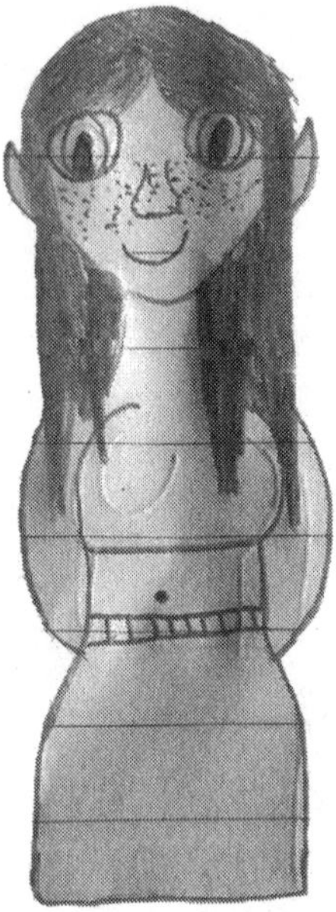

Vor langer Zeit, so um 1205, glaubten die Menschen noch an fabelhafte Wesen sowie Feen oder Drachen. Aber ab 2007 begannen die Menschen, nicht mehr an fabelhaften Wesen zu glauben. Viele Menschen verloren ihre Fantasie – bis auf ein paar Menschen, die weiterhin an die Magie der Welt glaubten. Sie lebten am Rand der Stadt in einem kleinen Wald.

Ein Mädchen lief durch den Wald, als eine ältere Frau rief: „Melody, komm, es gibt Essen!"

Melody lief zum Haus. Sie war 14 Jahre alt und lebte seit vielen Jahren schon bei ihrer Oma. Ihr Vater hatte sie verlassen, als sie erst zwei Jahre alt war. Ihre Mutter war oft arbeiten und kam erst um 21:15 Uhr nach Hause.

„Oma, dein Essen ist wieder so lecker", freute sich Melody.

„Ja, die Kräuter hab ich aus dem Zauberwald", meinte Melodys Oma stolz.

„Wieso", fragte Melody, „heißt der Wald eigentlich Zauberwald?"

Ihre Oma antwortete geheimnisvoll: „Hier gibt es in den Tiefen des Waldes Feen, Drachen und gefährliche Trolle, denen du niemals begegnen willst."

Melody rief: „Oma, ich bin fertig mit essen, ich gehe im Wald neue Kräuter sammeln."

„Ja, ist gut, aber gehe nicht zu weit weg, ja", antwortete ihre Oma.

Also ging Melody in den Wald und sah sich um. Plötzlich hörte sie ein Rascheln im Gebüsch. Ängstlich sah sie sich um. Sie versteckte sich hinter einem Baum. Eine Gestalt kam zum Vorschein. Die Gestalt sah aus wie ein großer Troll. Ängstlich krabbelte Melody hinter einen Busch. Plötzlich bemerkte sie, dass eine Person neben ihr saß. Sie sah so aus, als sei sie eine Fee.

„Komm mit, ich bringe dich in Sicherheit", flüsterte die Fee.

Melody nickte unsicher. Leise gingen Melody und die Fee zu einem hübsch gebauten Haus. Vor dem Haus blieb die Fee stehen. „Ich bin Sophie und brauche deine Hilfe. Ich habe dich schon mal hier in diesem Wald gesehen und finde, du kannst gut mit mir kämpfen. Deshalb wollte ich dich fragen, ob du helfen kannst, meine Schwester Fey zu befreien, sie wurde von dem Trollkönig gefangen genommen", erklärte Sophie.

„Klar helfe ich dir. Aber du bist doch eine Fee und ich nicht. Wie soll ich da fliegen können?", fragte Melody.

„Ich werde dich jetzt mit einem Zauber für 13 Stunden zu einer Fee machen", meinte Sophie. Sie zauberte Melody Feenflügel an, dann flogen sie los.

Eine Weile später landeten sie vor einem riesigen Schloss. Sophie klopfte an die Tür und flüsterte Melody zu: „Ich werde sie ablenken und du wirst dich da reinschleichen und Fey befreien."

Melody nickte. Da kamen zwei Palastwachen und Melody schlich sich in das Schloss. Das Schloss war sehr groß und Melody versuchte, den Kerker zu finden. Eine Weile suchte sie, aber dann fand sie eine Tür, auf der Kerker stand. Sie ging rein, doch plötzlich packte sie jemand am Arm. Sie drehte sich um und entdeckte Sophie.

Sophie erklärte ihr, dass sie schnell Fey befreien müssten, bevor der König der Trolle sie entdecken würde. Sie sahen sich um und fanden eine Fee, die ohnmächtig in einem Käfig lag. Schnell befreiten sie die Fee und hörten plötzlich Schritte, die wohl vom König kommen mussten. Sie schlugen ein Fenster ein und flogen schnell davon.

*Ich bin **Helena Gödecke**. Ich bin 12 Jahre alt und meine Hobbys sind Geschichten schreiben und Lesen.*

Das besondere Kaninchen

Eine Familie wünschte sich schon lange ein Haustier. Als sie eins kauften, war es ganz anders, als sie sich es vorgestellt hatten. Etwas ganz Unerwartetes. Es war sehr besonders und sie durften es niemandem davon erzählen.

Einen Tag vor Ostern kam der große Tag, die Familie Hase holte ihr Haustier ab, ein Kaninchen. In der Familie gab es fünf Personen, drei Geschwister, Mama und Papa. Denis, Anna und Maria, die Geschwister, freuten sich schon. Vor ihnen stand nun eine dreißigminütige Fahrt. Sie wollten schon am Morgen losfahren, damit sie schnell ankommen würden. Während der Fahrt suchten sich Denis, Anna und Maria einen Namen für das Kaninchen aus. Sie fanden ihn direkt am Anfang: Flotsch. Bald waren sie da, die Besitzerin wartete schon auf sie.

Sie waren aufgeregt, als die Besitzerin Elisabeth den Käfig öffnete. Das Kaninchen guckte raus. Es war so süß. Dieses Kaninchen grau mit braunen Augen. Anna nahm das Kaninchen als Erste hoch. Elisabeth erzählt gerade, dass das Kaninchen noch ein Schwesterchen hatte, aber es war bei der Geburt gestorben. Jetzt gab es nur noch Brüder. Als Maria das Kaninchen sah, wollte sie es auch sofort hochnehmen.

Mama und Papa hatten sich endlich entschieden, sie kauften Flotsch und die Kinder waren froh. Flotsch hatte am 22.02. Geburtstag und war gerade erst sechs Wochen alt. Die Familie Hase fuhr nach dem langen Gespräch mit Elisabeth mit Flotsch nach Hause.

Als sie angekommen waren, gingen Maria, Denis und Anna sofort mit dem Kaninchen nach oben. Sie setzten das Kaninchen auf den Boden und schauten zu, was es tat. Plötzlich war es weg. Sie suchten überall, aber sie fanden Flotsch nirgend – sie war weg. Jetzt musste die Familie mitsuchen, sogar die Nachbarn kamen, um zu suchen. Alle waren traurig, denn sie fanden nichts.

Am Abend, als die Familie Abendessen aß, kam ein helles Licht von draußen ins Wohnzimmer. Alle standen sofort auf und guckten nach. Dort war ein großes Osterei zu sehen, das fliegen konnte. Es war bunt.

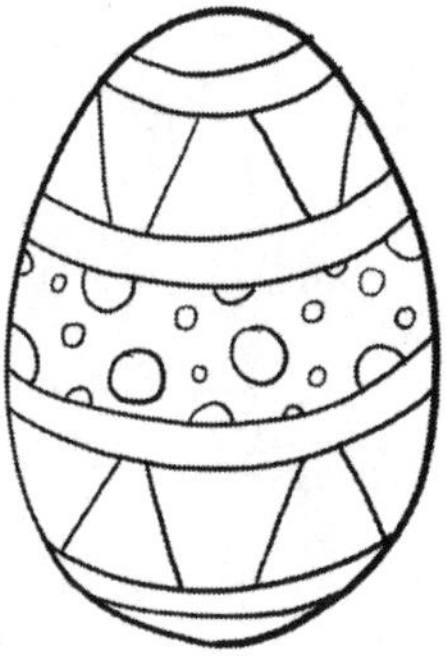

Die Familie konnte kaum glauben, wer das fliegende Osterei steuerte – es war Flotsch. Alle rannten sofort nach draußen und sahen zu, wie Flotsch die Ostereier für den nächsten Morgen versteckte.

Am nächsten Morgen war Flotsch dann wieder genau an diesem Ort, an dem die Kinder das Kaninchen abgesetzt hatten. Es war zurückgekommen. Flotsch redete mit den Kindern und hatte sogar ihren Assistenten mitgebracht. Auch ein Kaninchen, nur in Weiß. Dieses Kaninchen war genauso alt wie Flotsch. Flotsch sagte, dass ihr Assistent Snow heißen würde.

Maria, Anna und Denis riefen ihre Eltern, damit sie fragen konnten, ob sie auch Snow behalten konnten. Mama und Papa sagten Ja.

Ein Jahr verging, bald war wieder Ostern und die Familie freute sich schon darauf, weil sie ja die Osterhasen zu Hause hatten. Flotsch und Snow hatten nämlich erzählt, dass sie erst seit dem letzten Jahr Osterhase seien, weil der vorherige leider schon zu alt war. Sie sagten auch, dass sie einen Tag vor Ostern zu einem Wald müssten, dort gäbe es so viele Kaninchen. Aber sie dürfen nicht erzählen, wo die sonst waren, sonst würden sie rausgeschmissen.

Maria fragte: „Dürft ihr uns denn erzählen, wie es dort aussieht?"

Snow sagte: „Ja, dort gibt es nur nette Kaninchen, die helfen, die Eier zu bemalen. Sie machen die Schokolade sogar selbst. Ich bin aber nicht so ein Assistent, ich helfe Flotsch, die Eier zu verstecken."

Maria, Anna und Denis gaben Flotsch und Snow ein paar Blätter Salat für die Reise. Snow und Flotsch verabschieden sich und gingen wieder weg. Aber wie lange?

Maria, Denis und Anna hatten vergessen zu fragen, wie lange sie wegbleiben würden. Also befürchteten sie, dass die beiden erst am nächsten Abend wiederkommen würden.

An Ostern waren die Ostereier schon bald verteilt und alle gingen nach draußen, um zu suchen. Am Abend wartete Anna auf Flotsch und Snow alleine, weil Maria und Denis bereits eingeschlafen waren. Doch sie kamen nicht.

Die Ferien waren mittlerweile vorbei, aber Snow und Flotsch waren immer noch nicht da, so langsam machten sich alle Sorgen. Genau in dem Moment, als alle an sie dachten, kamen die beiden dann doch zurück. Maria merkte es und rannte sofort zu Snow und Flotsch.

Endlich waren Snow und Flotsch wieder zurück und hatte dann wieder ein Jahr Zeit, um zu der Fabrik zurückzukehren.

Maria, Denis und Anna werden aber bestimmt nicht weitererzählen, dass ihre Haustiere ganz besondere Haustiere sind.

Ich heiße ***Julia****. Ich bin 13 Jahre alt. Meine Hobbys sind Inliner fahren und Lesen.*

Der Drachen-Wettbewerb

Als Mayla eines Tages nach der Schule nach Hause geht, nimmt sie sich eigentlich vor, Mathe zu lernen, aber als sie ihr Fantasiebuch sieht, kann sie nicht anders, als es aus ihrem Regal zu nehmen und es zu lesen. Als sie sich gerade auf ihr Sofa setzt und ihr Buch aufklappt, wird sie plötzlich in ihr Buch gezogen.

Als sie aufwacht, befindet sie sich auf einem schwebenden, rosa Himmelbett. Um sie herum ist alles sehr edel und alles ist in Weiß, Gold und Rosa gehalten. Sie schaut sich um und sieht viele goldumrandete Fenster und einen großen, edlen Teppich. Sie steht auf und schaut aus einem der großen Fenster. Sie sieht einen großen Schlosshof mit vielen Menschen in mittelalterlicher Kleidung. In der Ferne erkennt sie eine dunkle Insel mit einem Vulkan und von Asche dunkel gefärbten Palmen. Sie beschließt, den Raum zu verlassen, und geht einen langen Flur entlang. Am Ende des Flures sieht sie eine große Holztür mit goldenen Details. Sie geht langsam auf die Tür zu und öffnet sie vorsichtig. Sie sieht einen langen Tisch, an dem zwei altmodisch, aber schick gekleidete Personen sitzen, an den Kronen erkennt sie, dass es sich um die Königin und den König handeln muss. Um den Tisch herum laufen viele Diener. Außerdem sieht sie viele Pflanzen in edlen Blumentöpfen.

Als sie in den Raum hineintritt, wird sie von der Königin begrüßt. Ein Diener begleitet Mayla zu einem Stuhl an dem langen Tisch. Kurz darauf sagt der König zu ihr: „Mayla, bald ist es so weit!“

Zögerlich antwortet sie: „Was ist bald so weit?“

Der König antwortet entsetzt: „Na, der Drachen-Wettbewerb!? Hast du den etwa schon vergessen? Prinzessinnen aus aller Welt werden kommen und an dem Wettbewerb teilnehmen.“

„Wie? Welche Drachen“, denkt sich Mayla. Plötzlich erinnert sie sich an die Insel, die sie vorhin vom Fenster aus gesehen hatte. Sie fragt den König: „Wann ist denn der Wettbewerb? Und habe ich noch Zeit zum Üben?“

„Der Wettbewerb ist übermorgen, du kannst später noch mit Karl üben. Und jetzt geh, du musst dich umziehen."

Mayla steht auf und geht über den Flur zurück in ihr Zimmer. Sie schaut in den Spiegel und sieht, dass sie ein wunderschönes, rosanes Prinzessinnenkleid trägt. Sie sieht auch einen begehbaren Kleiderschrank und geht hinein, zieht sich eine Hose und eine enge Bluse an. Dann sie geht hinunter in den Schlosshof und erblickt einen Elf, der auf sie zurennt. Sie erschreckt sich und tritt einen Schritt zurück. Der Elf fragte sie, was los sei, und sie sagte: „Nichts, alles gut."

Es stellt sich heraus, dass der Elf Karl ist und die Aufgabe hat, mit ihr für den Wettbewerb zu trainieren. Auf dem Weg erzählt sie ihm alles. Wie sie in die Fantasiewelt gekommen ist und wer sie eigentlich ist. Karl und sie werden gute Freunde und bis zum Wettbewerb trainieren sie sehr viel. Mayla machte das Drachenfliegen sehr viel Spaß.

Schnell ist der Tag des Wettbewerbs gekommen. Nachdem sie morgens aufgestanden ist und gefrühstückt hat, zieht sie sich ein passendes Outfit an und geht zu Karl und ihrem Drachen. Gemeinsam machen sie ihn fertig. Sie hört eine laute Trompete und Karl bringt sie und die anderen Prinzessinnen in die Wettbewerbshalle. Mayla ist sehr nervös, weil die anderen sehr gut sind und sie es noch nicht lange machte.

Sie fliegt den Parcours, der daraus besteht, dass sie zuerst über einen fliegenden Stock fliegen muss und dann durch einen unterirdischen Tunnel. Als Nächstes kommt ein kleines Labyrinth und zum Schluss muss sie durch einen Feuerring fliegen. Sie macht keinen einzigen Fehler und es wird am Ende sogar der erste Platz. Mayla bekommt eine Urkunde und einen Pokal.

Der König und die Königin sind sehr stolz auf Mayla und veranstalten am Abend ein Fest für sie. Die anderen Prinzessinnen bejubeln sie und es gibt leckere Speisen und elegante Musik. Alle tanzten und sind froh. Am Abend fällt Mayla müde in ihr Bett und schläft ein.

Am nächsten Morgen wacht sie bei sich zu Hause in ihrem eigenen Bett wieder auf und sie ist sich nicht sicher, ob alles nur ein Traum war. Sie beschließt, es niemandem zu erzählen – und so geht die Geschichte zu Ende.

*Wir sind **Emilia** und **Finja** und Klassenkameradinnen. Emilia ist 12 Jahre alt und Finja 13 Jahre alt. Unser Hobby ist Schwimmen.*

Schmetterling Gottes

Liebes Tagebuch,
heute ist der erste Schultag in der Bertolt-Brecht-Gesamtschule. Ich bin sehr aufgeregt, weil ich in der letzten Schule ausgeschlossen von meinen Freunden und ich hoffe sehr, dass das nicht noch mal passiert.

„Ajanna, du kommst zu spät in die Schule. Es ist schon 7:30 Uhr“, schrie die Mutter durch das ganze Haus.

„Ja, Mama, ich komme schon!“, schrie Ajanna zurück. „Liebes Tagebuch, wenn du fragst, wer ich bin, ich bin Ajanna. Meine Mutter rief mich schon, das heißt, dass ich erst nach der Schule schreiben kann“, flüsterte Ajanna dem Tagebuch zu und ging die Treppen runter. Sie sah eine Geschenktüte mit einen kleinen Zettel. Darauf stand:

Liebes Mäuschen,
hier ist ein Geschenk für dich. Ich musste leider schon los, ich hoffe sehr, dass du dich freust.
Liebe Grüße
deine Mama

Ajanna packte das Geschenk aus – es war ein brandneues iPad – und schrie vor Freude: „Ja! Ich hab jetzt ein neues iPad für mich und für die Schule!“ Ajanna schaute auf die Uhr und bemerkte, dass es schon 7:50 Uhr war, sie rannte schnell raus und hoffte, dass ihr Bus noch da war.

Von Weiten sah der Busfahrer ein kleines Mädchen, das mit einer schwarzen Jacke, einer blauen Hose und mit weißen Schuhen rannte. Er blieb aus Freundlichkeit noch stehen. Ajanna kam an und bedankte sich bei dem Busfahrer. Der Bus fuhr los. Ajanna schaute aus dem Fenster und in ihre Gedanken kamen viel schlechte Bilder über ihre alte Schule und ihre Probleme.

Der Bus kam an der neuen Schule an und Ajanna stieg mit den anderen Kindern aus. Sie wusste schon, in welche Raum sie gehen musste, weil ihr die Lehrer am Tag der offenen Tür alles gezeigt hatten. Ajanna ging leise und schweigend zu ihrem Klassenraum. Die Klassenlehrerin traf Ajanna auf dem Weg dorthin an und nahm sie freundlich auf. „So, Ajanna, ich bin die Frau Sahira und du bist in der 7e", sagte mit fröhlicher Stimme. Ajanna war sehr ängstlich, weil sie in ihrer letzten Schule auch in der 7e war. Frau Sahira fragte weiter: „Freust du dich?"

Ajanna antwortete fröhlich: „Ja, sehr."

Sie kamen zur Klassentür, die Lehrerin machte die Tür auf und alle Kinder aus der Klasse standen auf. „Guten Morgen, liebe Klasse", sagte Frau Sahira, „wir haben eine neue Schülerin. Das ist Ajanna."

Alle Kinder flüsterte sich gegenseitig etwas zu.

„So, Ajanna, setz dich neben Mari", sagte Frau Sahira.

Ajanna setzte sich hin, Mari schrie: „Warum bist du so hässlich?"

Alle Kinder lachten ganz laut. Ajanna war sehr traurig und plötzlich schrie Frau Sahira: „Wer hat das gesagt?"

Alle waren schnell leise, doch im Laufe der Zeit kamen viele gemeine Sprüche über Ajanna. Als der Unterricht vorbei war, gingen alle schnell in die Pause – alle, außer Ajanna. Sie saß traurig auf ihrem Platz und hoffte, dass alle freundlich zu ihr werden würden. Dann stand Ajanna auf und ging raus. Alle Kinder, die sie sah, lachten über sie und machten dumme Sprüche.

Die letzten zwei Stunden waren schnell vorbei. Ajanna packte zügig ihre Sachen ein, sie rannte schnell raus, ohne Tschüss zu sagen. Sie ging die Richtung der Bushaltestelle. Der Bus kam, Ajanna stieg ein und nahm ihre Kopfhörer raus, um Musik zu hören. Ajanna schaute aus dem Fenster, in dem Musiksong kam ein schöner Satz für Ajanna vor. Sie flüsterte ihn leise: „Ich bin dieser eine Wind, der deine Haut strahlen lässt. Und wenn es mal regnet, dann bin ich grad am Weinen. In diesem Moment fing es an zu regnen. Der Bus kam zur Ajannas Bushaltestelle, sie stieg aus und ging nach Hause.

Zu Hause wartete ihre Mutter schon und war gespannt, was sie alles gemacht hatte. „Hi, meine Süße, wie war es?", rief die Mutter von der Küche her.

„Mama, es war gut. Ich gehe in mein Zimmer, ich bin sehr kaputt." Ajanna rannte schnell die Treppe hoch und machte ihre Zimmertür auf. Sie schaute auf die Uhr, es war 13:45 Uhr. Ajanna nahm ihr Tagebuch und schrieb alles rein, was passiert war.

Zwei Wochen vergingen, jeden Tag musste Ajanna dumme und

schlechte Sprüche hören, aber sie erzählte niemandem davon, auch ihre eigene Mutter wusste nichts von ihren Problemen.

An einem Montag kam Ajanna nach Hause. Sie sagte ihre Mutter, dass sie jetzt mit ihren Freunden rausgehen wolle, aber die Mutter wusste nicht, dass Ajanna keine Freunde hatte.

Ajanna rannte zu einem dreistöckigen Parkplatz. Sie kam an und ging in die dritte Etage. Da bemerkte sie, dass ein gelb-weiß gestreifter Schmetterling sie verfolgt. Aber sie nahm es nicht wahr. Ajanna kam oben an, ging auf den Rand des Parkplatzes zu und wollte springen. Plötzlich war vor ihrem Gesicht der Schmetterling, der Ajanna verfolgt hatte. Ajanna erschrak und ging vom Rand weg. Sie setzte sich hin und der Schmetterling setzte sich auf Ajannas Arm. Ajanna fing an zu weinen. Sie hatte gemerkt, dass es keine Lösung war zu sterben.

Sie rannte schnell nach Hause und der Schmetterling flog hinter ihr her. Ajanna erzählte ihre Mutter alles, was passieren war. Die Mutter half Ajanna, ihre Probleme zu lösen.

Im Laufe der Zeit fand Ajanna neue Freude und hatte ein gutes Verhältnis mit ihrer Klasse. Sie wusste, dass der Schmetterling ihr sehr viel Kraft und Hilfe gegeben hatte. Ajanna nannte ihn den Schmetterling Gottes, weil Gott Ajanna beschützt hatte. Sie malte auch ein Bild. Ajanna war sehr glücklich, dass alles wieder gut war und dass sie sich nicht das Leben genommen hatte.

*Ich bin **Diana Bär** und bin 13 Jahre alt, meine Hobbys sind Tanzen, Singen und Sport machen.*

Mord im Schwimmbad

Das Hallenbad war fast leer, als die letzten Besucher nach Hause gingen. Die große Uhr zeigte 21:55 Uhr. Nur noch ein paar Minuten, bis das Schwimmbad schloss. Das Wasser im Becken war ruhig, die Scheinwerfer warfen ein schwaches Licht auf die Fliesen. Ein Bademeister drehte seine letzte Runde. Er war seit Jahren hier Mitarbeiter und kannte jede Ecke, jedes Geräusch.

Doch an diesem Abend lag etwas in der Luft – eine ungewöhnliche Spannung, die er sich nicht erklären konnte. Er war nicht allein. Jemand stand hinter der Glasscheibe zum Geräteraum. Eine dunkle Gestalt, ein Schatten. Doch als der Bademeister genauer hinsah, war dort nichts. Nur das eigene Spiegelbild, es war verwischt durch das schwache Licht. Er schüttelte den Kopf. Vielleicht war es die Müdigkeit. Langsam trat er an den Beckenrand. Es war eine Angewohnheit, nach Schichtende noch ein paar Bahnen zu schwimmen. Das Wasser war kalt, der Chlorgeruch lag in der Luft. Mit einem tiefen Atemzug tauchte er unter und genoss die Stille unter der Oberfläche. Doch als er wieder auftauchte, war da ein Geräusch. Ein Klopfen. Er sah sich um. Niemand da. Doch dann, ganz plötzlich, ein Schatten bewegte sich in der Umkleide. War noch jemand hier?

„Hallo?“ Seine Stimme hallte durch die Schwimmhalle.

Keine Antwort.

Langsam stieg er aus dem Wasser, sein Blick ging über die dunklen Ecken des Gebäudes. Die Tür zur Umkleide stand offen. Hatte er sie nicht eben erst geschlossen? Ein komisches Gefühl kroch ihm den Rücken hinauf. Er ging zur Umkleide, seine nassen Schritte hinterließen Spuren auf den Fliesen. Die Tür quietschte, als er sie aufmachte. Er sah leere Bänke. Spinde, die ordentlich geschlossen waren. Nur einer stand offen. Neugierig trat er näher. Darin lag eine Badetasche – und etwas, das nicht hier sein sollte. Ein Messer. Noch bevor er reagieren konnte, spürte er eine Bewegung hinter sich. Eine starke Hand packte ihn am Nacken und drückte ihn gegen die Spinde. Ein stechender

Schmerz durchfuhr seine Schulter. Er keuchte auf und versuchte, sich loszureißen, doch der Mann hinter ihm war stärker. „Bitte …“ Seine Stimme war kaum mehr als ein Hecheln. Doch der Griff wurde nur fester. Dann kam der zweite Stich. Das Letzte, was er hörte, war das leise Tropfen von Blut auf die Fliesen.

Am Morgen

Die Reinigungskraft betrat pünktlich um sechs Uhr die Schwimmhalle. Sie summte vor sich hin, zog sich die Handschuhe an und betrat die Umkleide, um mit der Arbeit zu beginnen. Doch dann sah sie ihn. Der Bademeister lag auf dem Boden, das Gesicht blass, die Augen weit aufgerissen. Neben ihm eine Blutlache, die langsam unter die Spinde floss. Ein lauter Schrei zerstörte die Morgenstille.

Die Polizei traf nur wenige Minuten später ein. Absperrband wurde gezogen, die Spurensicherung rückte an. Die Beamten stellten die ersten Fragen. Wer hatte ihn zuletzt gesehen? Gab es Feinde, Drohungen? Die Überwachungskameras zeigten einen Schatten, der kurz vor Mitternacht durch die Hintertür gekommen war. Eine dunkle Gestalt, das Gesicht jedoch nicht zu sehen. Dann, nach der Tat, verschwand die Gestalt ebenso lautlos, wie sie gekommen war.

Die Ermittler fanden ein Detail, das ihnen eine neue Spur gab: Eine Visitenkarte lag im Spind des Opfers. Eine Anwaltskanzlei. Nachforschungen ergaben, dass das Opfer wenige Tage zuvor eine Auseinandersetzung gehabt hatte. Der Bademeister hatte Schulden – hohe Schulden. Und es gab jemanden, der ihm klargemacht hatte, dass es keine zweite Chance geben würde. War das ein Profi oder jemand aus dem eigenen Umfeld? Eine Kollegin erzählte, dass das Opfer unruhig gewesen war in den letzten Tagen. Hätte ständig über die Kameras gesprochen, über Sicherheitslücken. Hatte er gewusst, dass etwas passieren würde?

Während die Polizei die Spuren sicherte, flogen dunkle Wolken über die Stadt. Der Mörder war noch irgendwo auf freiem Fuß. Und er hatte seine Arbeit mit tödlicher Präzision vollendet.

Mein Name ist ***Marlon*** *und ich bin 13 Jahre alt.*
Mein Name ist ***Shawn*** *und ich bin 14 Jahre alt.*

Maxim Debois

Maxim lebt in Deutschland, er will Profiboxer werden. Maxim geht jeden Tag nach der Arbeit zum Boxtraining. Er und sein Freund Theodor wollen gemeinsam zur Spitze hinauf, aber das Problem ist: Theodor ist sein Trainer. Sicherlich denken jetzt viele, das sollte kein Problem sein.

Am nächsten Tag war Pratzentag, aber erst musste sein Trainer ihm eine wunderbare Nachricht mitteilen: „Maxim ... Maximmmm ..., ich habe tolle Neuigkeiten. Ich habe dich bei einem sehr großen Turnier angemeldet."

„Und welches ist das?"

„Es ist das Olympische Boxen, du boxt für Deutschland. Das ist so."

„Toll ...!"

„Ja, das ist es. In drei Wochen geht es los, also ran an die Arbeit", sagte der Trainer grummelnd.

Maxim sagte: „Okay, werde ich."

„Warum klingst du denn so böse?"

„Ich klinge nicht böse, ich mache mir nur Sorgen. Dort boxt ein Boxer, der schon dreimal die Olympischen Spiele gewonnen hat. Er gilt als ungeschlagen mit einer Bilanz von 356: zu 0, und davon 311 mit Knock out. Das klingt fürs erst mal so, dass jeder, der ihn besiegt hat, Superkräfte haben muss", antwortete Maxi. „Vielleicht habe ich ja welche!"

„Los, Maxim, ran an die Arbeit."

Eine Woche später qualifizierte er sich für die Deutsche Meisterschaft. An dem Tag, an dem er kämpfen musste, war er sehr nervös.

„Maxim Deeebooiiiiiisss", schrie der Ringrichter ins Mikrofon und dann den Namen seines Gegners. Den kannte er, er war sehr stark, aber war er auch stark genug, um Maxim zu besiegen?

Maxim stand nun im Ring, die erste Runde begann, sein Gegner stürmte in die Ringmitte und legte sofort eine schöne Kombo hin, aber Maxim konnte ausweichen und gab ihm einen Uppercut direkt auf seine Nase, dafür gab es ein Knock down, aber sein Trainer war trotzdem stolz auf ihn. Er schrie immer: „Bleib beweglich, bleib stabil und mach deine Familie stolz. Denk an deine Tochter!“ Nachdem der Trainer diesen Satz gesagt hatte, stand sein Gegner auf und die Runde ging vorbei. Sein Trainer sagte: „Mehr Serien!“, und zeigte ihm ein paar. „Und vergiss nicht die Bewegung.“

Die Pause war vorbei, sein Gegner blieb aber in der Ecke. Dann stürmte Maxim rein und er kassiert einen Konter, er wurde angezählt, weil er am Boden lag. Der Kampf wurde beendet, sein Trainer war sprachlos.

Nach dem Kampf kam sein Gegner zu ihm und sagte: „Ich danke dir für den Kampf, du hast meinen Respekt verdient.“

Maxim trainierte hart weiter, dann kam eine E-Mail von Organisatoren der Olympischen Spiele, darin stand: Sie können nicht kämpfen. Maxim wurde ko geschickt und das hieß normalerweise drei Monate Sperre, aber da die Olympischen Spiele diese Woche schon stattfanden, konnte er nicht kämpfen. Maxim und sein Trainer waren entsetzt und die Familie enttäuscht.

Am geplanten Kampftag wurde eine Mitteilung verschickt, dass ein Teilnehmer erkrankt sei. Das wahr aber der Teilnehmer für das Finale. Maxim wollte stattdessen kämpfen und sie erlaubten es. Aber sein Trainer warnte ihn, dass er am nächsten Tag direkt gegen den besten Amateurkämpfer der Welt kämpfen würde. Maxim interessierte das nicht, er blieb bei seiner Meinung.

Am Kampftag ging er zu seiner Kabine. Jeder schaute ihn an. „Schaut mal, da, der Außenseiter … hahaha, der kämpft hier! Wurde er nicht für drei Monate lang gesperrt, weil er ko geschickt wurde?“, sagten sie.

Es wurde Zeit, Maxim musste sich langsam warm machen und seine Kampfkleidung anziehen. Mittlerweile war es in Frankreich 23:32 Uhr. „Er wird früher kämpfen“, sagte sein Trainer zu denen, die über Maxim redeten. „Ein zweiter Kämpfer ist ausgefallen.“

Maxim dachte sich nur: „Auf welcher Veranstaltung sind wir hier nur? Schon zwei Ausfälle?“

Sein Trainer sagte: „In fünf Minuten kämpft ihr. Geh bitte schon mal auf die Tribüne.“

Und dann war zu hören: „Alexxanderrrrrrr Minifieldddddddddd, he is the one and only amature boxer thats undefeautet … And heeere is his oponnent Maxxxxiimmmm Deboisssss. His amature bilanz isss 7:19, he is a ery skill full boxer."

Sie gingen in die Mitte, dies war der Kampf für die Profikarriere.

„Keine Kopfstöße ... habt ihr mich verstanden, ich will einen schönen Kampf sehen. In eure Ecken", sagte der Ringrichter.

Und dann war eine lange Zeit nur der Hallensprecher zu hören: „Fight round 1, hier sind die Besten der Besten, außer Maxim Debois. Der Außenseiter hat schon sieben Amateurkämpfe und davor tragischerweise 19 Kämpfe verloren. Glaubt an euch, er hat es auch geschafft. Das wars von mir, weiter zum Kampf! ... Was ein schöner Uppercut von Maxim und eine Kombo. So ging auch diese Runde an ihn, es sind noch zwei Runden, aber wenn Alexander gewinnen will, muss er was tun. Schauen wir mal in die Ecken der beiden. Hier sind wir bei Maxim. Bleib stabil, mach deine Familie stolz, ich werde hier nicht als Verlierer mit dir rausgehen. Hast du mich verstanden. ... Und hier sind wir bei Alexander. Was ist denn bloß los mit dir? Kannst du nicht schlagen? Du verlierst gerade gegen einen No-Name-Boxer. Schäm dich doch. ... Ah, da beginnt auch schon die zweite Runde. Maxim stürmt hektisch zur Ringmitte, aber Alexander beginnt mit einer schönen Serie – Uppercut, Rechte, Gerade, Uppercut, Rechte, Gerade. ... Was eine schöne Runde bei Alexander."

Maxims Trainer schrie nun: „Du must mehr machen, die Runde gehört sonst ihm!" Maxim konnte nicht mehr, musste sich aber zusammenreißen. Es ging hier um die Profikarriere. So endet die zweite Runde schließlich mit einem Unentschieden.

Die dritte Runde begann und der Hallensprecher war wieder zu hören: „Die beiden Männer wollen nur eins – zur Profikarriere kommen. Ja, Leute, ich sage das heute locker zum dritten Mal, aber man muss dies einfach mal sagen. Nun weiter zum Kampf. ... Ah, schöne Kombinationen von beiden. Maxim kann bei einem schönen rechten Haken ausweichen, er schlägt daraufhin sofort seinen Gegner. Konter! Uppercut, linke Leber und einen Solarplexus. Alexander geht zu Boden, er blutet aus dem Mund. Oh, der ganze Ring ist gefühlt am Bluten, so sieht es zumindest aus. ... Der Kampf wird abgebrochen."

Nach einer kurzen Pause mussten die Kämpfer in der Ringmitte, da wurde dann das Resultat verkündet: „Der Sieg der Olympischen Spiele im Mittelschwergewicht geht in die Ecke vonnnnnnnnnn Maxximmmm Deboisss."

Die ganze Halle flippte aus – der Underdog hatten den ungeschlagenen Amateurkämpfer besiegt.

*Ich bin **Finn Dvalin Ilmmer** und bin in der 7. Klasse. Mein Hobby ist Boxen.*

Geiselnahme

Polizisten auf der Polizeiwache hatten einen Anruf von einer unbekannten Nummer bekommen. Dann kam der Chef der Polizeiwache und sagte: „Lass mich mit der Person reden." Der Chef sagte daraufhin: „Hallo, wer ist da?"

Plötzlich hörten die Polizisten und der Polizeichef eine tiefe Stimme, die sagte: „Ich habe eine Geisel. Passt lieber auf, bevor ich der Geisel was antue."

Alle Polizisten und der Chef waren sehr erschrocken und fragten sich gefragt, wie es weitergehen solle. Plötzlich lag eine Kugel auf dem Schreibtisch der Polizei, in der Kugel war es lila und auf einmal erschien darin ein Bild, wie ein Mädchen in einem Hotel mit dem maskierten Mann war. Der maskierte Mann war bewaffnet, hatte die Frau gefesselt und ihr auf den ein Mund ein Band geklebt, damit sie nicht schreien konnte. Er hatte ihr auch Fußfesseln angelegt, damit sie nicht wegrennen konnte.

Alle Türen der Polizeiwache wurden daraufhin verschlossen und die Fenster verriegelt. Und dann bemerkte ein Polizist, dass das Mädchen seine Cousine war, und wurde sauer. Er wollte alles kaputtmachen, aber seine Freunde und der Polizeichef haben hielten ihn auf. Sechs Leute hielten ihn fest, denn hätten Sie es nicht getan, wär er bestimmt so sauer geworden, dass er für die Leute in der Stadt zur Gefahr geworden wäre, weil er Polizist war und eine Waffe hatte.

Doch plötzlich kamen Ironman und die Marvel-Leute und fuhren mit einem Luftschiff zu dem Überfall. Die Polizisten sagten: „Machen Sie die Tür oder wir brechen ein!"

Die Marvel-Figuren flogen durch die Decke und der Maskierte fing an zu schießen, aber Ironman hatte eine Panzerrüstung, sodass die Schüsse abgeblockt wurden. Ironman hielt dann den Täter fest und die Polizei legte ihm Handschellen an. Der Täter musste in den Knast, kam aber nach drei Jahren wieder raus.

Auf einmal passierte es: Ironmans Rüstung wurde geklaut und die komplette Stadt zerstört. Zum Schluss bemerkten alle, dass dies der gleiche Täter war wie vor drei Jahren, der in den Knast hatte gehen müssen wegen der Geiselnahme.

Nachdem er die Stadt kaputtgemacht hatte, war der Mann mit der Ironman-Rüstung nach Afrika geflogen. Doch Ironman bemerkte auf seinem iPad, dass die Rüstung nicht mehr so viel Akku hatte. Nachdem er das gesehen hatte, war er sehr sauer und wollte er mit der Polizei nach Afrika fahren. Zum Glück waren Superman und die anderen schon da und packten den Täter schließlich lebenslänglich ins Gefängnis. Und nachdem man auch erfahren hatte, dass er mit einer Attacke 135 Leben genommen hatte, bekam er sogar die Todesstrafe. Nach seinem Tod wurde die zerstörte Stadt wieder neu aufgebaut und alle lebten fröhlich.

*Wir sind **Jay** und **Andrej** und sind 13 und 14 Jahre alt. Unsere Hobbys sind Basketball und Fußball.*

Olaf und die drei Kinder

Die drei Krankes sind am Strand und werfen Steine ins Wasser. Plötzlich hören sie hinter sich ein Geräusch und gucken nach hinten. Sie sehen einen Mann, der sagt: „Hallo Sandra, Klaus und Mirelda."

Die Krankes sagen: „Woher kennen Sie unsere Namen?"

„Ich bin von der Bank", sagt der Mann.

„Ich habe schrecklich Nachrichten für euch. Eure Eltern sind in einem Feuer gestorben und ihr müsst mit mir kommen. Ihr habt Glück, ihr wurdet sofort adoptiert."

Klaus ist überrascht, die anderen sagen nichts und sind traurig. Sie steigen in ein Auto und fahren zu einer Straße. Als sie da ankommen, gucken sie und Sandra sagt: „Es ist schwarz und groß."

Mirelda sagt: „Ja, schon, aber es ist merkwürdig, dass uns jetzt schon jemand adoptiert hat." Sie steigen aus dem Auto und sind vor einer Tür. Jemand macht die Tür auf und der Banker sagt: „Hallo, hallo, hallo, Krankes. Das ist eurer neuer Vormund Olaf." Als der Banker sich verabschiedet, sagt Olaf: „Ich zeige euch die Räume." Sie gehen ganz nach oben und er erzählt: „Das ist euer Bett."

„Das ist nur ein Bett", sagt Sandra.

„Wir gehen weiter", meint Olaf, er zeigt den Nebenraum, wo sie mit den Zahnbürsten putzen sollen. Nun sagt er auch, dass sie das Essen für seine Tochter machen müssen. „Und jetzt geht einkaufen, es wird Zeit."

Sandra fragt: „Wie sollen wir einkaufen gehen, wenn wir kein Geld haben?"

Olaf gibt ihnen Geld und sie gehen in den Laden. Als sie zurückkommen, machen sie sofort Spaghetti. Olaf sagt: „Beeilt euch, ich und meine Gruppe haben schon Hunger."

„Wir sind gleich fertig", antwortet Mirelda.

Nach einer Weile gibt es Essen. Als sie Olaf das Essen geben, sagt er: „Warum gibt es keine Torte?"

Klaus antwortet: „Wir haben nur Spaghetti, hatten nur wenig Geld."

„Ihr habt doch Geld – euer Vermögen", sagte Olaf.

„Unsere Vermögen bekommen wir nicht, weil wir noch nicht 16 sind."

Plötzlich schlägt Olaf Klaus ins Gesicht und in den Bauch. „Geht auf euer Zimmer", sagt er.

Sie gehen auf ihr Zimmer, sagen sich sie aber, dass sie sich rausschleichen wollen. „Ab zu Bank", ruft Sandra danach.

Als sie in der Bank sind, erzählen sie dem Banker, dass Olaf Klaus geschlagen hat und dass die nur ein Bett haben. Klaus zeigt seine Wunden, die er bekommen hat. Der Banker sagt: „Okay, ihr zieht zu euerem Onkel Senil Kranke."

Sie packen ihre Sachen und gehen. „Onkel?", sagt Sandra. „Unsere Eltern haben uns nichts erzählt über einen Onkel."

„Sandra, rede nicht so viel, wir sind gleich da", meint Klaus.

Als sie beim Onkel ankommen, sagt der: „Hallo, Klaus und Sandra und Mirelda."

Sandra antwortet: „Unsere Eltern haben uns nie erzählt, dass wir einen Onkel haben."

„Es gibt Gründe dafür", sagt der Onkel. Sie gehen ins Haus und er zeigt seine Tiere. Ein Tier nennt er die sehr giftige Schlange. „Keine Angst, ich habe sie nur so genannt, weil es lustig ist." Onkel Senil ist wohl verrückt, aber er hat kreative Ideen. Als plötzlich jemand klopft, sagt er: „Ich bin der Assistent Ino."

Mirelda sagt ganz laut: „Das ist Olaf, das erkennt man."

Doch plötzlich sind die Kinder weg. Olaf und der Onkel sehen sie nicht mehr. Die Kinder sind in ein Labyrinth gegangen und Olaf folgt ihnen nun. „Hier ist ein Geheimversteck. Schnell, es ist ein Tunnel", sagt Klaus und sie gehen weiter. Als sie aus dem Tunnel kommen, sehen sie Zelte. Der Name Madam Kolon steht auf einem Zelt. Als Madam Kolon sie sieht, sagt sie: „Schön euch zu sehen. Es ist wichtig, was ich euch jetzt erzähle. Schnell, kommt in mein Zelt." Sie gehen ins Zelt und sie sagt: „Eure Eltern haben das Feuer überlebt. Ihr müsst hierbleiben, aber sie kommen bald. Stellt mir Fragen, wenn ihr wollt."

Klaus sagt: „Okay, ich habe ein paar Fragen an Sie. Wo sind unsere Eltern? Warum wissen fast alle, die wir nicht kennen, von uns? Woher kennen Sie unsere Eltern?"

Madam Kolon sagt: „Eure Eltern haben vor sehr langer Zeit eine Geheimorganisation gegründet. Die FF. Und sie waren mit vielen Leuten befreundet, darum kennt euch auch fast jeder. Eure Eltern sind jetzt auf der Flucht. Darum sind sie nicht zurückgekommen nach dem Brand. Olaf sucht uns“, sagte Madam. „Und euer Onkel lon sagt, dass Olaf nicht der Einzige ist, der euch sucht. Sie suchen euch wegen eurer Eltern. Rennt weg jetzt! Los, sie kommt ... ihr müsst woanders hin ...“

*Ich bin **Mira**, 13 Jahre alt und meine Hobbys sind Kochen und Schwimmen.*

Ein Geburtstag mit Folgen

Es war im Sommer 1996, als Tim 14 Jahre alt wurde. Er stand schon früh auf, weil er so aufgeregt war, doch hätte er gewusst, was ihn erwartet an diesem Tag, vielleicht wäre er dann länger im Bett geblieben und vielleicht, aber nur vielleicht, hätte er sein ruhiges Leben noch etwas länger genossen.

Tim war ein fröhlicher Junge, der gerne lachte und Spaß hatte und für sein Alter sehr aufbrausend war. Tim hatte dunkelbraune, kurze, lockige Haare und hellblaue Augen, die immer ein geheimnisvolles Funkeln an sich hatten.

Tim wachte auf und ein Schmunzeln huschte über seine Lippen. „Endlich, endlich ist es so weit", dachte er aufgeregt. „Endlich werde ich 14!" Tim sprang aus dem Bett und lauschte … „Nichts zu hören", dachte er nachdenklich und zuckte mit den Schultern. Er zog sich um und stürmte nach unten, doch da war niemand – nicht im Wohnzimmer, nicht in der Küche, selbst die Schlafzimmer waren leer. „Komisch, wo sind denn alle? Haben sie etwa meinen Geburtstag … vergessen?" Tim ging noch mal durch alle Räume und noch mal und noch mal, aber niemand war da. Auf einmal bemerkte er einen Zettel auf dem Tisch in der Küche. „Hä? War der schon vorher da?", dachte er nachdenklich, nahm den Brief vom Tisch und las:

Hi Tim!
Ich weiß, heute ist dein Geburtstag, doch wir müssen leider arbeiten und können deshalb nicht mit dir feiern. Aber wir sind nur bis 16 Uhr weg. Also: Falls dir langweilig ist, geh einfach zu deinem Freund.
Viel Spaß und bis heute Abend.
Hab dich lieb!

„Was, aber wieso?", dachte Tim traurig. „Nur wegen diesem blöden Job habt ihr keine Zeit für mich, nur wegen diesem blöden Job verpasst ihr den Geburtstag, … meinen Geburtstag." Tim war enttäuscht, aber er beruhigt sich schnell wieder, er mochte es nicht, auf seine Eltern sauer zu sein, nein, das mochte er überhaupt nicht.

Später am Tag ging Tim traurig durch die Gegend, als er an einem verlassenen Haus vorbeiging. „Was ist das für ein Haus?“, fragte er sich. Tim erinnerte sich nicht daran, das Haus hier jemals gesehen zu haben, und überlegte, was er jetzt tun sollte: Sollte er reingehen? „Nein ... oder doch? Nein, ... nein, ... nein, auf keinen Fall! “Er ging schnell weiter, doch nicht mal fünf Minuten später ging er wieder an dem Haus vorbei. Er blieb verdutzt stehen, schaute sich um, schaute wieder zum Haus, zuckte verdutzt mit den Schultern und ging weiter. Das passierte noch zwei weitere Male. Doch dann schien er zu merken, was hier los war, und geriet in Panik. Er schaute auf seine Uhr, doch es waren erst zehn Minuten vergangen.

„Wie ...“, dachte er unruhig, „wie kann es sein, dass ich erst zehn Minuten draußen bin?“ Er war sich sicher, dass er schon mindestens eine halbe Stunde draußen war. „Und was ist das für ein Haus, an dem ich immer wieder vorbeikomme?“

Unruhig und aufgeregt ging er auf das Haus zu und mit zitternden Händen öffnete er vorsichtig die Tür. Die Tür knatschte, während sie langsam aufging, und ein beißender Geruch von faulem Fleisch drang in Tims Nase. Er hustete und ging einen Schritt zurück. Tim wollte schnell weg von dem Haus, doch irgendwas in ihm wollte ihn nicht gehen lassen und er trat wieder einen Schritt zur Tür hin und noch einen ... und dann den letzten ... und er war drin. Plötzlich kam ein Windzug und knallte die Tür zu, dann war ein leises Klicken zu hören ... und dann Stille. Unheimliche Stille. Bedrohliche Stille. Es war wie die Stille vor dem Sturm, doch es passierte nichts. Tim wagte es nicht, zu atmen oder sich zu bewegen. Eine Minute, zwei Minuten oder doch fünf Minuten ... Er war sich nicht sicher, wie lange er da ausharrte und wartete, ob irgendwas passierte, doch das tat es nicht, alles blieb still.

Langsam richtete Tim sich auf und ging langsam auf die Tür zu. Er berührte den Türgriff und rüttelte an der Tür, doch sie öffnete sich nicht. Tim bekam Panik und schaute sich um, doch niemand war da. Er ging langsam durch das Haus und sah sich um – die Tapeten hatten ein gelbliches Rosenmuster und waren von den Wänden abgegangen. Überall waren Schimmelflecken und es roch noch immer nach faulem Fleisch. „Wie ekelig“, dachte Tim angewidert und ging in einen Raum, der wohl mal als Schlafzimmer gedacht war, denn ein altes, kaputtes

Bett stand in der Mitte des Zimmers. Aber das war auch das Einzige, was im Zimmer war. Tim merkte, dass von dem Bett der Geruch des fauligen Fleisches ausging. Er ging vorsichtig auf das Bett zu und zog die Decke weg.

„Ahhh!“ Ein langer, hoher Schrei entfuhr ihm, als er eine erstochene Leiche im Bett liegen sah. Tim rannte voller Angst aus dem Zimmer, als er ein Knacken hinter sich hörte. Langsam drehte er sich um, und was er hinter sich sah, war die Leiche! Plötzlich packte ihn etwas am Arm, Tim schrie auf, kniff die Augen zusammen und wollte in die andere Richtung rennen, doch da war es schon zu spät. Er wurde in einen Raum gegenüber gezogen und eine kalte Hand wurde ihm auf den Mund gelegt.

Als Tim die Augen wieder aufmachte, sah er in ein schmales, schönes Gesicht mit glasigen, dunkelblauen Augen und einem ernsten Gesichtsausdruck. Tim verstummte überrascht und sein Gesicht wies einen fragenden Blick auf.

„Wer bist du und was machst du hier?“, fragte ein Mädchen mit hoher, verängstigter Stimme.

„Ich ... wer ... was ...“ Tim stotterte herum, er wusste nicht, was er machen sollte und überlegte, ob er nicht wegrennen sollte oder ... Doch noch bevor er weiterüberlegen konnte, stand das Mädchen auf und Tim konnte sie zum ersten Mal richtig ansehen. Das Mädchen hatte lange, blaue Haare, ein schönes blaues Kleid mit roten Akzenten an, hatte dünne Beine und keine Schuhe an. Es war wunderschön, doch etwas war komisch an ihm: Es hatte lange, spitze Ohren und wenn es durch das verfallene Zimmer, das wohl mal eine Küche war, ging, dann machte es keine Geräusche. Tim guckte dem Mädchen mit einem warmen Lächeln auf den Lippen noch ein paar Sekunden zu und stand dann auch auf. Kurz hatte er gemerkt, in was für einer seltsamen Situation er sich befand, doch dann kam alles in seine Gedanken zurück – die Tür, die sich nicht öffnen ließ, und die Leiche, die auf dem Bett lag.

Tim lugte durch die Küche in das gegenüberliegende Schlafzimmer und erschrak, denn die Leiche lag nicht mehr auf dem Bett. „Sie ist weg, ... die Leiche ist weg!“, stotterte Tim mit leiser Stimme und angehaltenem Atem. Plötzlich legte sich die kalte Hand des Mädchens auf Tims Schulter. Er zuckte zusammen, blieb aber still, da er zu viel Angst hatte, laut zu sein.

„Komm mit", sagte das Mädchen, drehte sich um und dann ging es, ohne ein Geräusch zu machen, zu einem der Küchenschränke, öffnete ihn und zum Vorschein kam ein Geheimgang.

Tim schaute überrascht in den Gang, der sich in unendlicher Finsternis zu verlieren schien. „Was ist? Kommst du?", fragte das Mädchen und verschwand in der Dunkelheit.

Tim zögerte kurz und blickte sich noch einmal um, doch dann ging er auch in den Tunnel und verschwand in der Dunkelheit. Was er allerdings nicht bemerkte, war, dass die Leiche, die nicht mehr in dem Bett lag, aus einer kleinen Ecke im Zimmer stumm und starr durch ihn hindurchzuschauen schien, noch eine Weile zu sehen blieb und sich dann auch in Bewegung setzte.

Tim kroch in den Tunnel und erspähte irgendwo vor sich in weiter Entfernung eine kleine Lichtung, der immer größer zu werden schien. Und dann kam endlich der Ausgang. Tim war froh, als er endlich draußen war, und sah sich um. Er selber schien in einem langen Flur zu stehen, rechts von ihm war ein Raum mit vielen kleinen Puppen, der mit einer dicken Glaswand von ihm abgetrennt war. Links war ein Raum mit Gartenzwergen, der ebenfalls durch eine dicke Glaswand abgetrennt war.

„Komisch, wo bin ich hier nur gelandet?", fragte sich Tim. Als er den Flur entlangging, ging er an noch 17 weiteren dieser mit Glas abgetrennten Räume vorbei und in jedem war was anderes drin …

Ob Tim wohl noch herausfindet, wo er ist und was es mit der Leiche auf sich hat, lest ihr in der Fortsetzung …

*Ich bin **Luna** und 12 Jahre alt. Meine Hobbys sind Volleyball und Malen.*

Syrien und das Gefängnis

Mahmoud und Abubak haben früher in Syrien gelebt. Syrien war ein sehr schönes Land vor dem Krieg. 2010 fing ein Bürgerkrieg an, weil die Bürger, die Menschen, Baschar Al-Assad nicht mehr als Präsidenten haben wollten, aber er hat das nicht akzeptiert. Er hat gelogen, dass Syrien ein demokratisches Land sei, aber es war kein demokratisches Land. Er war ein Diktator und hat für Russland und Iran gearbeitet. Er hat nichts für sein Land gemacht oder gearbeitet, er hat nur die Leute entführt und getötet.

Mahmoud und Abubak sind Brüder, sie sind Zwillinge und sind 14 Jahre alt. Sie haben mit ihren Eltern damals sehr glücklich gelebt und alles war schön – bis zu diesem Tag! Die beiden hatten an dem Tag ihren Geburtstag mit der ganzen Familie gefeiert, als plötzlich die syrischen Soldaten in ihr Haus stürmten und rumgeschossen haben. Viele von der Familie starben – Kinder, Jugendliche, Erwachsene sind gestorben. Danach nahmen sie Soldaten die anderen fest und Vater und Mutter von Mahmoud und Abubak schrien sehr, sehr laut und weinten. Die Soldaten verdeckten die Gesichter mit T-Shirts, schlugen alle die ganze Zeit über. Mahmoud und Abubak hatten Angst, zu fragen, wohin die Soldaten sie bringen würden, aber der Vater fragte einen Soldaten: „Wohin bringt ihr uns?" Aber der antwortete nicht, er trat den Vater nur.

Mahmoud und Abubak und die anderen Familienmitglieder saßen in die Hocke auf einem Pick-up. Als sie am Ziel ankamen, nahmen ihnen die Soldaten die T-Shirts von den Gesichtern und alles sahen, dass sie in einem Polizeirevier standen. Sie hatten richtig große Angst.

Mahmoud und Abubak erinnern sich: „Die haben uns den ganzen Weg geschlagen und beleidigt. Unsere Hände waren gefesselt. Wir sind dann die Treppen runtergegangen und ab da hatten wir kein Licht mehr. Wir hörten nur die Leute schreien, weil die gefoltert und getötet wurden. Danach haben die uns einzelnen nach oben gebracht. Auf dem Weg nach oben haben die uns die ganze Zeit geschlagen, die haben uns vor den Richter gestellt und uns gesagt, dass wir mit Terroristen zusammenarbeiten. Dass wir für die Waffen besorgen würden. Wir waren so geschockt von diesen Lügen, dass wir angefangen haben, zu weinen. Unser Vater schwor vor den Richter, er versuchte alles zu machen, damit der Richter uns glaubt, aber das alles hat nichts gebracht. Sie haben uns gezwungen, Fingerabdrücke zu machen auf irgendwelche Zettel, die wir nicht mal lesen durften, denn unsere Augen waren bedeckt. Danach brachten sie uns zurück, doch wir waren sehr geschockt, weil sie uns jeden Tag geschlagen haben. Es gab sehr wenig Essen und Trinken, wir sind fast verhungert. Nach 10 Tage ließen sie unseren Vater frei, aber uns Brüder nicht. Wir hatten sehr große Angst, da wir beide jetzt alleine waren. Mit unserem Vater hatten wir uns sicherer gefühlt. Wir konnten nächtelang nicht schlafen. Es war so eng – 40 Leute in einem zwei Quadratmeter-Raum, jeder hatte nur ein paar Zentimeter Platz, wir saßen alle in Hocke. Unsere Mutter war glücklich, weil unser Vater frei gelassen worden war, aber gleichzeitig war sie auch sehr traurig und hatte Angst um uns. Sie und unser Vater haben jeden Tag versucht, uns zu besuchen, aber sie durften nicht zu uns. Wir saßen alle nackt und es gab kein Licht, wir wussten nicht mal, wie viel Uhr es ist. 20 Tage lang sahen wir kein Sonnenlicht gesehen. Jeden zweiten Tag gaben sie uns eine Schüssel mit fünf Oliven, einem halben Brot und ein bisschen Wasser. Wir mussten alles durch 40 Leute teilen. Wir haben immer auch die Kerne von den Oliven gegessen. Der Raum war so dreckig und viele hatten Läuse und Krankheiten. Zwei Monate später waren wir immer noch im Gefängnis. In der Zeit haben unsere Eltern jeden Tag versucht, uns zu besuchen oder uns nur paar Minuten zu sehen. Aber an einem Tag bot Vater einem Polizisten Geld an, 40000 Lera, also ungefähr 4500 Euro, und endlich erlaubte der meinen Eltern, uns zu sehen, aber nur zehn Minuten. Diese Methode war normal in Syrien. Man gab den Polizisten Geld, damit man ins Gefängnis gehen konnte. Wir haben unsere Eltern umarmt und geküsst. Vor Freude haben wir alle geweint. Wir waren sehr dünn, weil es so wenig Essen gab. Mutter war sehr geschockt über unser Aussehen. Wir hatten Blut auf unseren Körpern, blaue Flecken und Narben. Das alles haben wir Brüder erlebt, seitdem wir 14 geworden waren. Vater flüstert, bevor er wegging, dass er jemanden kenne, einen guten Zauberer in unserer Stadt. Er meinte, der könnte uns vielleicht von hier herausbringen. Wir waren sehr glücklich, aber gleichzeitig haben wir das nicht geglaubt. Ich, Mamoud, meinte dann zu meinem Vater: „Was braucht er dafür, er wird das ja nicht kostenlos machen?“ Der Vater antwortete: „Er braucht eine Million Lera und vier von unseren großen Wohnungen, die wir haben.“ Wir waren eine reiche Familie, also sagten wir: „Ja, akzeptiere das Angebot soforttttt!“ Unser Vater hat es dann tatsächlich akzeptiert und der Zauberer hat alles geplant. Er hat komische Sachen miteinander vermischt – Blut, Knochen, irgendwelche Tiere und Insekten, Holz mit Steinen und so weiter. Am Ende entstand eine schwarze Zaubertür, die man irgendwo hinstellt, wo man hin will, dann macht der Zauber die Tür auf und man kann überall hin. Der Zauberer hatte meinem Vater von dem Plan erzählt, und wir Brüder haben die ganze Nacht nicht geschlafen. Wir haben uns vorbereitet und unsere Sachen gepackt. Dann war die Tür plötzlich auf in dem Knast. Wir sind sofort rausgerannt und haben Leute geweckt, damit die auch mit uns rausrennen konnten. Unsere Eltern haben auf uns gewartet. Endlich konnten wir unsere Eltern umarmen und küssen. Wir haben es gefeiert. Ja, so war das.“

*Ich heiße **Mahmoud**, spiele Fußball und bin 14 Jahre alt, **Abubak** auch. Wir gehen in die gleiche Klasse, wir sind aber keine Zwillinge, so wie in der Geschichte, sondern wir sind Cousins. Die Geschichte stimmt und wir haben früher in Syrien gelebt.*

Die Drachenkrieger

An einem schönen Frühlingsmorgen waren die Geschwister Mina und Shota Tokoyama auf dem Weg ins Dorf, um Lebensmittel zu holen. Sie gingen wie immer in den Laden von Herrn Kanamori, weil die Lebensmittel dort sehr günstig waren. Im Laden war nicht viel los, weil es nicht so viel Auswahl gab. Als die Geschwister ankamen, merkten sie sofort, dass etwas nicht stimmte. Der Laden war viel voller als sonst.

„Was glaubst du, was da los ist, Shota?", fragte Mina ihren kleinen Bruder.

„Keine Ahnung", antwortete er.

Plötzlich rannte ein Mann an ihnen vorbei und schrie: „Passt doch auf, wo ihr hinlauft!"

„Warte auf uns, Rikido!", rief eine Frau ihm hinterher. Hinter der Frau liefen noch zwei weitere Personen, die wohl auch dazugehörten.

Jetzt waren die beiden Geschwister neugierig. Was war in Herr Kanamoris Laden so interessant, dass sogar Rikido und seine Freunde unbedingt dorthin wollten. Mina und Shota quetschen sich an den anderen Leuten vorbei, um auch etwas sehen zu können. Als sie endlich was sehen konnten, waren sie fassungslos und konnten nicht glauben, was sie sahen: Vier kleine Drachen saßen in einem Käfig und sahen die ganzen Leute an.

Nachdem Herr Kanamori die beiden Kinder erblickt hatte, fragte er die Leute: „Wer würde sich bereit erklären, sich um die vier hier zu kümmern, und sie großziehen? Demjenigen würde ich die kleinen dann mitgeben."

Sofort wurde es wieder laut, weil alle die Drachen haben wollten. Einige versuchten sogar, Herrn Kanamori zu bestechen, und sagten etwas wie: „Wenn du sie mir gibst, bekommst du die Hälfte des Einkommens, das ich mit ihrer Arbeit verdiene." Oder: „Ich werde ihren Laden vergrößern lassen, wenn Sie sie mir geben."

Am Ende waren nur noch die Geschwister und Rikido da. Da Herr Kanamori wusste, dass Mina und Shota sich gut um die Drachen kümmern würden, ging er mit Rikido in ein Nebenzimmer und fragte ihn, was er mit den Drachen tun würde. Nach einem kurzen Gespräch stand die Entscheidung fest: Mina und Shota sollten die vier kleinen Drachen bekommen, weil Rikido sie nur zum Krieg benutzen wollte. Wütend über die Entscheidung verließ er den Laden und rief: „Das wirst du bereuen!" Während Herr Kanamori Mina und Shota half, die Drachen zu sich nach Haus zu bringen, grübelte er, was Rikido damit gemeint haben könnte.

„Herr Kanamori. Herr Kanamori!", rief Shota.

„Äh, ja. Was ist denn, Shota?", fragte er.

„Sie sehen so nachdenklich aus. Ist etwas ?", fragte Shota.

„Nein, nein", antwortete Herr Kanamori.

Als sie bei den Geschwistern zu Hause angekommen waren, verabschiedete sich Herr Kanamori. Nachdem er weg war, brachten Mina und Shota die vier Drachen in die Scheue und gingen ins Haus, um Essen zu machen. Während Mina am Herd stand und kochte, deckte Shota den Tisch. Nach dem Abendessen ging Mina zur Scheune, um die Drachen zu füttern. Nachdem sie das gemacht hatte, gingen sie und Shota ins Bett.

Am nächsten Morgen wachte Mina auf und stellte erschrocken fest, dass Shota nicht da war. Sie sprang aus ihrem Bett und stürzte zum Fenster. Da war Shota und spielte mit den Drachen. Nachdem sie sich umgezogen hatte, lief sie nach unten in die Küche und machte Frühstück für sich, Shota und die Drachen.

So vergingen vier Jahre, in denen sie spielten, trainierten und jede Menge Spaß hatten. In den vier Jahren hatten sich Mina und Shota auch Namen für die Drachen ausgedacht: Der Dunkeldrache hieß Shira, der Wasserdrache Leyla, der Giftdrache Ayra und der Feuerdrache Shino.

Innerhalb der vier Jahre wurde Rikido zum Dorfoberhaupt. Seit einem Jahr herrschte deshalb Krieg mit dem Nachbarland, weil er sich nicht damit zufriedengeben konnte, was er besaß. Die Geschwister Mina und Shota sollten entweder mit den Drachen helfen oder verschwinden. Da sie aber nicht kämpfen wollten, flogen sie mit den Drachen in ein anderes Dorf und lebten von da an dort.

Nachdem Rikido ein Dorf erobert hatte, versuchte er das nächste zu erobern. Seitdem die Geschwister weggegangen waren, hatte Rikido schon siebzehn Dörfer eingenommen und unter sein Kommando gebracht. Als Nächstes war das Dorf in der Nähe des Dorfes, in dem die Geschwister lebten, an der Reihe. Die Dorfbewohner suchten nach Leuten, die ihnen halfen, damit sie sich Rikido nicht ergeben mussten. Als Mina einkaufen war, hörte sie, wie ein paar Dorfbewohner darüber sprachen, dass Rikido als Nächstes dieses Dorf angreifen würde.

Mina rannte, so schnell wie konnte, nach Hause, um Shota zu erzählen, was sie gehört hatte. Als sie ankam, bemerkte sie, dass Ayra und Shino fehlten, und auch Shota war nirgends zu finden. Sie suche überall, aber konnte sie nicht finden. Schließlich holte sie Leyla aus dem Stall, setzte sich auf ihren Rücken und sie flogen in die Lüfte. Mina hoffte so sehr, dass sie Shota, Ayra und Shino von dort aus sehen würde. Da fiel ihr ein, dass Ayra ihr normalerweise immer folgte und in ihrer Nähe war. Aber da Mina Ayra nicht mit zum Einkaufen nehmen konnte, war sie ihr sicher hinterhergelaufen, um möglichst nahe bei ihr zu sein. Auf einmal fuhr ihr ein Schauer über den Rücken und sie dachte: „Was, wenn die Dorfbewohner Ayra gesehen und eingefangen haben? Vielleicht sind Shota und Shino auch gerade dabei, sie zu suchen, aber finden sie nicht."

Plötzlich flog eine große, rote Kreatur haarscharf nach oben an den beiden vorbei. „Mina! Mina!", rief eine Stimme.

Irritiert sah Mina sich um und versuchte, herauszufinden, wo die Stimme herkam. Schließlich schaute sie nach oben zu der roten Kreatur und stellte bei genauerem Hinsehen fest, dass es Shino war. Da sie aber wusste, dass er nicht sprechen konnte, flog sie mit Leyla nach oben, um zu schauen, ob Shota auf seinem Rücken saß.

Als sie weit genug oben waren, sah sie das Shota wirklich auf Shinos Rücken. Sie flog mit Leyla so nahe wie möglich an Shino ran und sprang auf ihn. Dann umarmte sie ihren Bruder und fragte: „Was machst du hier? Ich habe mir Sorgen gemacht, als ich gemerkt habe, dass du nicht zu Hause bist."

„Tut mir leid, Mina",sagte Shota.

„Okay, leg das nächste Mal einfach einen Zettel hin. Weißt du vielleicht, wo Ayra ist?", fragte Mina. ...

*Ich bin **Johanna**, 13 Jahre alt und mache Judo.*

Der Schatten des Drachenreiters

Prolog

Ein heller Lichtstrahl kam zwischen den Vorhängen des Internatszimmers von Tarzan (Tim) und Klößchen (Willi). Während er langsam wach wurde, schlief Klößchen noch weiter. Tarzan sah auf den Wecker, dann schreckte er hoch. „Mensch, Klößchen, wir haben verschlafen!", rief er erschrocken. Tarzan sah rüber zu ihm. Er schlief unbeirrt weiter. Tarzan runzelte die Stirn. Zum Glück wusste er, wie er ihn wecken konnte. „Klößchen, wenn du nicht aufstehst, kriegst du kein Eis mehr", rief Tarzan. Da schreckte auch Klößchen hoch. „Geht doch", sagte Tarzan zufrieden.

Kapitel 1: Fallen für Schornsteinfeger

Tarzan und Klößchen waren gerade auf dem Weg zur Eisdiele, da hörten sie plötzlich einen Schrei. „Was war das?!", rief Klößchen.

„Wenn du nachsiehst, dann weißt es!", sagte Tarzan tadelnd. „Komm jetzt!", rief er. Die beiden liefen los und sahen dann die Ursache des Schreis: Ein Schornsteinfeger war abgerutscht und hielt sich nun an der Regenrinne des Hauses fest. Tarzan fackelte nicht lange und lief zur Leiter des Schornsteinfegers. „Schnell, hol Hilfe!", rief er Klößchen zu. Der rannte, so schnell, wie er konnte, zur nächsten Telefonzelle, während Tarzan versuchte, den Mann zurück auf das Dach zu ziehen.

Der rief plötzlich: „Pass auf, hinter dir!"

Als Tarzan sich umdrehte, sah er etwas auf sich zu kommen – einen Dachziegel! Er konnte dem Ziegel gerade so ausweichen. Tarzan sah nun, woher der Dachziegel gekommen war. Eine Person, die komplett in schwarze Klamotten gehüllt war, stand ganz oben auf dem Querdach. Aber die Sirenen der Feuerwehr vertrieb sie. Tarzan folgte ihr, da er wusste, dass die Feuerwehr schon fast da war. Er sah, wie die Person sich über die verschiedenen Hausdächer davonmachte. Als Tarzan dann wieder unten war, ging er gleich zu Klößchen, der inzwischen ausgiebig von Kommissar Glockner (Gabis Vater) und Hauptbrandmeister Lorenz Welk befragt wurde. Als er dann gefragt wurde, was hier passiert war, erzählte Tarzan alles, was auf dem Dach passiert war. Er wollte wissen, wie es dem Schornsteinfeger ging. Tarzan erfuhr, dass der Mann schwer unter Schock stand und deshalb erst mal im Krankenhaus das Bett hüten sollte.

Dann murmelte Herr Glockner plötzlich: „Das wird ja immer schlimmer."

„Was wird denn immer schlimmer?", wollte Klößchen wissen.

„Nun, das war nicht der erste, sondern der siebte solcher Zwischenfälle", gab Kommissar Glockner zu.

„Was, schon der siebte Anschlag!", rief Klößchen erschrocken.

„Ja, leider, wir vermuten, dass es sich dabei um einen Verrückten handelt", sagte Herr Glockner mit seltsam ruhiger Stimme.

„Das kann man wohl laut sagen", fügte Tarzan hinzu.

Als Herr Glockner keine Fragen mehr hatte, machten sich Tarzan und Klößchen weiter auf den Weg zur Eisdiele. Als Tarzan und Klößchen in der Eisdiele ankamen, wurden sie schon Gabi und Karl erwartet. Sie setzten sich zu ihren Freunden und dann erzählte Tarzan, was passiert war.

„Das ist ja entsetzlich!", rief Gabi erschrocken.

„Ich weiß", sagte Tarzan. „Und deshalb ist das auch ein Fall für GKKT", sagte er entschlossen.

„Okay", riefen Klößchen, Gabi und Karl gleichzeitig.

„Aber womit fangen wir jetzt eigentlich an?", wollte Klößchen wissen.

„Am besten sehen wir uns den Tatort noch mal genauer an", schlug Karl vor.

„Okay, dann mal los", sagte Tarzan.

Und so begabt sich GKKT zu dem Ort, wo der Anschlag auf den Schornsteinfeger stattgefunden hatte. Dort sah alles noch so aus wie zu dem Zeitpunkt, als Tarzan und Klößchen den Tatort verlassen hatten. Sie sahen sich um. Die Leiter des Schornsteinfegers lehnte immer noch an der Hauswand, die Regenrinne hatte sich vom Dach gelöst und lag nun auf dem Boden und der Dachziegel lag zerbrochen auf dem Boden.

Plötzlich klingelte Gabis Handy. Sie ging ran. „Hallo? Ah, guten Tag,

Papi. Ja, da sind wir gerade. Wieso? … Ah, okay, äh, danke. Ja, bis später."

„Na, was hat er gesagt?", wollte Tarzan wissen.

„Mein Vater dachte sich schon, dass wir uns mit diesem Fall befassen werden. Darum hat er mir gesagt, dass die Leiter, mit der der sogenannte Dachreiter auf das Dach gekommen ist, gefunden wurde", antwortete Gabi. „Er lässt gerade nach Fingerabdrücken suchen", fügte sie hinzu.

„Da werden sie wenig Glück haben. Ich habe gesehen, dass der Typ Handschuhe trug", sagte Tarzan.

„Verdammt!", rief Karl verärgert.

Plötzlich hörte GKKT die Schulglocke des Internats in der Ferne. „Oh Mist. Wir haben doch gleich Englischunterricht bei Mister K (Herr Kirschkern)!", rief Gabi erschrocken.

GKKT machten sich so schnell wie möglich auf den Weg zum Internat. Sie hatten Glück und kamen noch pünktlich zum Unterricht. Als GKKT ins Klassenzimmer kam, sahen sie, wie drei Jungs sich miteinander unterhielten. Die drei hießen Shawn, Marlon und Joel. Sie waren erst seit Kurzem auf dem Internat und deshalb war hier auch alles sehr neu für sie. Die drei teilten sich auch ein Zimmer.

GKKT setzten sich hin und kurz danach kam der Lehrer, den sie Mister K nannten. Doch dann, mitten im Unterricht, wurde Tarzan wegen eines Anrufs, der für ihn war, kurz aus dem Unterricht genommen.

Tarzan machte sich auf den Weg zur Telefonzelle des Internats und stand kurz darauf im Inneren der Telefonzelle und nahm den Hörer. Plötzlich kam eine finstere Stimme aus dem Hörer: „Wenn ihr weiter nach mir sucht, wird es euch noch leidtun!"

„Wieso, wer ist da?", fragte Tarzan mit ernster Stimme.

„So weit kommt es noch, dass ich dir meinen Namen sage. Und wieso. Ich habe Mittel, die nicht ganz ungefährlich sind, und es kann passieren, dass einem von euch etwas zustößt. Vielleicht diesem Dicken oder doch der mit der Brille", antwortete die Stimme.

Tarzan wollte gerade nachfragen, was in den Mann gefahren war, da brach die Verbindung ab. Mit einem flauen Gefühl im Magen kehrte er in die Klasse zurück und meldete sich für den Rest des Tages ab, weil er angeblich Magenprobleme hatte, was aber natürlich nicht wahr war. Er brauchte erst einmal etwas Ruhe und surfte zu Hause im Internet. Dann aber entdeckte er etwas, was interessant aussah, er fand eine Telefonnummer und rief an, wenig später beendete Tarzan den Anruf.

Zur gleichen Zeit mehrere Seemeilen entfernt auf einem anderen Kontinent in einer Stadt an der Küste legte jemand in einem Hotelzimmer den Hörer des Telefons weg. „Das Spiel beginnt", sagte eine düstere Stimme.

Nach der Schule erzählte Tarzan von dem seltsamen Telefonat. Klößchen und Karl waren wie erstarrt. „Das ist ja entsetzlich!", rief Klößchen erschrocken wie nie zuvor.

„Ich weiß", sagte Tarzan. „Und deshalb müssen wir jetzt gut auf unsere Umgebung achten."

Plötzlich klingelte Gabis Telefon. Sie ging ran und stellte auf laut. „Guten Tag, Herr Glockner", sagten Tarzan, Klößchen und Karl gleichzeitig.

„Hallo Jungs, ich habe leider keine guten Nachrichten für euch. Der Dachreiter hat einen weiteren Schornsteinfeger vom Dach geholt und ist jetzt untergetaucht. Der Schornsteinfeger liegt mit einer Platzwunde im Krankenhaus", sagte Herr Glockner.

„Weiß man, wohin dieser Dachfritze untergetaucht ist?", fragte Tarzan.

„Laut unseren Informationen in eine Küstenstadt namens Rocky Beach", sagte Herr Glockner. „Ich wollte gerade dorthin aufbrechen und wollte fragen, ob ihr mitkommen wollt?", fragte Herr Glockner. Natürlich sagte die GKKT-Bande Ja und deshalb saßen Tarzan, Gabi, Karl und Klößchen wenig später in einem Flugzeug nach Rocky Beach.

Kapitel 2: Dachreitergeschichte

Nachdem Tarzan, Gabi, Karl und Klößchen aus dem Flugzeug ausgestiegen waren, holten sie ihre Koffer und gingen aus dem Flughafengebäude. Tarzan jedoch hatte ein anderes Ziel. Während Gabi, Karl und Klößchen mit Gabis Vater zu einem Hotel unterwegs waren, fuhr Tarzan zu einem alten Freund seines Vaters. Er hielt vor einem offenen Tor, über dem ein Schild hing, auf dem stand: Titus Jonas Gebrauchtwarenhandel. Tarzan ging zur Haustür und klopfte.

Eine Frau öffnete die Tür. Sie trug ein T-Shirt und einen Rock. „Hallo, du musst Tim sein", sagte die Frau. „Ich bin Matilda." Matilda nahm Tarzan sein Gepäck ab und fragte: „Könntest du bitte nach Justus und seinen Freunden suchen? Sie sollten eigentlich den Schrottplatz aufräumen und drücken sich vor ihrer Pflicht.“

„Okay“, antwortete Tarzan und begann seine Suche. Er hörte plötzlich ein dumpfes Flüstern und fand auch bald heraus, woher das Geflüster kam. Doch dann hörte er ein Knacksen und sah nach unten. Tarzan war auf eine Blechdose getreten. Kurz darauf war das Flüstern verstummt. Tarzan ging vorsichtig weiter. Er entdeckte aus den Augenwinkeln eine Gestalt und sah sie plötzlich losrennen und ihn anspringen. „Nicht mit mir“, dachte Tarzan. Er packte die Gestalt am Arm und brachte sie zu Boden.

„Hör auf! Du brichst mir noch den Arm“, schrie die Gestalt.

„Lass ihn ruhig los“, rief eine Stimme.

Tarzan gehorchte, denn er wusste, wer da rief. Es war Matilda. Die Gestalt stand auf. Tarzan musterte sie. Die Gestalt war ein Jugendlicher. Er trug Turnschuhe, eine kurze Hose und ein blaues Shirt. Seine Haare waren zu einer Stachelfrisur nach oben gekämmt.

„Na, Pieter, kommst doch mal wieder aus deinem Versteck“, sagte Matilda.

„Und ihr zwei kommt jetzt hinter dem Schrottberg hervor“, sagte Tarzan.

Es waren ein paar Tage ins Land gegangen und Tarzan, Gabi, Karl und Klößchen hatten sich mit Justus, Pieter und Bob, die sich als die drei Ausrufezeichen vorgestellt hatten, zusammengetan, um dem Dachreiter das Handwerk zu legen. Ihre Ermittlungen hatten ergeben, dass der Dachreiter mit echtem Namen Piet Decker hieß, in Wirklichkeit in einem Ort namens Seelze wohnte und ein Komplize sie auf eine falsche Spur gebracht hatte, nun aber festgenommen worden war. GKKT und die drei Ausrufezeichen waren nicht dabei gewesen, weil sie zum Heimatort des Dachreiters aufgebrochen waren.

„Und nun?“, fragte Klößchen.

Er und die restliche GKKT-Bande standen mit Justus, Pieter und Bob inmitten der Stadt Seelze in einer Straße mit dem Namen Zollkrug vor einer Eisdiele. Sie sahen sich um und entdeckten eine Bibliothek. Sie gingen rein und fragten nach.

„Ein Herr Decker, ja, der sitzt da vorne“, sagte die Bibliothekarin.

„Danke“, bedankte sich Tarzan.

Sie versteckten sich hinter einem Bücherregal.

„Bob, Karl, ihr ruft die Polizei. Ich, Justus und Pieter versuchen,

Decker hier festzuhalten. Und Gabi und Klößchen versperren die Ausgänge", sagte Tarzan.

„Okay", stimmten die anderen zu.

Bob und Karl liefen raus und riefen die Polizei, während Klößchen sich breitbeinig vor den Ausgang stellte. Gabi sprach mit der Bibliothekarin und Tarzan, Justus und Pieter gingen zu Piet Decker.

„So sieht man sich also wieder, Sie Dachreiter", sagte Tarzan.

Der enttarnte Schurke klappte sein Buch zu und warf es in Richtung der drei. Das Buch traf Pieter und er fiel hin. Justus half Pieter hoch, während Tarzan die Verfolgung aufnahm. Doch er stutzte. Die Tür war unbewacht! Doch plötzlich kam Klößchen hinter einem Tisch neben der Tür hervor und warf sich mit seinem ganzen Körpergewicht auf Herrn Decker. Dann kamen Bob und Karl mit der Polizei und Piet Decker wurde wegen Gefährdung der Allgemeinheit festgenommen. Es wurde vermutet, dass er ein trauriger Fall (weil er ein Trauma erlitten hatte) war.

*Mein Name ist **Maximilian Welk**. Mein Alter liegt bei 13 Jahren. Meine Freizeit verbringe ich damit, Hörspiele zu hören, Filme zu schauen oder Comics zu lesen. Als ich das erste Mal den TKKG-Film und den Film „Die drei Fragezeichen – Das Erbe des Drachen" gesehen habe, hat mich das dazu ermutigt, an einem Schreibwettbewerb teilzunehmen und die beiden Detektivgruppen für einen Fall an einem Strang ziehen zu lassen.*

Ende

Marthas Reimkiste

Es ist Sommer und es blitzt der Donner.
Die Maus ist im Haus, mit dem Fisch unterm Tisch.
Der Hund bellte und der Regen prellte.
Die Glocken klingelten und wir pinkelten.
Die Katze murrte und mein Magen knurrte.
Ich haute und die Kuh kaute.
Die Katze trommelte und die Mütze bommelte.
Es war heiß, ich aß ein Eis.
Und die Mütze lag in der Pfütze.
Ich nahm Ton und ging auf den Thron.
Der Bauer stand auf der Mauer.
Der Bär schwamm im Meer.
Die Käthe hatte ein' Schnulli und ein' Pulli.
Es gibt Kuchen, ich mag Buchen.
Es gab einen Dussel, der machte gern Puzzle.
Meine Mama sagt zu mir Marthi und ich esse gerne Smartie.
Es wäre besser, ich nähme ein Messer.
Ich habe ein Band um meine Hand.
Es liegt jemand krank auf der Bank.
Die Braut hat eine schöne Haut.
Ich mag eine gute und leckere Pute.
Ich gehe bald in den grünen Wald.
Es gibt Menschenpaare ohne Haare.
Die Bahn ist frei für den Hahn.
Der Clown ist braun.
Ich baue und kaue.
Die Kuh hat einen Schuh.
Der Hase sitzt in der Vase.
Der Wal lebt im Tal.
In der Kuhle ist meine Schule.
In einer Pampe steht die Rampe.

Der Hund hat einen Mund.
Ich kenne ein Märchen mit Härchen.
Ich habe Hosen mit Rosen.
Paul hat einen Gaul.
Der Zaun ist braun.
Der Fruchtsaft hat Spidermankraft.
In der Dose ist ein Stück Hose.
Der Affe hat eine Waffe.
Wenn wir uns recken, fangen wir die Schnecken.
Der Flo sitzt auf dem Klo.
Ich habe ein Sofa auf meinem Mofa.
Jeder Chor hat mindestens ein Ohr.
Die heule Eule hat eine Beule.
In der Hecke kriecht die kleine Schnecke.
Auf unserem Dach fließt ein kühler Bach.
Auf die Tonne scheint die Sonne.
Ich singe und springe.
Der Bäcker hat einen Wecker.
Der Ball rollt in einen Wasserfall.
Ich habe einen Stuhl in meinem Pool.
Ich rudere mit einer Poolnudel.
Ich habe eine Brille für meine Pupille.
Um meine Uhr ist eine Schnur.
Der Weihnachtsmann sagt immer Ho
und wackelt dabei mit seinem Po.
Meine Mutter isst gerne Butter.
Ich war schneller mit dem Teller.
Der Zwerg wohnt auf dem Berg.

Der Flo krabbelte auf dem Po.
Aus dem Po kommt Pipi ins Klo.
Das ist die pinke Türklinke.
Meine Mama sagt zu mir Marthi,
das hört sich ein bisschen an wie Party.
In meiner Tasche ist eine lila Flasche.
Meine zwei Backen haben viele schmutzige Macken.
Der Hase streckt aus der Vase seine Nase.
Es ist Pflicht zu haben ein Licht.
Meine Hand drücke ich an die Wand.
Auf den Schneepisten spiele ich oft in meinen Kisten mit Misteln.
Da nehm ich erst mal Maß, aber das macht mir viel Spaß.
Meisen gehen gerne leise auf die Reise ohne jemanden zu beißen.
Doktor Rau hat einen richtigen Dachsbau.
Der Käfer Fratz hat keinen Latz.
Die Kuh macht Muh.
In einen großen Kreis pflanze ich Mais.
Die Schweine haben vier Beine.
Josephs Bruder Peter ist ein' Meter.
Ich gucke, während ich spucke.
Er kämmt sein Hemd.
Ich habe einen Schwamm und einen Kamm.
Pinguine patscheln und watscheln.
Ich lege mein Tuch in das Buch.
Im Mai gibt es leckeren Brei.
Im Mohn sitzt der König auf dem Thron.
Ich bin stark und mag Quark.
Ein Junge hat eine Zunge.
Im März schenke ich dir ein Herz.
Ich habe keine Wurst, aber Durst.
Ich kenne Zahlen, die mich anstrahlen.
Ich mache im Hort ganz viel Sport.
Das Boot braucht einen Code.
Kinder müssen öfters küssen.
Bei dem netten Herrn Kuch bekomme ich ein Taschentuch.
Kahl ist der Stahl.

Martha Gökeler, *9 Jahre*

Schule

Schule
Deutsch lernen
schreiben, rechnen, lesen.
Ich mag die Mathematik
Schön.

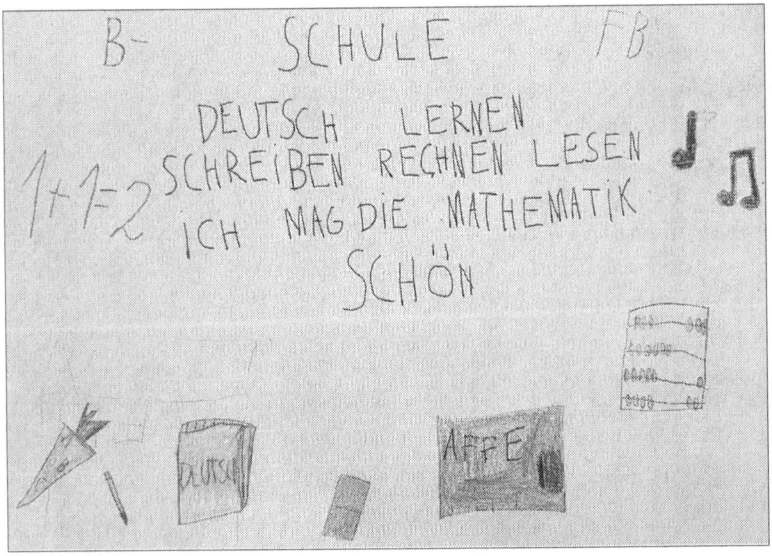

Milena Cirja

Fantastisch gute Kindergeschichten

Geschichten der

Aktiven Naturschule in Templin

Die Waldfee und die Prinzessin

Die Waldfee und die Prinzessin

Ganz, ganz weit weg, an einem schönen Waldrand, da war ein Schloss. Dort wohnten ein König und eine Königin. Sie waren nicht sehr glücklich, weil ihre Tochter namens Johanna immer, wenn sie nach Hause kam, von oben bis unten mit Dreck beschmiert war. Sie wurde jeden Tag gewaschen.

Eines Tages sagte sie zu sich selbst: „Ich will das nicht mehr", und sie stampfte in ihr Zimmer. Sie zog sich ein neues schönes Kleid an und einen Umhang über das Gesicht. Sie ging durch die langen Gänge des Schlosses – auf ein Mal erblickte sie ein helles Licht. Sie sagte zu sich, dass sie nur noch über die Zugbrücke müsse, um frei zu sein. Frei von allem. Sie ging einen langen Weg bis zu einer Lichtung, dort war eine Quelle. An dieser Quelle war ein Einhorn. Johanna konnte es kaum glauben, ein echtes Einhorn zu sehen.

Plötzlich hörte sie hinter sich ein lautes Knacken. Hinter ihr waren 30 bis 40 Einhörner. Zwischen ihnen eine Fee.

Johanna fragte die Fee: „Wie heißt du? Wer bist du?"

Die Fee hieß Melanie und hatte ein weißes Einhorn namens Snowy. Sie war eine Waldfee, wohnte in einem Baumhaus und lag oft in einer Hängematte. Die Fee stellte Johanna ihre Freunde namens Susi, Marleen, Jara, Luise, Lea und Lara vor. „Willst du mit uns einen Tee trinken?", fragte Melanie. „Einen leckeren Holunder-Himbeer-Brombeer-Erdbeer-Tee", fügte sie noch hinzu.

Johanna lief das Wasser im Mund zusammen, denn im Schloss gab es immer nur eckigen Pfefferminztee. Der schmeckte ihr gar nicht gut. Sie tranken Tee und dann kam ihnen die Idee, ans Meer zu fliegen, weil sie ein Abenteuer erleben wollten. Sie packten ihre Sachen und flogen los.

„Yippieeee, ab ans Meer", riefen sie.

Spielen am Strand

Es dauert fünf Stunden, bis sie endlich da waren, wo sie hin wollten. Johanna und Melanie landeten zuerst bei ihren Feenfreunden. Als sie dann endlich am Strand waren, schaute Johanna nach hinten und sagte: „Guckt doch mal da … da ist ein Wald. Ein Wald voller Palmen, dort könnten wir doch wie im Feenwald unsere Baumhäuser bauen." Die anderen stimmten ihr voller Freude zu und machten sich an die Arbeit.

Nach zwei Stunden Arbeit waren sie fertig. Jede Fee hatte ihr eigenes Baumhaus, außer Melanie. Denn Melanie wollte sich ein Baumhaus mit Johanna teilen. Als sie alle fertig waren, gingen sie zurück an den Strand und hatten dort ein Picknick mit Kokosnüssen, Bananen und Zitronen.

Melanie fragte: „Wollen wir nicht alle schwimmen gehen?"

Johanna rief laut: „Jaaaaa", und rannte los ins Wasser.

Melanie holte aus und mit einem großen Sprung waren beide im Wasser. Als Melanie wieder auftauchte, rief sie: „Gleichstand", und sie lachten. Sie waren sich aber einig, dass es egal war, wer als Erste im Wasser gelandet war. Dann fingen sie an zu schwimmen. Sie schwammen so viel, bis sie nicht mehr konnten. Sie drehten wieder um, um im Wasser nicht unterzugehen. Am Strand angekommen, trockneten sich beide ab.

Johanna fragte dann ganz plötzlich: „Ich habe eine Idee, wollen wir nicht mal nach Japan? Aber nur wir beide."

Melanie fand die Idee toll und die beiden schlichen sich davon. Sie schlichen zu ihrem Baumhaus und packten ihre Sachen. Sie hauten durch den Palmenwald ab, doch dann hatten sie plötzlich ein Problem. Sie bemerkten, dass Johanna gar keine Flügel hatte, um zu fliegen. Wie sollte sie es so schaffen, mit nach Japan zu kommen?

Melanie bekam eine spontane Idee. „Komm, wir fällen eine Palme, um unser Gepäck dranzuhängen."

Als die Palme gefällt war, braute Melanie einen ganz besonderen Feentrank. Als er fertig war, sollte Johanna davon trinken. Sie trank ihn Schluck für Schluck und ganz plötzlich hatte Johanna Feenflügel. Sie freute sich unglaublich doll.

„Das ist ja so cool", sagte sie.

„Jetzt können wir endlich nach Japan fliegen."

Urlaub in Japan

Huiiiii. Die beiden flogen los und wurden immer schneller. Von oben konnten sie Delfine im Meer erkennen. Sie wollten unbedingt mit den Delfinen schwimmen. Sie fragten einen Pelikan, ob er ihren Zauberstab halten könne, damit sie mit den Delfinen schwimmen konnten.

Johanna sprach einen Zauberspruch: „Wasserzauber, sei so nett, lass uns Meerfrau werden jetzt." Sie wurden zu Meerfrauen und schwammen zwei Stunden mit den Delfinen. Sie verwandelten sich dann wieder zurück in Feen und flogen weiter Richtung Japan.

„Guck mal, da hinten ist ein großer Turm", sagte Johanna.

„Oh, wir sind wohl endlich in Japan."

Aber auf dem großen Turm stand New York. Sie landeten neben dem Turm auf einer kleinen Insel, um noch einen Zaubertrank zu brauen. Sie tranken ihn und auf einmal hatten sie keine Feenflügel mehr, konnten dann aber schwimmen wie die Delfine. Sie sprangen ins Wasser und schwammen den Rest nach Japan. Unter ihnen war plötzlich ein riesiger Schatten. Er tauchte auf – es war einer der Delfine, mit denen sie vorher geschwommen waren. Er war ihnen gefolgt.

Nach einer langen Zeit kamen sie endlich in Japan an. Sie freuten sich, endlich am Ziel zu sein, weil hier auch so schön die Sonne schien.

38 Grad in Japan

Als sie endlich am Strand ankamen in Japan, war die Hitze kaum auszuhalten. Es wurde immer heißer. Sie sahen in der Ferne ein Eiscafé. Dort holten sie sich ein Eis und eine schöne kalte Limonade. Sie wollten dem Eisverkäufer viel zu viel Geld geben, er nahm das aber nicht an und schickte die beiden fort. Als sie ihr Eis aufgegessen hatten, wollten sie unbedingt wieder baden, da es außerhalb des Wassers viel zu heiß war. Es waren 38 Grad und es wurde immer wärmer. Mit zwei Wasserpistolen rannten sie zurück zum Strand und mit einem großen Sprung landeten beide wieder im Wasser. Dort spielten sie die ganze Zeit, bis die Sonne unterging.

***Ida** ist neun Jahre alt und zaubert mit Worten Magie aufs Papier. Komm und tauch ein in die zauberhafte Welt von Ida.*

Das Märchen von der Fee, die nicht zaubern konnte

Teil 1

Es war einmal vor langer, langer Zeit, als es noch Feen gab. Da gab es auch eine Feenkönigin. Sie hatte eine kleine Tochter, die fünf Jahre alt war. Eines wunderschönen Tages sollte die Königin noch ein Kind bekommen, und so kam es auch. Sie bekam ein kleines Baby. Es sah sehr süß aus und die Königin sagte: „Ich nenne dich Luna." Die andere Tochter war aber nicht sehr glücklich darüber, dass sie jetzt eine Schwester hatte.

Luna wurde größer und größer, bis sie die Zauberkunst lernen sollte. Dies klappte aber nicht. Irgendwann wurde es der Mama zu bunt. Sie sagte: „Jetzt fahren wir mit der Kutsche zum Arzt."

Der Arzt sagte, sie hätte keine Zauberkräfte. Die Mama wollte es nicht glauben, aber sie sagte: „Na gut, dann fahren wir erst einmal nach Hause."

Zu Hause angekommen, sagte die Schwester, die übrigens Nina hieß: „Eine Fee, die nicht zaubern kann, was ist das für eine Fee?"

Die Feenkönigin sagte: „Luna, du musst in die Menschenwelt ziehen, weil du keine Fee bist."

Luna antwortete: „Na gut, Mama, aber zuerst gehe ich meine Sachen packen", sagte Luna traurig. Luna war nun elf Jahre alt und in den Wald der Menschen gezogen.

Zuerst war sie allein und wusste nicht, was sie da sollte, aber dann fand sie eine Freundin – einen Schmetterling. Die beiden machten alles zusammen. Irgendwann kam eine Familie in den Wald und sammelten Pilze. Luna sah sie und versteckte sich, denn sie kannte die Leute nicht und wusste auch nicht, ob es Räuber waren.

Irgendwann kam diese Familie wieder und sie sahen Luna. Die Leute fragten, wer sie sei und wieso sie hier allein im Wald war. Luna sagte: „Ich kenne euch nicht, deswegen werde ich es euch nicht sagen", und lief weg.

Dann näherte sich der Abend. Luna wurde müde und legte sich in weiches Moos. Am nächsten Morgen wachte sie auf und sah, dass Emma, der Schmetterling, schon wach war, sie spielte mit den Käfern Fangeball. Irgendwann kam diese Familie aus dem Wald wieder, sahen Luna und dieses Mal fragten sie, ob sie bei ihnen wohnen wolle. Doch zuerst wollten sie alles über sie erfahren. Luna stimmte zu und erzählte ihnen, dass sie eine Fee sei, die allerdings keine Flügel und Zauberkräfte hätte. Deswegen wäre sie aus dem Königreich verbannt worden. Die Familie musste nach Hause und fragte Luna, ob sie mitkommen wolle. Luna stimmte zu, aber nur, wenn auch der Schmetterling mitkommen dürfe. Das war okay und sie stiegen alle in das Auto.

Luna fragte: „Was ist das für eine Kutsche ohne Pferde?"

Ein Kind der Familie namens Lena meinte zu ihr, dass es ein Auto sei. „Damit fährt man durch die Stadt."

„Was ist eine Stadt?", fragte Luna.

Sie fuhren in die Stadt. Als sie ankamen, meinte Luna: „Aha, das ist also eine Stadt, ist ja ganz schön voll hier ..." Im Feenkönigreich war es nie so voll. Lena erklärte Luna, dass dies für eine Stadt normal sei. Dann kamen sie bei Lena zu Hause an und alle Kinder stürmten in das große Gebäude.

„Wieso rennen denn alle in das große Haus, brennt es hier irgendwo?", wunderte sich Luna. Sie folgte den anderen ins Haus, wo sie ganz viele Treppen sah. Lena kam die Treppen runter und zog Luna mit nach oben, um ihr alles zu zeigen. Sie kamen in der Wohnung an. Die war ganz schön klein, aber reichte für die Familie total aus.

Die Mama meinte zu Luna: „Du kannst im Gästezimmer schlafen."

„Hä?", wundert sich Luna. „Was ist ein Gästezimmer?" In ihrer Welt gab es nur Holzhütten mit Moos überdacht. Lena erklärte ihr, dass so alle Häuser in der Stadt aussahen. Luna freute sich, dass sie nun hier wohnen durfte, bis sie zaubern konnte. Alle freuten sich, aßen Abendbrot und gingen dann schlafen.

Am nächsten Morgen waren alle schon wach und warteten auf Luna. „Frühstück", rief die Mama. Nach dem Essen spielten die Kinder im Garten. Dann wollte Luna auf den Baum klettern, der im Garten stand. Sie kam hoch, aber dann rief sie: „Hilfe! Ich komme nicht mehr runter."

Lena rief ihr zu: „Versuche zu zaubern. Irgendwo steckt sie in dir, die Zauberkraft. Du musst nur suchen."

Plötzlich fing Luna an zu fliegen, was komisch war, denn sie hatte ja keine Flügel. Trotzdem flog sie auf einmal. Als sie wieder am Boden war, kamen die Mama und der Papa an. „Ist alles gut? Ich habe jemanden schreien hören“, sagte die Mutter.

Lena schrie: „Luna ist geflogen.“ Alle freuten sich, dass Luna nun fliegen konnte. Sie versuchte, für den Rest des Tages in ihrem Zimmer zu zaubern, aber es klappte nicht mehr. Sie setzte sich auf ihr Bett und ließ den Kopf hängen, da kam Lena ins Zimmer und sagte: „Mama will, dass du zum Essen kommst. Sei nicht traurig, dass es jetzt nicht mehr klappt. Vielleicht ist deine Magie schon ein bisschen ausgelastet. Hauptsache ist ja, dass du hier am Leben und nicht mehr auf diesem Baum bist.“ Die beiden Mädchen lachten. Lena sagte: „Also kommst du jetzt essen oder nicht?“

Luna sagte: „Ich komme mit.“ Zusammen gingen sie zum Essen. Danach gingen sie ins Bett.

Am nächsten Morgen wunderte sich Luna, dass ein komisches rundes Ding neben ihrem Bett klingelte. Jetzt kam auch noch Lena in ihr Zimmer. Luna sagte: „Wieso wollen mich heute alle wecken?“

Lena sagte: „Na, heute ist wieder Schule.“

„Was ist denn Schune?“, fragte Luna.

„Nein, das heißt Schule“, sagte Lena. „Hattet ihr denn keine Schule?“, wunderte sich Lena.

„Nein, wir konnten immer ganz viel spielen. Was macht man denn in einer Schule?“

„Da lernt man schreiben, rechnen und lesen. Außerdem hat man da auch Kunst und Musik, das wird dir bestimmt gefallen“, meinte Lena und wunderte sich, wo Lunas Schmetterling war. Der Schmetterling spielte im Garten.

Als sie Frühstück aßen, erzählte Luna, wie es bei ihr zu Hause war. Als sie aufgegessen hatten, gingen sie zur Schule. Dort sah Luna einen großen Hof, auf dem man spielen konnte. In dem Schulgebäude gab es viele Lernräume, in denen die Kinder lernen konnten. Dann sagte die Lehrerin allen, dass der Unterricht anfangen würde, und sie gingen rein. Sie setzten sich auf ihre Stühle, dann kam die Lehrerin rein. Sie fragte, ob die Schüler alle ihre Hausaufgaben gemacht hätten.

„Was sind Hausaufgaben?“, fragte Luna.

„Das sind so Aufgaben, die man macht, wenn die Schule vorbei ist, zu Hause halt.“

„Aha“, sagte Luna.

Der Unterricht ging langsam vorbei. Dann hatten sie alle Fächer überstanden und die Schulzeit war zu Ende. Jetzt liefen Lena und Luna nach Hause und spielten noch eine Weile, dann aßen sie gemeinsam Abendbrot und gingen bald ins Bett.

Am nächsten Morgen musste Luna wieder zur Schule, dieses Mal hatten sie Lesen. Sie gingen in die Schulbibliothek, dort fand Luna ein komisches Buch, das hieß *Die Abenteuer der Familie Fee.* Luna klappte das Buch auf, dann geschah ein Wunder. Luna und Lena waren auf einmal in einer ganz anderen Welt.

„Wo sind wir, Luna?“, fragte Lena.

„Ich glaube, wir sind in dem Buch gefangen.“

Lena fragte: „Welches Buch ist das?“

„Es hieß Die Abenteuer der Familie Fee.“

„Das kenne ich, das hab ich schon durchgelesen. Am Ende mussten sie ein Monster besiegen, das riesig und kräftig war.“

Sie hatten Angst. Lena sagte: „Da ist das Monster. Komm, wir rennen weg. Hilfe aaaaaaaaaaaaaaaaaaaaaaaaaaa Hilfe aaaaaaa.“

Sie rannten und rannten … und das Monster verfolgte sie immer noch. Lena schrie: „Benutz deine Zauberkräfte!“

„Aber ich habe doch keine.“

„Versuche es so wie damals, als du auf diesem Baum warst. Da hat es doch auch funktioniert.“

„Aber danach hat die Zauberkraft nicht mehr funktioniert.“

„Versuch es doch einfach“, schrie Lena. „Glaub an dich!“

Luna legte los und ganz plötzlich zauberte sie einen riesigen blau-lilanen Ball. In dem Ball waren ihre Zauberkräfte. Der Ball wurde immer größer und größer. Er fing an, ganz hell zu leuchten. Dann war das Monster weg – und der Ball ebenso.

Total vergnügt rief Luna: „Yippieee, ich habe meine Zauberkräfte endlich gefunden!“ Die beiden Mädels freuten sich total und sprangen auf und ab. Das Buch ließ sie frei, da die beiden das Monster besiegt hatten.

„Wieso hat uns das Buch eigentlich in sich hineingezogen?“, fragte Luna.

„Keine Ahnung, aber man sagt doch, dass Bücher einen in sich hineinziehen, wenn man sie liest.“

„Du hast wohl recht.“

„Oh nein", schrie Lena. „Die Lehrerin vermisst uns bestimmt schon."
„Wir müssen schnell wieder in den Unterricht zurück", meinte Luna.
„Ich habe eine bessere Idee, wir gehen nach Hause und Mama ruft die Lehrerin an und sagt ihr, dass wir krank sind", meinte Lena.
Als sie zu Hause ankamen, freuten sich alle, dass Luna wieder zaubern konnte.
Am nächsten Tag verabschiedeten sich alle von Luna, denn sie wollte nach Hause und ihre Familie wiedersehen. Sie packte ihre Sachen und flog nach Hause. Flügel hatte sie nämlich jetzt auch bekommen.
Als sie zu Hause ankam, fragte ihre Mama: „Was machst du denn hier, du hast doch keine Zauberkräfte?"
„Doch, jetzt habe ich welche, ich kann es dir zeigen." Luna zauberte eine große Torte, die sie dann zusammen aßen.
Die Mama meinte: „Da du jetzt Zauberkräfte hast, darfst du auch hier wohnen und bei uns bleiben."
Luna antwortete stolz, dass sie lieber zu ihrer richtigen Familie zurückgehen würde, die sie auch ohne Zauberkräfte akzeptieren würde. Sie flog zurück. Alle freuten sich sehr, wieder beisammen zu sein. Luna zauberte ein großes Feuerwerk und alle feierten.

Teil 2

Es war ein schöner Morgen im Menschental, na ja, eigentlich in der Stadt, aber wir nennen es mal Menschental. Luna wachte auf und wunderte sich, wieso alle weg waren, aber da sprangen sie alle hinter der Couch hervor. Mit Torte und Luftballons. Sie sangen: „Happy birthday to you, alles Gute zum zwölften Geburtstag. Heute gibt es zum Frühstück leckere Torte."
Alle aßen Torte. Die schmeckte so gut. Dann gingen sie im Wald spazieren. Dort trafen sie auf drei Freunde. Die fragten Luna, ob sie mit ihnen spielen wollte. Luna sagte: „Ja."
Sie bauten sich eine Hütte im Wald, dann sagte die Mama zu Luna: „Luna, kommst du mal her? Die Mädels sind nett, oder?"
„Ja", sagte Luna.
Die Mama sagte, dass sie die Mädchen schon kennen würde. Dann ging sie wieder spielen. Zwei Stunden später rief die Mama, dass sie losmüssten. Dann aßen sie Abendbrot und gingen ins Bett, so wie immer. Am nächsten Morgen spielten die drei Freunde wieder miteinan-

der und bauten die Hütte im Wald weiter. Da kam irgendein Mann vorbei, der gab Ratschläge. Das sah total witzig aus. Sie lachten alle so doll, dass sie die Hütte aus Versehen verzauberten. Die Hütte bekam plötzlich Beine und lief einfach weg.

Die vier Mädels drehten sich um und wunderten sich, wo die Hütte auf einmal war. Die drei Mädels hießen Mika, Milla und Isabella. Mika sagte: „Da ist sie, hinter diesem Busch. Wir müssen sie einfangen." Doch die Hütte war schon über alle Berge.

Dann sagte Isabella: „Luna, wir sind auch Feen und wurden aus dem Feendorf verbannt."

Luna sagte: „Woher wusstet ihr, dass ich eine Fee bin?"

„Das war ganz eindeutig, Du hast doch Feenflügel."

Luna wunderte sich, wieso die drei keine hatten.

„Wir können die Flügel einziehen und verstecken."

Luna fragte: „Wieso wurdet ihr aus dem Feendorf verbannt?"

„Wir haben der Königin einen Streich gespielt."

„Aha, sie ist meine Mama … na ja, aber jetzt nicht mehr, weil sie fies zu mir war", sagte Luna.

Milla fragte: „Wollen wir jetzt lieber unsere Hütte fangen?"

Sie wollten das Haus lieber morgen erst fangen und verabschiedeten sich für heute. „Bis morgen", rief Mika.

Am nächsten Morgen waren sie schon im Wald, um das Haus zu fangen. Erst mussten sie es aber suchen. Sie suchten überall im Wald, konnten es aber nicht finden. Dann mussten sie leider zur Schule laufen. Als sie dort ankamen, sagte Milla, dass sie schon viel zu spät seien. Aber die Lehrerin erwartete sie schon an der Tür. „Wo seid ihr denn gewesen, ihr seid schon viel zu spät."

Isabella sagte: „Wir wussten nicht, ob wir alle total die Bauchschmerzen hatten."

Die Lehrerin ließ sie rein. Dann hatten sie erst Mathe, danach Deutsch und zum Schluss Englisch. Als sie die ganzen Unterrichtsfächer durch hatten, gingen sie nach Hause.

Die Mädels wollten nämlich eine Pyjamaparty veranstalten. Dafür gingen sie zu Luna nach Hause und dort schlichen sie auf den Dachboden. Eingewickelt in Schlafsäcke erzählten sie sich Gruselgeschichten. Milla konnte die besten Gruselgeschichten erzählen. Deswegen erzählte sie den ganzen Abend lang. Isabella und Luna hörten zu. Dann wollte Luna auch mal erzählen.

„Es war einmal vor langer, langer Zeit ... ein grünes Monster. Das war böse. Sein Mittagessen bestand aus einem Menschenbuffet ...“ Plötzlich kam die Mama ins Zimmer und fragte, ob die Mädels Popcorn wollten.

Luna sagte: „Mama, wir wollen uns Gruselgeschichten erzählen.“

„Okay, aber gruselt euch nicht zu sehr“, sagte die Mama.

Luna wollte gerade weitererzählen, da ging die Schranktür von alleine auf. Isabella wollte den Schrank zumachen, aber dann wurde sie in den Schrank reingezogen und war in der Bibliothek.

Luna und Milla fragten: „Ist alles okay?“

„Ja, aber helft mir hier raus“, antwortete Isabella.

Die anderen wollten ihr helfen, aber waren dann auch plötzlich in der Bibliothek. Dort war auch die Hütte, die sie gebaut hatten und nun schrecklich vermissten.

Luna rief voller Freude: „Da ist die Hütte!“

Aber die Hütte lief zu einem Buch und klappe es auf. Daraus kam das Monster, welches sie beim letzten Mal besiegen mussten, bloß diesmal war es nicht im Buch, sondern im echten Leben. Es sah auch viel stärker aus. Es spielte den Freundinnen seine Zauberkraft vor.

„Wie sollen wir jetzt das Monster besiegen?“, fragte Luna.

„Ein bisschen Zauberkraft haben wir bestimmt noch in unserem Körper“, sagte eine Stimme und dann tauchte ein Geist auf. „Ja, genau, besiegt das Monster! Ihr schafft das! Ihr müsst euch nur an den Händen fassen und eure Kraft somit verbünden.“

Sie machten, was der Geist ihnen sagte, und dann, auf einmal, war das Häuschen wieder normal und das böse Monster verschwand und verwandelte sich in ein süßes kleines Einhorn.

Der Geist verschwand auch langsam und sagte noch zum Schluss: „Ich bin deine Uroma, Luna. Tschüss.“

Dann ritten sie alle auf dem Einhorn nach Hause.

***Magdalena** schreibt für ihr Leben gerne magische Geschichten. Sie ist zehn Jahre alt und möchte die Leser und Leserinnen verzaubern.*

Ende

Die Ferien

Hurraaa! Die Schule ist aus,
wir bleiben morgen nicht zu Haus.
Die Kinder haben alle Spaß,
denn sie spielen gern im Gras.

Manche gehen gern auf Reisen,
im Restaurant kann man lecker speisen.
Was sie tun, das ist egal,
jedes Kind hat seine Wahl.

Ich übe gern auf meiner Geige,
meine Familie freut sich, wenn ich es zeige.
Meine kleine Schwester übt auch viel,
sie spielt ganz gut Klavier.

Die Ferien haben viele lange Tage,
das ist nicht, was ich beklage.
Oh, wie schön sind alle Ferien,
sie erscheinen wie neue Serien.

Ana Cirja

Im Tumba-Champ

Es ist Sonntag und ich bin ganz aufgeregt. Ich fahre in mein erstes Ferienlager. Es ist schwer zu entscheiden, was ich alles mitnehmen will. Ich bin nach einer Stunde endlich fertig mit dem Packen. Ich hab viele Süßigkeiten dabei.

Um zehn Uhr treffen sich alle Kinder mit ihren Eltern und der Frau Lehrerin am Bahnhof. Schnell wird noch ein Foto gemacht und schon kommt der Zug. Wir machen viel Lärm. Oh, wie aufregend!

Wir spielen auch Karten, keiner will verlieren. Nach acht Stunden sind wir endlich in Fagarasch. Dort besuchen wir die Burg und eine orthodoxe Kirche.

Im Hotel ist es sehr schön. Wir haben jeden Tag einen Deutschkurs und machen natürlich viele Spiele. Am schönsten ist es abends, wenn wir unsere Handys bekommen. Wir müssen sie danach wieder abgeben.

Im Adventure-Park bin ich sehr mutig: Es ist wunderschön. Sogar ins Schwimmbecken springe ich, obwohl ich Angst habe! Das Lagerfeuer ist ganz neu für mich. Es gefällt mir sehr.

Tumba, ich komme wieder.

***Patricia**: Ich bin Schülerin in der fünften Klasse der Deutschen Abteilung in Großsanktnikolaus, Rumänien.*

Das lebende Haus

Es gibt in einer Stadt namens Alexandria eine Challenge, die heißt Die lebende Haus-Challenge.

Miriam, ein Mädchen mit neun Jahren, versucht, diese Challenge zu meistern, und bereitet sich auf das Abenteuer vor. Sie braucht etwas zu essen, zu trinken ... Und was noch? Miriam überlegt.

Endlich ist es Abend. Miriam hat alles eingepackt und steht vor dem Haus. Man muss bis Mitternacht im Haus sein, das ist wichtig, um danach wieder herauszukommen. Den bisherigen Berichten zufolge kam niemand mehr heraus, der das Haus einmal betreten hatte.

„Ich muss es versuchen", denkt Miriam. „Ich hoffe, dass ich da wieder herauskommen werde", ruft sie laut.

Offenbar zu laut, denn erst jetzt merkt sie, dass etwas in dem Haus schnarcht. „Hoffentlich habe ich dieses Etwas nicht aufgeweckt", denkt Miriam.

Auf einmal macht das Haus sein Maul auf und verschluckt Miriam.

„Ah ah ah ah", ruft Miriam.

„Jaaaa", rufen irgendwelche Kinder.

Doch Miriam sieht keinen. Erst als das Haus sein Maul schließt, sieht Miriam Kinder, die vom Haus als Zähne benutzt werden. Aber Zeit zum Nachdenken hat Miriam nicht, denn das Haus schluckt sie weiter hinunter. Miriam fühlt sich wie in einer Achterbahn. Sie wird bewusstlos. 15 Minuten später wacht Miriam auf. „Wo bin ich?"

Türen, überall Türen. Sie öffnet eine nach der anderen. Auf einmal wird sie in einen Raum gezogen und schläft erneut ein.

Eine Stunde später. „Aufwachen", ruft eine Stimme.

„Oh, mein Kopf", sagt Miriam.

Neben Miriam sitzt ihr Freund Max. Max ist ihr Schulfreund, in den sie verknallt ist. Er hatte auch die Challenge gemacht und wurde danach nicht mehr gesehen. Miriam wollte eigentlich die Challenge nur deshalb machen, um Max zu suchen. Hinter Max stehen zehn weitere Kinder. Miriam erkennt sie alle. Lisa, Tom, Ron, Wyonna, Henry usw.

„Was macht ihr alle hier?“, fragt Miriam.

Max sagt: „Genau das Gleiche kann ich dich auch fragen. Wer bist du eigentlich und wer ist Max?“?

„Du bist doch Max“, antwortet Miriam.

Ein muskulöser Junge ruft: „Das ist nicht Max, das ist Uschobaschu, der Anführer der Zuckerbomben-Bande.“

„Was ist das für eine Bande?“, fragt Miriam.

„Keine Ahnung“, antwortet er und fügt hinzu: „Das sagt die Tätowierung auf unseren Armen.“

„Packt sie“, ruft Max.

„Aber Max“, will Miriam noch sagen, doch sie wird von zwei Jungen gepackt und in ein Zimmer geschleppt, das wie ein Labor aussieht.

„Was habt ihr mit mir vor?“, fragt Miriam.

Sie binden Miriam an eine Liege und erwidern nichts.

Miriam ruft verzweifelt: „Max, du bist doch mein Schulfreund, ich bin Miriam.“

„Miriam“, fragt Max. Er gibt den Jungen ein Zeichen und Miriam wird von ihren Fesseln befreit. Von nun an spielt sie mit Max und den anderen Kindern.

Nach Tagen kommt sie an einer Tür vorbei und hört, wie zwei Männer von Weltherrschaft und Kontrollraum reden. Miriam entdeckt wenig später den Kontrollraum und sieht dort überall Schalter und Hebel. Sie stößt an einen dieser Hebel, als ein Alarmton ertönt.

„Achtung, Achtung, in 15 Minuten explodiert alles“, ruft eine Stimme. Miriam läuft in einen Raum, der Gefangenenraum heißt. Dort sieht sie noch einen Max und die anderen Kinder.

Dieser ruft ihr zu: „Miriam, der Max, mit dem du spielst, ist ein Klon! Befreie mich und die anderen Kinder, dann schnappen wir uns die zwei Männer und bringen sie zur Polizei.“

„Okay“, sagt sie. Ihr gelingt es, Max und die Kinder zu befreien, und alle können das Haus über eine Treppe verlassen. Alles verläuft nach Plan. Kurz darauf explodiert das Haus zusammen mit den Klonen und die Schurken landen anschließend im Gefängnis. Miriam, die zur Superheldin wird, heiratet Max und lebt glücklich und zufrieden bis an ihr Lebensende.

*Ich bin **Shenandoah Fruth**, 9 Jahre alt und lebe mit meiner Familie in Berlin.*

Lenas und Alex' erster Detektivfall

Es war einmal eine Familie. Diese bestand aus Mutter Marianne, Vater Markus und den Geschwistern Lena und Alex. Das Mädchen war zehn Jahre alt und ihr Bruder neun Jahre. Beide hatten sich sehr lieb und machten einfach alles zusammen. Sie waren oft draußen, weil sie die Natur sehr liebten. Sobald die Schule aus war, schmissen sie ihre pinken und blauen Schulranzen in die Ecke in ihrem kleinen Haus im Zeppelindorf. Dann packten sie geschwind ihren Proviant zusammen und rannten in den nahe gelegenen Riedlewald, um neue Abenteuer zu erleben. Dort hatten sie immer viel Spaß, weil sie die Tiere dort liebten. Oft spielten sie Fangen oder Verstecken.

Heute war wieder so ein Tag, wo die neugierigen Kinder im Wald ihre Zeit verbrachten. Doch als sich Lena hinter einer dichten Dornenhecke vor Alex versteckte, stolperte sie beinahe über etwas Hartes, was aus dem trocknen Boden ragte. Als sie daraufhin zu Boden blickte, entdeckte sie verwundert eine alte, morsche Truhe. Eilig rief sie laut nach Alex.

Schnell wie der Wind kam er angesaust. „Was ist denn los?“, fragte Alex außer Atem seine Schwester. Dabei klang er etwas ängstlich. Ohne etwas zu sagen, zeigte Lena auf die geheimnisvolle Truhe unter ihren Füßen. Ohne lange zu zögern, buddelten sie mit ihren zarten Händen die alte Truhe aus. Dabei wurden ihre Hände ganz schmutzig. Nach kurzer Zeit hatten sie es geschafft und die vergrabene Truhe lag nun frei. Deutlich konnten sie ein verrostetes, altes Schloss entdecken, das die Truhe fest verschlossen hielt. Sie beschlossen deshalb, die Truhe mit nach Hause zu nehmen, um sie dort zu öffnen.

Auf dem Weg nach Hause überlegten beide fieberhaft, was in der Truhe sein könnte. Zum Glück waren ihre Eltern noch bei der Arbeit und die Kinder somit alleine zu Hause. Aufgeregt liefen Lena und Alex in ihren kalten Keller. Staubige Luft drang in ihre Nasen. Es roch modrig und das Licht war schwach. Auf Papas alter Werkbank stellten sie die schwere Holztruhe ab.

Alex wühlte sich durch den metallischen Kellerschrank, um die Werkzeugkiste zu finden. Dabei fielen ihm mehrere Schachteln mit Mamas Weihnachtssachen entgegen.

„Pass bloß auf", flüsterte Lena ihrem Bruder zu. „Du weißt doch genau, wie Mama ihre Weihnachtskugeln liebt."

„Ja, ja", murmelte Alex etwas genervt.

Es dauerte nicht lange, bis er triumphierend die gesuchte Werkzeugkiste in die Luft hielt. Gemeinsam suchten sie den Bolzenschneider, um das rostige Schloss zu öffnen. Nachdem die Geschwister ihn gefunden hatten, machten sie sich ans Werk. Beim dritten Versuch sprang das Schloss ab und fiel klirrend auf den kalten Kellerboden.

Zögernd hob Lena nun den Deckel der Truhe an. Was sie dann sahen, ließ ihnen den Atem stocken.

„Fasse bloß nichts mehr an und hole bitte das Telefon, damit wir die Polizei anrufen können", sagte Lena schnell zu Alex.

In der Truhe waren lauter Juwelen, Schmuckstücke, Edelsteine und goldene Uhren. Hastig rannte Alex die Treppe, die steil nach oben führte, hinauf, dabei stolperte er über seine eigenen Füße. Zum Glück hatte er sich dabei nicht verletzt und rappelte sich schnell wieder auf. So schnell wie er gegangen war, kam er mit dem Telefon in der Hand zurück in den Keller zu Lena. Die Kinder waren sich sicher, dass der Inhalt der Truhe gestohlen sein musste.

Mit zittrigen Fingern tippte Lena aufgeregt die Nummer 110 ein. Nach einem kurzen Gespräch mit der Polizei hörten sie draußen schon Sirenen näher kommen. Zeitgleich kamen die Eltern der Kinder nach Hause. Noch bevor die Kinder ihnen alles erklären konnten, standen schon zwei Polizeiautos in ihrer Einfahrt. Somit erklärten die beiden Kinder den Polizisten und ihren verwunderten Eltern, was geschehen war. Gemeinsam sahen sich den Inhalt der Truhe an.

Die Polizisten zogen sich spezielle Handschuhe an und untersuchten die ganze Kiste und die Gegenstände darin. Weil die Kinder die Truhe angefasst hatten, nahmen die Polizisten nun ihre Fingerabdrücke ab. Außerdem mussten sie alles nochmals genaustens zu Protokoll geben. Die Kiste wurde nun von den Polizisten mitgenommen.

Später erfuhren die beiden Kinder, was es mit der Kiste auf sich hatte. Da noch andere Fingerabdrücke außer denen der Kinder gefunden wurden, konnte der Täter gefasst werden. Vor fast zehn Jahren wurde nämlich ein Diebstahl bei einem Juwelier gemeldet. Der Täter konnte nie gefasst werden und der Besitzer bekam das Geld von seiner Versicherung. Die Fingerabdrücke, die auf der Truhe waren, stammten nämlich vom Besitzer des Juwelierladens selbst. Als die Polizei daraufhin bei ihm auftauchte und befragte, gestand er alles und wurde festgenommen. Er hatte sich den Diebstahl nur ausgedacht, um von der Versicherung das Geld zu bekommen. Lena und Alex bekamen für ihre Heldentat einen Finderlohn und kamen sogar mit ihrer Geschichte in die Zeitung. Dies war der Beginn ihrer Detektivkarriere.

Was sie da noch alles erlebten, ist eine andere Geschichte …

***Mila Elflein**, geboren März 2016, wohnhaft in Friedrichshain, geht in die 3. Klasse.*

Fantastisch gute Kindergeschichten

Geschichten der

German International School

of Silicon Valley (GISSV) in Mountain View

und der Deutschen internationalen Schule

in San Francisco/ USA

Der Pfad durch das Labyrinth

Es ist ein kalter Morgen, als Lena sich auf den Weg zu einem alten, verlassenen Schloss macht. Die Legenden über das Schloss und das Labyrinth, das sich unter dem eisernen Tor verbirgt, hat ihre Neugierde geweckt. Einige andere Dorfbewohner behaupten, das Schloss sei verzaubert, andere erzählen von verlorenen Seelen, die dort gefangen sind. Lena, eine abenteuerlustige junge Frau, kann es kaum erwarten, sich in die unbekannten Geschichten zu stürzen. Sie möchte das Labyrinth betreten, um die Geheimnisse zu lüften.

Mit jedem Schritt, den sie dem Schloss näher kommt, spürt sie das Kribbeln der Aufregung in ihren Zehen. Das Tor steht weit offen und lädt sie ein. Sie zögert kurz, doch dann betritt sie mutig den Eingang. Der Geruch von feuchter Erde und verwelkten Pflanzen umgibt sie, als sie die ersten Schritte ins Innere wagt. Vor ihr ist ein dunkler Gang, der in die Tiefe führt.

Lena zündet eine kleine Taschenlampe an und leuchtet auf die Wände, die mit alten, mysteriösen Symbolen bedeckt sind. Sie kann das Echo ihrer Schritte hören und spürt die Kälte, die von den Steinen ausstrahlt. Nach einiger Zeit erreicht sie die erste Gabelung. Der Drang, sich in die unbekannte Tiefe des Labyrinths zu wagen, überrumpelte sie, und sie wählte den linken Weg.

Der Gang windet sich und die Wände scheinen sich zu bewegen, als ob das Labyrinth lebendig ist. Plötzlich hört sie ein Flüstern, als kämen die Wände selbst in ihr Ohr. „Folge dem Pfad, der für dich bestimmt ist“, sagt eine sanfte Stimme.

Lena bleibt stehen und schaut sich um. Niemand ist zu sehen. Ihr Herz schlägt schneller und sie fragt sich, ob ihre Entscheidung richtig war. Doch mit einem entschlossenen Atemzug geht sie weiter.

Nach einigen Minuten des Gehens erkennt sie, dass die Gänge sich immer mehr verzweigen. An jeder Ecke wartet eine neue Wahl auf sie – und mit jedem Schritt wird sie immer verwirrter. Sie probiert verschiedene Wege aus, immer auf der Suche nach einem Ausweg, doch das

Labyrinth scheint unendlich. Kleine, glitschige Nischen bieten keine Hinweise und jedes Mal, wenn sie einen weiteren Gang betritt, fühlt sie, dass sich ihr Magen zusammenzieht.

Nach einer Weile kommt sie in einen kleinen, runden Raum. In der Mitte steht ein steinerner Tisch, auf dem ein einzelner, blauer Kristall liegt. Lena kann den Blick nicht vom Stein abwenden. Sie sieht hinein und sieht eine Reflexion von sich selbst, aber auch von Bildern, die sie nicht versteht. Ein Laut dringt an ihr Ohr, das Echo ihrer eigenen Gedanken, die Laute lauten: „Gehe zurück, Lena!", schreit eine innere Stimme. „Dies ist kein Ort für dich!"

Lena schüttelt den Kopf und zerbricht den Bann, den der Kristall über sie gelegt hat. Sie nimmt einen tiefen Atemzug und dreht sich um. Entschlossen wendet sie sich einem weiteren Gang zu. Mit jedem Schritt, den sie zurücklegt, wird das Flüstern lauter und die Wände scheinen sich wieder zusammenzuschließen. Es ist, als ob das Labyrinth darum kämpft, sie festzuhalten. Doch Lena lässt sich nicht beirren und geht weiter.

Auf ihrem Weg trifft sie auf weitere Gabelungen. Dieses Mal sind die Wände geschmückt mit wunderschönen Bildern, Szenen von Glück und Frieden, von einem Leben außerhalb des Labyrinths. Lena kann das Gefühl der Freiheit fast spüren und es gibt einen Moment, in dem sie die Anziehungskraft der Bilder fast nicht widerstehen kann. Doch der Klang von lauten, dröhnenden Warnungen lässt sie anhalten.

„Das ist nicht real!", schriet eine stumme Stimme in ihrem Kopf.

Hin und her gerissen zwischen dem Wunsch, dem Labyrinth zu entkommen, und der Verlockung, in den schönen Bildern zu verweilen, zwingt sich Lena, die Gabelungen zu überqueren. Sie trifft einige fehlerhafte Entscheidungen, verirrt sich und besteht immer wieder Herausforderungen. Doch mit jedem Fehler lernt sie dazu, erkennt, dass sie nicht nach den Bildern streben, sondern dem Flüstern der inneren Stimme folgen soll.

Schließlich findet sie einen schmalen, verwachsenen Gang, der zu einem Lichtpunkt führt. Ihr Herz schlägt vor Aufregung. Sie läuft darauf zu, lässt ihre Hand leicht über die kühlen Wände gleiten, bis sie die warme Brise des Ausganges spürt. Das Licht wird intensiver und strahlt wie ein Versprechen in der Dunkelheit.

Im nächsten Moment steht Lena an der frischen Luft, die Sonne strahlt auf sie hinab und ein Schauer der Erleichterung durchströmt ihren Körper. Das Labyrinth hinter ihr schließt sich sanft, als wäre es niemals da gewesen. Lena atmet tief ein, die Freiheit schmeckt süß auf ihren Lippen und eine neue Entschlossenheit erfüllt ihr Herz.

Sie dreht sich um, blickt zurück und lächelt. „Ich bin nicht gefangen“, flüstert sie zu sich selbst. „Ich bin frei.“

Mit einem mutigen Schritt geht sie weiter, bereit, das nächste Abenteuer zu erleben, ohne je wieder die Schatten des Labyrinths hinter sich zu lassen.

*Mein Name ist **Janne** und mein Geburtstag ist der 20.2.2013. Ich wohne in Sunnyvale und liebe es, Fußball zu spielen. Mein Traum ist es, Fußballprofi zu werden.*

Ein kleines Mädchen im Sturm

Es war einmal ein Mädchen …, mehr fiel Zora nicht ein. Sie verstand sowieso nicht, warum sie in der Schule immer nur Märchen schreiben sollte. Außerdem konnte sie das ja schon! Auch ohne Übung würde sie in der Deutscharbeit eine Eins schreiben. Viel lieber würde sie eine spannende Geschichte schreiben.

Zwei lange Stunden später verließ Zora erschöpft das Schulgebäude. Zu Hause erwartete sie das Übliche. Lautstark stritten ihre Eltern in der Küche, während Zoras Brüder betroffen neben ihnen standen. Mürrisch zog sich Zora in ihr Zimmer zurück. Sie dachte wie immer, wenn sie aufgebracht war, an Wöwe, ein ausgedachtes Fantasiewesen, das eine Mischung zwischen einer Wolke und einem Löwen war. Sie kuschelte sich in ihren Gedanken an sein flauschiges weiches Fell und beruhigte sich.

Plötzlich ertönte ein Schrei. Er war hoch und schrill, ganz anders als die sonst nur erhobenen Stimmen ihrer Eltern. Vorsichtig lugte sie ins Wohnzimmer. Überall auf dem Teppich lagen Scherben.

„I…ich wollte nicht …“ Wütendes Zetern unterbrach Zoras Vater. Auch ihre Brüder fingen nun an zu schreien. Jeder der drei fand, dass ein anderes Elternteil recht hatte. Niemand hörte auf Zora, die ihre Familie beruhigen wollte. Schon bald fingen Zoras Brüder an, sich zu prügeln. Immer wieder Streit. Schon seit drei Jahren. Es war zu viel.

Schnell flitzte Zora nach draußen. Vorbei an verwilderten Gräsern, vorbei an einem verdutzten Nachbarn. Alles, was sie hörte, war ihr keuchender Atem und das rasende Klopfen ihres Herzens. Immer weiter rannte sie, bis sie über eine Bordsteinplatte stolperte und auf die Seite fiel. Eine Laterne flackerte.

Wo war sie eigentlich? Zora schloss die Augen und stellte sich vor, dass der Wöwe vor ihr stand. Auf einmal spürte sie etwas Feuchtes auf ihrer Hand. Vorsichtig öffnete Zora ihre Augen. Entgeistert starrte sie auf den riesigen Berg Fell und … Wolken! Vor ihr stand Wöwe und schlabberte auf ihre Hand!

Ohne darüber nachzudenken, stürzte sich Zora in das weiße, watteweiche Fell des Wöwen.

„Hallo auch dir, kleines Menschenkind", schnurrte er. Mit Zora auf dem Rücken fing er langsam und immer schneller an zu rennen. Erstaunt sah Zora, wie die Pfoten des Wöwen sich langsam vom Boden abhoben, bis sie ganz in der Luft schwebten. Sie hinterließen kleine Wölkchen, während der Speichel des Wöwen auf Wiesen und Täler unter ihnen tropfte. Schon bald erkannte Zora den Wald, der nicht weit von ihrem Zuhause entfernt war. Ohne ein Wort landete der Wöwe federleicht auf dem Waldboden und ließ Zora von seinem Rücken ab. Als Zora sich nach ihm umsah, war er verschwunden.

„Keine Sorge", hörte sie seine Stimme. „Ich kenne da so einen Jungen …"

Plötzlich hörte Zora hinter sich ein Rascheln. War es ein Vogel? Ein Streifenhörnchen? Ein Bär? Erschrocken zuckte sie zusammen und drehte sich langsam um. Ein Junge. Ein schmutziger, blauäugiger Junge stand vor ihr und grinste sie an. Er sah ungefähr wie zwölf Jahre alt aus, genauso alt wie sie.

„Na?", lachte er. „Hab ich dich erschreckt?"

„Was treibst du hier? Kleine Jungen wie du sollten nicht alleine im gefährlichen Wald sein", erwiderte Zora beleidigt.

„Ich lebe hier", sagte er zögernd. „Und du?"

„Ich … mache hier nur einen Spaziergang!", stammelte Zora.

„Aha!", sagte der Junge ungläubig und hob die Augenbrauen.

Kurz standen sie einfach da und musterten einander.

Dem Jungen kam eine Idee: „Ich bin Kai. Wie wärs, wir arbeiten, bis dein kleiner Ausflug zu Ende ist, im Team. Wir helfen uns gegenseitig, zu überleben."

Ehrlich gesagt war Zora ziemlich erleichtert, als sie Kais Vorschlag hörte. Sie hatte sich schon gefragt, wie sie im Wald klarkommen würde. Eine Sache war klar, sie würde nicht wieder nach Hause gehen. „Wahrscheinlich hat meine Familie noch nicht mal bemerkt, dass ich weg bin", dachte sie bitter. „Meinetwegen", stimmte sie zu und versuchte, dabei möglichst gelangweilt zu klingen. „Ich bin übrigens Zora."

Die letzten Stunden des Sonnenlichts nutzten sie, um Zora ein Bett aus Moos anzulegen. Ein paar Wurzeln fanden sie auch noch.

In den nächsten Tagen wurden die beiden gute Freunde und ernährten sich nur von Nüssen, Beeren, Pilzen, Wurzeln und Essensresten der

Wanderer, die manchmal am Rand des Waldes liefen. In Kais Lager, das in einer Höhle im Fels war, fanden sie bei Regen Schutz und konnten sich auch vor heißem sonnigem Wetter schützen. Aus einer Quelle tranken und wuschen sich darin.

Das Wetter spielte diesen April besonders verrückt. Eines Morgens wachte Zora von dem Geräusch von Gewitter auf. Draußen tummelte sich ein Sturm. Als sie einen Baum zu Boden fallen hörte, richtete sich auch der verschlafene Kai auf. „Vorsicht!", warnte er. „Da draußen ist es nicht sicher!"

Gehorsam rückte Zora noch dichter an die Wand der Höhle und setzte sich neben Kai. So saßen sie eine Weile und Zora fing an, über alles, was passiert war, nachzudenken. Sie fragte sich, wie es ihrer Familie ging. „Bestimmt gucken sie fröhlich ohne mich einen Film", schoss es ihr durch den Kopf. Aber langsam war sie sich nicht mehr sicher, ob sie das nur sagte, weil sie sich schuldbewusst fühlte. Um sich von ihrem Heimweh abzulenken, entschloss sie sich, lieber mit Kai zu reden. Sie fragte ihn die erste Sache, die ihr einfiel: „Warum wohnst du eigentlich hier?"

Bedrückt guckte Kai zu Boden und Zora sah etwas in seinen Augen funkeln. Tränen?

„Entschuldigung“, sagte sie schnell. „Ich hätte das nicht fragen sollen.“

Kai sah sie an: „Nein, nein, ist schon gut. Irgendwann muss ich es dir doch erzählen.“

„Musst du nicht! Du kennst mich ja kaum“, meinte Zora.

„Ich kenne dich gut genug und wenn ich es nicht bald jemandem sage, werde ich immer daran denken. Ich kann es ja ehe nicht mehr ändern. Vergangenheit bleibt Vergangenheit, egal was jemand sich wünscht. ... Vor zwei Jahren …“, fing er seine Erzählung an, „ich war neun, fast zehn. Mein großer Bruder war gerade mal sechzehn. Er war schon immer … anders. Er sah die Welt wie mit anderen Augen. Niemand akzeptierte das. Immer machten sich andere über ihn und seine Ideen lustig und sogar viele seiner Lehrer waren zu ihm gemein. So sind Menschen einfach. Was sie nicht kennen, stoßen sie ab. Schon bald wurden die Stimmen Teil seiner Persönlichkeit. Stimmen, die ihn verspotteten und ihm alles sagten, was an ihm schlecht war. Eines Tages hatte er genug. Er rannte weg. Niemand weiß, wo er hinrannte. Er rannte von den Stimmen in seinem eigenen Kopf weg. Ich und mein Vater suchten Tag und Nacht. Eine Mutter hatte ich noch nie. Sie ist verschwunden, nachdem ich geboren wurde. Jedenfalls gab es eine Nacht, da war ein Sturm. Ein Sturm wie dieser jetzt. Mein Vater hatte um meinen Bruder Angst und stürzte sich in den Sturm. Er rannte in den Wald, diesen Wald, um ihn zu suchen. Ich wartete drei Tage lang auf seine Heimkehr, doch er kam nie mehr zurück. Stattdessen stand mein Bruder an der Tür. Als er erfuhr, dass unser Vater verschwunden war, brach er in sich zusammen und weinte. Zwei Männer trugen ihn in einen Wagen und nahmen ihn mit zur Behandlung. Ich bin in den Wald geflüchtet und habe meinen Vater gesucht, aber nicht gefunden. Mir war klar, dass ich in eine andere Familie müsste, falls ich zurückkommen würde. Deshalb blieb ich hier. Zum Glück wirft eine reiche Familie am Waldrand oft Essen raus. Ohne das hätte ich es damals wahrscheinlich nicht geschafft.“

Sie schwiegen ein paar Minuten lang.

„Aber warum hast du dich nicht adoptieren lassen?“, fragte Zora endlich.

„Ich weiß es nicht wirklich. Ich glaube, ich hatte Angst, meine eigene Familie zu betrügen. Ich wünschte, mein Bruder wäre zu Hause geblieben.“

Bedrückt dachte Zora über ihre Familie nach. „Ich muss weg!“, rief Zora entschlossen. „Komm doch zu mir nach Hause und wohne dort!“
„Ich werde es mir überlegen!“, rief Kai Zora nach, die durch den mittlerweile sonnigen Wald in die Ferne rannte.

Einen Tag später sah Kai ein Plakat an der Wand eines Hauses.
Darauf stand:

Kleines Dorfmädchen kehrt zurück nach Hause.

„Kleines Dorfmädchen“, lachte Kai und machte sich auf den Weg zum kleinen Mädchen – seinem neuen Zuhause.

*Mein Name ist **Aino Bach** und ich lebe in Kalifornien. Meine Hobbys sind Schreiben und Theater und ich bin 11 Jahre alt. Außerdem komme ich aus Berlin und liebe es, mit meiner Katze Remi zu kuscheln.*

Eine ganz ungewöhnliche Katastrophe

Es ist ein schöner Spätsommerabend. Die Luft ist schwül und sie trägt mit sich einen mir unbekannten Geruch. Ich wohne in einem kleinen Ziegelhaus in der Mitte des Waldes, der Mallappen heißt. Wir haben hier, im Land der Norapen, vier verschiedene Wälder. Der Geruch kommt oft vom nicht weit gelegenen Sumpf. An manchen Tagen ist er ziemlich unangenehm. Langsam dreht sich mein Magen um. Was für ein Gestank! Ich öffne die Tür und ich werde nicht von zwitschernden Vögeln und Waldtieren, sondern durch ein leises Trommeln begrüßt. Das klingt furchterregend. In der Ferne sehe ich manche Bäume fallen und ich spüre, die Erde fängt an, sich zu erheben.

„Erdbeben", schreie ich und springe zurück ins Haus. Ich tauche in einem weiten Sprung unter den ovalen, hölzernen Tisch, der nur deswegen da ist, um Schutz vorn fallenden Dingen zu bieten. Er hat nur ein einziges dickes Bein, das ich nicht mal umarmen kann. Es kracht überall und alles wird dunkel. „Habe ich die Wäsche draußen hängen lassen?", ist mein letzter Gedanke ...

„Amserix! Amserix! Wache auf!"

Ich höre eine mir gut bekannte Stimme ...

Meine ältere Schwester Arameta beugt sich tief über mich und ich spüre ihre Hände unter meinem Rücken. Ihre beinahe schwarzen Haare bedecken mein Gesicht. Sie weint. „Ich dachte, ich habe dich verloren", flüstert sie. „Ich rufe nach dir seit Stunden!"

Sie ist groß und stark, und wenn es sein muss, kann sie mich ohne Mühe aufheben, so wie die Eltern das gemacht haben. Jetzt ist sie die Älteste in der Familie. Sie kümmert sich um das Essen im Wald und ich kümmere mich um das Haus und den Garten. Wenn sie verschwindet, dauert es manchmal zwei Tage, bis sie ein Tier aufspüren und es tötet. Dann haben wir nicht nur eine Grassuppe, sondern eine Gemüsebrühe mit Fleisch. Ratten schmecken auch, wenn man hungrig ist. Im Notfall haben wir Insektenpizza. Das Mehl haben wir immer. Die Erde hier ist sehr fruchtbar. Alles wächst wie verrückt. Die Felder gehören zu meiner Arbeit. Schade nur, dass ich die Maschinen nicht laufen lassen kann. Benzin, Öl, Gas gibt es nicht. Die Stromerzeugung auf dem Dach kann keiner von uns reparieren. Wenn Arameta aus dem Wald kommt, kann ich sie von ganz weit her sehen, weil ihre Augen violett sind. Sie ist riesig. Ich kann mich zusammenrollen auf ihrer Hand.

Meine Ohren ringen, mein Kopf tut weh. „Arameta?“ Ich kann nichts sehen. Es ist immer noch stockdunkel.

Ihre besorgte Stimme schreit leise aus: „Amserix! Mein kleines Schwesterchen ist am Leben! Hast du Elana gesehen?“

„Du solltest in deinem Rucksack nach deinen Haustieren gucken“, lache ich, „oh mein Kopf …“

„Hast du das Erdbeben gefühlt? Mir sind die Lichter ausgegangen. Warum ist es so dunkel?“

WAsch! WAsch!

„ELANA! Die beiden sind vor Freude gesprungen und haben sich am Tisch gestoßen.“ Unser Lacher ist so entspannend, aber Elana, der Fuchs mit den Hörnern, fängt an zu knurren.

Plötzlich hören wir eine tiefe, unsichere Stimme. „Hallo? Ist da jemand?“

Wir zucken zu kleinen Bällchen zusammen. „Wer könnte das sein?“, frage ich.

Als Antwort sagt Arameta in die Dunkelheit: „Wer bist du und was willst du hier, Fremder?“

Ich piepse dazu: „Und darf ich mal fragen: Wie hast du uns gefunden?“

Die Stimme des Fremden war tief und deutlich zu hören, auch durch die geschlossene Tür. Sie hatte eine angenehme Vibration und klang sehr beruhigend. „Ich bin Marino Andante, der Elfenprinz vom Sumpf“, antwortet er jetzt.

Arameta öffnet eine kleine Spalte in der Tür und ihre Augen werden rund und riesig. Marino ist zwei Köpfe größer als sie, hat abstehende, spitze Ohren mit Ohrringen und eine Nase mit sich ständig bewegenden Nasenflügeln. Im Licht der Laterne, die er hält, sind seine Augen so blau wie der Himmel. Die Haare sind blond. Auch die Haare auf seinen Füßen sind blond.

„Komm hinein, bitte, … ich bringe uns etwas zu trinken.“

Wir alle sitzen eine Weile unter dem Tisch. Jeder hält eine Tasse. Dann fängt Marino an zu erzählen: „Die Welt ist auf vier Wälder verteilt. Unsere Sümpfe sind bei den Elfen. Wir haben alles Mögliche, um die Welt mit Rohstoffen zu versorgen. Mein Volk muss jetzt mit Gasmasken leben, weil wir von einer Rakete aus dem Norden getroffen wurden. Jetzt haben wir einen stinkenden Krater. Das Erdbeben war der Einschlag. Im zweiten Viertel ist die Natur: schöne Tiere und seltene Pflanzen. Sie haben uns immer mit der frischesten Luft und sauberem Wasser versorgt. Die Alten und die Kranken sind zu uns gekommen, um die letzte Ruhe zu finden. Ihr hattet das Essen für uns alle wachsen lassen. Der Norden wurde gierig. Sie wollten alles. Die Tiere wurden dezimiert, eure Leute entführt und versklavt. Ich wurde hierhergeschickt, um euren Ratschlag zu holen. Ihr kommt aus einer wichtigen Gegend. Wir müssen etwas gegen die Tyrannen unternehmen. Ideen?“

„Es gibt nur eine Möglichkeit, die Situation zu reparieren“, sagt Arameta. „The old Fox kennt einen Zauber, der sich wie ein Blitz sich ausbreitet und allen Wesen eine Erläuterung gibt. Das sollte genug sein, um alle Parteien an einen gemeinsamen Tisch zu bringen. Die Welt ist für alle da.“

Marino schaut auf. „Und wo ist dieser Fox? Wir haben nicht viel Zeit, um die Welt zu retten. Die Wälder brennen, die Luft wird dünner, Essen wird bald knapp sein.“

„Hier“, piepse ich, „im Rucksack.“

„Schließe deinen Mund, Prinz“, folgt Arameta. „Auch wenn es klein ist und nicht sprechen kann, ist es das älteste Wesen auf der Erde: ein Fox, ein Fuchs, ein Bärtierchen und ein Wolpertinger. Elanas Gehirnwellen können die Berge bewegen und das Beste ist, sie ist so groß wie meine Schwester und ihre beste Freundin! An den mühsamen Tagen ist sie auch mein Kuschelchen.“

„Das kleine Ding soll eine Gehirnwäsche veranstalten können?“, lacht Marino. „Das bezweifle ich.“

Ich bin empört: „NEIN! Keine Gehirnwäsche! Es ist mehr wie eine umfangreiche Weisheitswelle! Wie eine Spritze von Geschichte und Ethik zusammen. Kein Mathe ... doch. Schade.“

Da lachen alle schon wieder. Marino beugt sich zu Elana hinunter und fragt sie leise: „Wirst du das wirklich tun können?“

Elana nickte. Plötzlich fangen ihre Hörner an zu wachsen und ihre Augen werden strahlend blau. Riesige Flügel wachsen ihr und sie steigt in die Lüfte hoch. Eine riesige, kurze Luftwelle breitet sich aus in alle Richtungen. Nichts fällt um.

Ich muss meine Augen zumachen und ich höre zuerst nur eine Stimme in meinem Kopf. Dann viele Stimmen. Mein Gehirn kann alles aufnehmen. Ich fühle mich 1000 Jahre alt, wenn ich aus der Trance

aufwache und meine Augen öffne. Alles ist wieder normal, eben fangen die Vögel zu zwitschern.

…

Wir sitzen, wir trinken Tee, wir arbeiten. Peace.

Mein Name ist ***Alexandra Elizabeth Barski*** *und 11 Jahre alt. Mein Geburtstag ist am 1. Juli 2013. Ich wurde in Palo Alto geboren. Meine Hobbys sind Lesen, Malen, Kochen und andere Sachen.*

Zehn Stunden zusammen

Kapitel 1

Einmal im Jahr gibt es eine Zeit, in der die Märchenwelt und die Welten der Literatur aufeinanderprallen. Dieser Moment dauert zehn Stunden und immer wenn das passiert, öffnet sich ein Portal zu den beiden Welten und gibt es ein gemischtes Treffen von Märchenfiguren wie Dornröschen, Goldlöckchen, Schneewittchen und ihre Stiefmutter … und Figuren aus den Welten der Literatur wie Queen of hearts, König Arthur, Tin Woodman … Das Treffen findet bei Dead Man's Creek in einer Taverne statt. Immer wenn das Treffen stattfindet, zerfällt alles in zwei Teile – auf einer Seite gibt es die Bösen der Geschichte und auf der anderen Seite gibt es die Guten.

Dieses Jahr schlägt Tin Woodman etwas vor: „Dieses Jahr ist es das Treffen das hundertste Mal und diese hundert Jahre mischten Gut und Böse nicht zusammen. Ich finde, dass wir auch die Bösen fragen, wie es ihnen geht!"

Alle finden gut, was Tin Woodman gesagt hat, also nähern sie sich dem ahnungslosen Bösen. Die Bösen blicken nach oben, einige starren ihn scharf an, andere sind schockiert, als sie ihre ehemaligen Opfer näher kommen sehen.

Die Schneekönigin fragt: „Was macht ihr hier auf unserer Seite?"

Alice aus dem Wunderland antwortet: „Wir wollten mit euch sozialisieren."

„Sozialisieren?", lacht Captain Hook.

„Gib uns eine Chance, bitte", fleht Blech Holzfäller.

Die Bösen flüsterten.

„Na gut", stimmte die Seehexe zu, „aber es gibt Regeln!"

Der Fuchs verspricht mit seinem nach Lebkuchen duftenden Atem: „Und wenn du dich nicht an die Regeln hältst, bist du meine nächste Vorspeise!"

Alle mischten sich unbehaglich untereinander, die Bösewichte wissen nicht, wie sie mit den Leuten umgehen sollen, und jeder Held fühlt sich unwohl, wenn er in der Nähe der Menschen ist, die ihm Schaden zugefügt haben.

Kapitel 2

In einer Ecke der Taverne beobachtete eine geheimnisvolle Gestalt den Tumult, als wäre es ein Drehbuch. Eine Sache, die der Kreatur auffällt, ist die Art und Weise, wie die Bösewichte Gegenstände aus ihr unbekannten Gründen stehlen. Jedes Mal, wenn ein Bösewicht etwas nimmt, sage er oder sie etwas Unhöfliches und geht weg. Die Bösewichte wissen nicht, dass jemand oder etwas außerhalb der Märchenwelt und der Welt der Literatur zusieht, wie sich ihr Plan Schritt für Schritt entfaltet.

Es dauert noch fünf Stunden, bis die Bande fertig ist und die Bösen warten begierig darauf, ihren Plan in die Tat umzusetzen. Die Schneekönigin schreit: „Es ist Zeit für uns, unsere Aufgabe zu erfüllen!"

„Wir machen das mit dir", freut sich Rotkäppchen!

„Nein!", brüllte die Queen of hearts. „Wir machen das alleine! Das ist eine Regel!"

Niemand wagte es, der herzlosen ehemaligen Königin gegenüber ungehorsam zu sein, also reden die Helden untereinander. Aschenputtel fragte: „Hat jemand Tin Woodman gesehen?"

„Wenn ich so darüber nachdenke, habe ich Peter Pan eine Weile nicht gesehen", überlegt ein Lostboy.

Ein kleines Mädchen tritt aus dem Schatten heraus und beobachtet alles. „Ich weiß, wo sie sind und was sie machen", sagt das kleine Mädchen.

Kapitel 3

Als noch drei Stunden übrig sind, kommen die Bösen zurück, einige haben Schnittwunden und einige blaue Flecken, obwohl keiner der Guten etwas bemerkt hatte, sie alle hatten sich die Geschichte des kleinen Mädchens angehört und überlegen nun, was ihr nächster Schritt sein wird.

„Wo waren sie?", wundert sich Dornröschen.

„So viele Fragen und keine Zeit!", ärgert sich Rumpelstilzchen.

Mit böser Stimme verlangt Dornröschen: „Ich verlange eine Antwort! Wo waren sie?!"

Eine Hexe flüsterte: „Sie wissen es!"

In der Taverne ist es plötzlich so still, das Licht flackert und alle wissen nicht, was zu tun ist. Das kleine Mädchen stellt sich in der Mitte der Taverne und behauptet: „Ich weiß, wer ihr alle seid. Ich habe diese Geschichte geschrieben. Ich habe euch nicht als Charaktere geschrieben, aber ich kenne jede eurer Bewegungen, also versucht nicht zu kämpfen, versteht ihr das alle?

Captain Hook ruft: „Dummes Mädchen, das ist keine Geschichte, das ist Realität! Und wie kommst du überhaupt hierher?"

„Das sind meine Informationen!", schreit das Mädchen!

„Wenn du so schlau bist, dann sag uns, was machten wir vorher?", verlangt die Schneekönigin.

„Die Objekte sind falsch", sagt das Mädchen selbstbewusst.

„Du lügst!", schreit die kalte Königin und mit einem spitzen Eiszapfen ist sie bereit, mit aller Kraft, die sie aufbringen kann, das Mädchen zu schlagen, doch bevor der Eiszapfen das Mädchen trifft, gibt es einen lauten Knall!

Kapitel 4

Sieben Mädchen sitzen zusammen, alle reden durcheinander und niemand versteht, was die oder die andere sagt. „Leise", sagt das Mädchen, das Frauke heißt.

„Ich spreche zuerst, ich war Schneewittchens böse Stiefmutter", sagt ein Mädchen.

„Ich war die Schneekönigin", unterbricht Frauke.

„Ich Blech Holzfäller", behauptet Ellie.

Stolz sagt Nia: „Dornröschen war ich!"

„Ich war Alice aus dem Wunderland", singt Adriana und tanzt herum.

Valentina lacht: „Königin der Herzen."

Elvira fügt: „Captain Hook" hinzu.

Bella flüsterte: „Das Mädchen."

Alle gucken Bella an, aber ihre Augen sind auf etwas fixiert – ein kleines Buch liegt auf dem Boden, das vor dem Schlafengehen noch nicht dort gewesen war, und alle sind schockiert, als sie es sehen.

Frauke weist mit ängstlicher Stimme darauf hin: „Das war doch vorher nicht da, oder?“

Elvira dreht das Buch um und enthüllt den Einband mit dem Titel Zehn Stunden zusammen. Bella blättert durch die Seiten in der Hoffnung, Informationen über die Herkunft des Buches zu finden, aber ihr wird gleich etwas klar und sie flüstert erschrocken: „Dieses Buch – wir sind es – der Traum, dass wir aufwachen und es finden, es steht alles in dem Buch!“ Bella blättert weiter: „Die restlichen Seiten sind leer, und wann immer wir etwas machen, erscheinen Wörter!“

Kapitel 5

Die sieben Freunde blättern durch die Seiten des Buches, bis Nia ausruft: „Schaut noch mal, es bilden sich Wörter. Sie liest: „Die sieben Freunde blättern durch die Seiten des Buches. Nia findet mehr Text und die Seiten beginnen zu leuchten, ein Eiszapfen schießt aus den Seiten und alle Bösewichte gehen aus dem Buch, als wäre es eine Tür.“

Eine Sekunde später schießt ein Eiszapfen aus den Seiten heraus und die Figuren, die in ihrem Traum waren, gehen aus dem Buch hinaus. Erschrocken verstecken sich die Mädchen hinter Stühlen oder unter Tischen.

Adriana fragt Ellie, die neben ihr versteckt ist: „Wa...as machen...n d...d...die h...hier in dies...sem Ha...aus?“

Ellie antwortet: „Ich ...“, aber kann ihren Satz nicht zu Ende sagen, denn eine Eisschicht bedeckt plötzlich den Boden und Meerwasser macht ihre Knie nass. Das Buch ist gerade außer Reichweite von Valentina, als eine Welle salzigen Meerwassers es davonträgt. Ein neues Element ist in den Raum eingedrungen, der Geruch von Lebkuchen liegt in der Luft. Der ist plötzlich weg und die sieben Freunde wissen nun nicht, ob sie aus ihren Verstecken schauen sollen oder nicht. Gerade als sie aus ihrem Versteck herauskommen wollen, ruft eine Hexe glücklich: „Da sind Kinder im Zimmer, ohh, die werden ein wunderbares Abendessen sein!“

Kapitel 6

Bella bedeutet ihren Freunden, ihr durch eine Öffnung zu folgen, und nach einer Stunde ununterbrochenen Kriechens sehen sie einen

Ausgang von dort, wo sie liegen, und kriechen hindurch. Als das letzte Mädchen den Schacht verlässt, fällt ein riesiger Käfig auf sie herab. Diejenige, die nicht gefangen ist, ist Elvira, die eine Werbung für Lipgloss an der Wand sah und in letzter Sekunde dorthin rannte.

Adriana bemerkt einen Hebel an der Seite des Käfigs und befiehlt: „Elvira, zieh den Hebel am Käfig!"

Elvira rennte auf den Käfig zu, und als der Hebel in Reichweite ist, greifen ihn gleich vier Hände. Elvira sieht auf ... und sieht ...

*Mein Name ist **Isabella Goebel**, aber ich mag Bella als meinen Namen. Ich bin 11 Jahre alt und habe einen Bruder und einen Hund. In meiner Freizeit spiele ich gerne draußen. Meine Familie ist asiatisch und europäisch. Meine Hobbys sind Cheerleading, Klavier und Klettern. Ich mag auch das Theater und schreibe gerne Geschichten und Theaterstücke.*

Die Jagd nach der Riesenbanane

Vor langer Zeit, auf einem Planeten weit, weit weg, lebte ein Indestructible Flying Monkey, der Tim hieß. Tim war den ganzen Tag lang fröhlich und aß viele Bananen. Einmal aber kam ein Wolf, der eine riesig große Banane klaute. Der Wolf rannte weg, aber er hatte vergessen, dass Tim, der Indestructible Flying Monkey, fliegen konnte. Also nahm Tim die Verfolgung auf. Nach einer Weile verlor Tim den Wolf aus den Augen, aber er wollte nicht aufgeben, weil das die bisher größte Banane in seinem Leben gewesen war. Tim flog langsam auf den Boden und landete. Er lief zu einem Baum und legte sich hin und murmelte: „Ich muss diesen Wolf finden", beschloss er.

Langsam ließ sich eine Spinne auf seinem Kopf nieder. „Also suchst du den Wolf", flüsterte die Spinne in sein Ohr.

Tim sprang hoch. Er sah die Spinne auf dem Boden vor sich. „Weißt du, wo der Wolf hingeht?", fragte Tim.

„Ja, ich weiß, wo der Wolf hingeht“, sagte die Spinne.

„Wohin denn?“, fragte Tim.

„Er geht zu seinen Bossen. Seine Bosse sind sehr groß und stark“, erzählte die Spinne.

„Wie heißt du und wie sehen die Bosse aus und wie heißen sie?“, fragte Tim.

„Das sind sehr viele Fragen. Erstens heiße ich Jim. Einer der Bosse ist ein großer Affe und der anderer ist ein großer Vogel. Wie die Bosse heißen, weiß keiner“, sagte Jim. „Aber wenn du deine Banane zurückhaben willst, musst du die Bosse besiegen“, erläuterte Jim.

„Willst du mit mir kommen?“, fragte Tim.

„Okay“, antwortete Jim.

Jetzt krabbelte Jim auf Tims Rücken und sie flogen in die Richtung, in die der Wolf gerannt war. Jim sagte, wo es lang geht, und Tim flog dahin. Sie flogen und flogen, bis sie ein riesiges Gebäude sahen.

„Das ist es, da sind die Bosse“, sprach Jim. „Ich weiß, dass es hier in der Nähe eine Hexe gibt, diese Hexe kann mich in eine große Spinne verwandeln, dann haben wir eine bessere Chance, die Bosse zu besiegen.“

„Ich glaube, dass das cool wäre, aber dann sehen uns die Gegner und sie können die riesige Banane jederzeit wegessen“, behauptete Tim.

„Ich kann Verstärkung holen, wenn nötig“, sagte Jim.

„Okay“, meinte Tim.

Langsam und vorsichtig liefen sie näher. Mit jedem Schritt rechneten sie, in eine Falle zu schreiten, also kletterte Jim wieder auf Tims Rücken und sie flogen näher ran. Plötzlich hörten sie Wolfsgeheul und merkten, dass sie bemerkt worden waren. Tim flog nun so schnell wie möglich. Als Tim und Jim, der immer noch auf Tims Rücken saß, angekommen waren, rannten sie schnell und versteckten sich.

„Wo genau sind die Bosse“, fragte Tim.

„Ich glaube oben“, sagte Jim.

Tim und Jim liefen vorsichtig nach oben, ein paar Momente später kamen ein paar Wölfe und gingen ebenfalls nach oben. Tim und Jim liefen den Wölfen hinterher, aber dann merkten die Wölfe etwas und drehten sich um.

„,Da sind die Eindringlinge. Schnappt sie auch“, schrie ein Wolf, der wahrscheinlich der Oberboss der Wölfe war. Die anderen Wölfe rannten auf Tim zu. Jim hatte sich derweil auf der Decke niedergelassen. Tim konnte nicht sterben, weil er ein Indestructible Flying Monkey war, aber Jim war nur eine kleine Spinne. Tim ignorierte Jim und rannte auf die Wölfe zu. Ein Wolf biss Tim ins Bein, aber das tat Tim nicht weh und er hat keinen Kratzer abbekommen. Jetzt war Tim dran. Er nahm eine Banane aus seiner Hosentasche und benutzte sie als Baseballschläger und haute einem Wolf die Banane auf die Schnauze. Dem nächsten Wolf gab er eins über die Rübe. Noch drei mehr. Jetzt kam auch Jim. Jim ließ sich auf dem Boden nieder und krabbelte zu einem Wolf hin und biss ihn ins Bein. Das Gift, das Jim in sich trug, wirkte nicht sofort und lähmte den Wolf erst in zehn Minuten. Der Wolf kämpfte mit Tim, aber dann fiel er auf den Boden mit einem riesen Wums! Jetzt waren nur noch zwei da – einer der Wölfe flog aus dem Fenster. Jetzt war nur noch der Oberboss der Wölfe da, der aber auch aus dem Fenster flog. Tim und Jim rannten nach oben und sahen eine riesige Tür.

„Dahinter ist wahrscheinlich deine Banane, Tim“, sagte Jim.

Sie öffneten die Tür und waren überrascht, dass niemand drin war. Tim sah die Banane, nahm sie und flog mit Jim weg. Aber sie hatten vergessen, dass einer der Bosse ein Vogel war. Der flog nun also hinter Jim und Tim her. Sie hörten lautes Getrampel. Scheinbar verfolgte sie nun auch der Gorilla-Boss! Schnell landete Tim mit Jim, sie liefen zu einer Höhle hin und ging rein. Dicht auf ihren Fersen waren die beiden Bosse. Jim guckte nach einem Ausgang und fand ein Loch in der Decke, durch das nur er und Jim passten. Jim flog ganz schnell durch das Loch und flog zum Eingang.

Die Bosse bemerkten, was Tim vorhatte, und gingen zum Eingang. Tim fand einen großen Stein, der genau in den Eingang der Höhle passte. Schnell schob er den Stein in den Eingang, sodass die Bosse nicht mehr raus konnten. Die Bosse waren zu spät gekommen und waren nun gefangen.

Jim und Tim jubelten. „Jetzt kann ich endlich meine Riesenbanane essen.“ Tim freute sich sehr – und Jim freute sich, dass er mitgeholfen hatte.

*Ich heiße **Nico**, bin 12 Jahre alt und wohne in Santa Clara in Kalifornien. Zwei meiner Hobbys sind Fußball und mit Freunden spielen.*

Geschichte der Heilung

Es gab einmal ein magisches Land. In diesem Land gab es eine magisch heilende Gruppe von Tieren. Sie konnten alles heilen, außer böse Herzen. Deswegen verschwanden die Tiere, weil so viele böse Lebewesen sie vertrieben hatten.

100 Jahre später fand ein Panther ein Buch voller Magie und zauberhafter Kräfte. Der Panther sagte einen Spruch und zack, da hatte der Panther Kräfte zum Heilen. Er ging durch das Land und half vielen Leuten. Eines Tages lief der Panther in einem Wald und traf auf einmal ein böses Wesen. Das böse Wesen war braun, buschelig und roch nach verbranntem Gummi. Der Panther wollte das Wesen heilen, aber dafür musste er mit dem bösen Wesen kämpfen.

Das böse Wesen griff zuerst an, der Panther sprang aber zur Seite und griff das Wesen mit Schlafpuder an. Das böse Wesen fiel in einen tiefen, tiefen Schlaf. Der Panther war aber anders als seine Vorfahren, er konnte Böse heilen, er heilte also böse Wesen von seinem bösen Herzen, indem er viele Blätter zusammenmischte und dem bösen Wesen in den Mund tat. Der Panther lief weiter und traf noch mehr Wesen und er machte immer die gleiche Heilung: Schlafpuder, Blätter und Magie. Viele böse Wesen wurden geheilt.

Außer einem Klistromius. Der Panther lief viele, viele Tage, um ihn zu finden. Endlich, nach vielen schrecklichen Tagen, fand er Klistromius. Er fand ihn in einer dunklen Höhle voller Spinnen und Würmer, er hatte geschlafen, aber wachte sofort auf, als der Panther reinkam. Alle hatten gesagt, dass er ein böses Wesen sei, das war er aber nicht, er war der letzte Drache der Welt. Seine Schuppen hatten dieselbe Farbe wie eine Blutorange. Seine Augen waren blau wie der Himmel und sein Mundgeruch roch wie Rauch. Seine Zähne waren so scharf wie Messer, seine Zunge schnalzte aus seinem Mund.

Er rief mit einer rauen, grummelnden Stimme: „Raus mit dir!"

Der Panther sagte: „Ich möchte dir helfen!"

Der Drache hob seine spitzen Krallen und haute mit den Krallen nach dem Panther. Der Panther stieß ein Jaulen aus, griff dem Drachen an den Hals und hielt sich fest.

Der Drache brüllte und fing an, sich zu schütteln. Er rief aus: „Ich bin der letzte Drachen, lass mich los." Er fing an, mit seinen Flügeln zu flattern, auf einmal war der Panther in der Luft! Klistromius schrie mit seiner schrecklich rauen Stimme: „Runter von mir, ich möchte alleine sein!" Plötzlich flog er nach unten und ließ den Panther los. „Ich fühle mich so alleine als letzter Drache", sagte er mit trauriger Stimme.

Der Panther antwortete: „Du bist nicht alleine, ich bin hier."

Klistromius sagte: „Aber du bist kein Drache."

Der Panther sagte: „Na, vielleicht kann ich dich in einen Panther verwandeln, damit du nicht so alleine bist!"

Der Drache rief: „Hurra, hurra! Ich werde nicht alleine sein!"

Dann machte der Panther einen Zaubertrank. Er brauchte dafür Mondblumen, Mondlicht, Schatten und ein Pantherhaar. Der Drache trank das Getränk und schrie mit brüllender Stimme: „Das tut weh! Hilfe, Hilfe, das tut weh!"

Der Panther rief mit lauter Stimme: „Das sollte auch wehtun!" Dann war alles mausestill.

Klistromius sagte schließlich: „Ich bin ein Panther, ich bin ein Panther!"

Von da an lebten sie viele Jahre zusammen als Freunde. Der Panther wurde bekannt als Wailani, der Heiler der dunklen Nächte.

*Ich bin **Sophia Belkoura** und spreche mehrere Sprachen. In meiner Freizeit schwimme und tanze ich gerne. Ich liebe Katzen und mag es, mit meiner Schwester zu spielen. Ich bin 11 Jahre alt.*

Ich lebe in einem Wald ...

Ich lebe in einem Wald,
es ist ein schöner Wald.
Die Bäume berühren den Himmel.
Die Flüsse stürzen gegen die Steine.
Die Vögel summen in den Bäumen.
Ich lebe in einem Wald, es ist ein schöner Wald,
Renne durch das Gras,
springe über den Fluss, der gegen die Steine stürzt,
klettere hoch die Bäume,
bis ich auch den Himmel berühre,

Falle, falle schneller und schneller-
Hoch, höher und höher bis ich auf Wolken bin.

Renne auf Wolken,
fliege durch die Luft,
sehe die Tiere in dem Wald,
ein Wolf wie ich,

Ich lebte in einem Wald,
es war ein schönen Wald.
Die Bäume berührten den Himmel.
Die Flüsse stürzten gegen die Steine.
Die Vögel summten in den Bäumen.
Ich lebte in einem Wald,
es war ein schöner Wald.

Mein Name ist ***Tori Kriss*** *und ich bin zehn Jahre alt. Zu Hause spreche ich nur Englisch. Ich lebe in San Francisco seit meinem zweiten Lebensjahr. Ich habe keine Geschwister, aber einen Hund namens Bug.*

Geheimnisse im Berg

Ich bin neulich mit meinen besten Freunden Amelie und Lotta wandern gegangen. Anfangs war es sehr schön, und obwohl Lotta sich immer wieder beschwerte, wanderten wir den Berg hoch. Immer wieder haben wir eine kleine Pause gemacht und die Aussicht genossen, es war ein wunderschöner Tag. Der blaue Himmel strahlte uns förmlich an.

Doch plötzlich bebte die Erde, Amelie schaute mich an und fragte mit ängstlicher Miene: „Was war das?"

Ich konnte ihr nicht antworten, ich war selbst vor Angst gelähmt. Ich brauchte eine Minute, bis ich wieder zu Sinnen kam. Amelie und Lotta standen starr da, während kleine Steine den Hang hinabrollten. Ein dumpfes Grollen erklang in der Ferne und die Vögel, die eben noch fröhlich gezwitschert hatten, verstummten schlagartig.

„Wir müssen hier weg!", rief Lotta, die plötzlich keine Beschwerden mehr über den anstrengenden Aufstieg hatte. Doch bevor wir uns in Bewegung setzen konnten, öffnete sich ein kleiner Spalt im Boden direkt vor unseren Augen. Staub stieg auf und ein merkwürdiger, modriger Geruch wehte uns entgegen. Als dieser Geruch mir in die Nase stieg, bekam ich eine Gänsehaut und ein kalter Schauer lief mir den Rücken hinunter.

„Das ist nicht normal", flüsterte Amelie. Sie ging vorsichtig einen Schritt näher, doch ich packte sie sofort am Arm.

„Bist du verrückt? Was, wenn der Boden weiter aufbricht?", sagte ich mit ängstlicher Stimme.

Lotta deutete mit zitternder Hand auf den Spalt. „Da … da ist was drin!"

Ich kniff die Augen zusammen und versuchte, durch den aufwirbelnden Staub etwas zu erkennen, doch es war unmöglich. Doch dann sah ich sie: eine steinerne Treppe, die in die Dunkelheit führte. Sie sah alt aus, sehr alt. Die Treppe war mit Moos bedeckt, man konnte die Stufen kaum erkennen.

„Vielleicht ein alter Tunnel?", murmelte Amelie.

Mein Herz raste. Die Erde hatte sich wieder beruhigt, aber etwas an diesem Ort ließ mich erschaudern. „Wir sollten lieber zurückgehen und jemandem Bescheid geben."

Doch Lotta, die eben noch am meisten Angst hatte, schüttelte energisch den Kopf. Sie sagte dann mit fast fröhlicher Stimme: „Kommt schon! Wir sind vielleicht die Ersten, die das hier entdecken. Was, wenn es ein Schatz ist?"

„Oder es ist eine Falle, die irgendwelche Mönche erstellt haben", murmelte ich.

Amelie zögerte kurz, dann zückte sie ihr Handy und schaltete die Taschenlampe ein. „Nur ein kurzer Blick. Und wenn es zu gefährlich aussieht, drehen wir um."

Ich wusste, dass wir es später bereuen würden, aber die Neugier war stärker. Also atmete ich tief durch, stieg als Erste vorsichtig die mit Moos bedeckten Stufen hinab und verschwand mit meinen besten Freundinnen in der Dunkelheit. Die Luft wurde kälter und modriger, je tiefer wir hinabgingen. Amelie hielt ihr Handy hoch, damit wir etwas sehen konnten und nicht von der Dunkelheit verschluckt wurden. Der Gang war eng, wir passten gerade eben noch so durch. Die Wände waren feucht und wiesen seltsame Zeichen auf, doch ich und meine Freunde achteten nicht darauf. Wir gingen langsam den dunklen Gang entlang.

„Wie tief geht das noch?", fragte Lotta leise.

„Keine Ahnung, aber wir sollten vorsichtig sein", antwortete ich.

Plötzlich standen wir in einem großen Raum. Die Wände waren voller alter Zeichen und in der Mitte lag eine kleine, goldene Schatulle auf einem steinernen Podest. Wir alle rannten auf die Schatulle zu, doch Amelie sah den Stolperdraht nicht. Sie stolperte und löste so einen uralten Mechanismus aus. Es donnerte und grollte, die Erde bebte wieder, diesmal aber viel stärker und heftiger.

Nach ungefähr einer Minute hörte das Beben auf. Ich, Amelie und Lotta schauten uns gegenseitig an und dann wieder die Schatulle, sie war immer noch unversehrt. Ich drehte mich schnell um, als ich ein komisches Geräusch hörte. Es kam von einem kleinen, menschenartigen Mann. Als Lotta ihn erblickte, schrie sie mit schriller Stimme: „Iii, das ist ja ein Kobold."

Amelie fragte mich noch, von wo er wohl gekommen sei, ich aber konnte ihr nicht antworten. Der Kobold sprach kein Deutsch, sondern nur Kauderwelsch. Wir konnten ihn deshalb nicht verstehen. Der Kobold fuchtelte wild mit den Armen und gab unverständliche Laute von sich. Seine grünen Augen funkelten im schwachen Licht. Er deutete auf die goldene Schatulle, schüttelte energisch den Kopf und zeigte dann auf uns.

„Ich glaube, er warnt uns", flüsterte Amelie.

Doch Lotta konnte nicht widerstehen. Kaum hatte sie ihre Hand nach der Schatulle ausgestreckt, da bebte die Erde erneut – diesmal heftiger. Die Wände rissen auf, Steine stürzten herab.

Amelie schrie mit Schrecken in ihrer Stimme: „Ahh, der Tunnel kracht ein."

Der Kobold kreischte und deutete auf einen schmalen Gang, der versteckt in der Wand lag.

„Lauft!", schrie ich.

Wir rannten, stolperten durch die Dunkelheit, während hinter uns die Höhle in sich zusammenbrach. Schließlich erreichten wir einen schmalen Spalt, durch den schwaches Tageslicht drang. Keuchend stolperten wir ins Freie.

Als wir uns umdrehten, war die Höhle verschwunden, als hätte sie nie existiert. Der blaue Himmel strahlte uns an und die Vögel zwitscherten wieder fröhlich. Keiner von uns sprach ein Wort, wir guckten uns nur ungläubig an. Doch als wir losgingen, fiel mein Blick auf den Boden: Ein kleiner, goldener Anhänger in Form eines Kleeblatts lag auf dem Boden und glänzte im Sonnenlicht. Ich hob ihn auf. Ein letztes Zeichen des Kobolds?

Ich werde es wohl nie erfahren ...

*Mein Name ist **Sayumi Heitmann**, ich bin 12 Jahre alt. Ich wohne mit meiner kleinen Schwester, meinem Hund und meinen Eltern in San Francisco ganz nah am Meer. Davor wohnte ich in der Schweiz. In meiner Freizeit mache ich am liebsten Leichtathletik und manchmal ärgere ich meine Schwester (aber wirklich nur manchmal).*

Die flüsternde Stadt

Marlina befand sich in der Bibliothek mit ihrer Klasse. Die Klasse lieh sich Bücher aus, die sie zu Hause lesen sollten. Marlina konnte kein Buch finden, das ihr gefiel. Ein Buch fiel aus dem Regal und sie hob es auf. Der Titel war Die flüsternde Stadt. Es war die Geschichte von Lia, einem Mädchen mit außergewöhnlichen Kräften.

Je mehr Marlina las, desto stärker fühlte sie sich mit Lia verbunden. Bald bemerkte sie seltsame Sachen. Zum Beispiel tauchte sie an unbekannten Orten auf. Charaktere aus dem Buch erschienen in ihren Träumen und sie wachte mit Erinnerungen an die flüsternde Stadt auf. Sie konnte langsam nicht mehr zu unterscheiden, was Realität und was Fiktion war. Sie dachte, sie wäre verrückt! Ihr Aussehen begann sich zu verändern, ihre Haare wurden heller, ihre Augen blau, sie wurde auch fünf Zentimeter größer! Je weiter sie in dem Buch las, desto mehr von Lias Welt erlebte sie. Die Welt um sie herum veränderte sich, sie hörte von überall Flüstern, es war alles wie im Buch. Marlina begann, geheimnisvolle Symbole zu erkennen, die in den Wänden der Gebäude eingeritzt waren. Alles war plötzlich sehr magisch und geheimnisvoll.

Eines Tages wachte Marlina auf und fand sich in der Mitte der flüsternden Stadt wieder. Sie wusste, dass das kein Traum war, sondern dass sie zu einer Figur im Buch geworden war. Alle Dinge, die sie im Buch gelesen hatte, standen direkt vor ihr. Mit jedem Tag, der verging, wurde Marlinas Verwandlung immer vollständiger. Schnell entdeckte sie ihre eigene außergewöhnliche Kraft. Sie lernte, Symbole zu lesen, die auf den Wänden der Gebäude eingeritzt waren. Sie wusste, dass sie diese Stadt beschützen musste – genau wie Lia. Marlina blickte auf die flüsternde Stadt und erkannte, dass ihr Leben zu der Geschichte geworden war, die sie erst vor ein paar Wochen gelesen hatte. Sie war jetzt die Heldin ihrer eigenen mysteriösen Geschichte.

*Mein Name ist **Sophie**, ich bin 12 Jahre alt, habe zwei Schwestern. Meine Hobbys sind Ballett und Parkour. Ich tanze seit 7 Jahren.*

Habiba

Ich lag im Bett. Die weiche Decke rieb an meinem Bein, als ich mich zur Seite bewegte. Ich hörte meine Mama, als sie die Teller vom Abendbrot wegräumte. Dann schlief ich ein.

Ich hatte einen komischen Traum. Ich hatte Frühstück mit meiner Mutter. Eigentlich eine ganz normale Szene, die jeden Morgen passierte. Als Nächstes ging ich in die Schule und redete mit meinen Freunden. Ich wunderte mich, weil es wie mein normaler Alltag schien. Bevor ich den Traum analysieren konnte, war ich von einem blendenden Licht aufgeweckt, ich öffnete langsam meine Augen und sah einen Wald.

Das war nicht normal, aber ich wusste gar nicht mehr, warum. Dann fiel mir ein, dass ich nicht mehr in meinem Zimmer war. Wenn ich nicht in meinem Zimmer war, wo war ich dann? Etwas kitzelte mich im Nacken, doch bevor ich laut lachen musste, weil es so kitzelte, stand ich auf und schaute mich um. Die Bäume waren wunderschön, sie waren lila, blau und grün. Die Wurzeln ragten aus der Erde heraus. Die Wurzeln waren auch nicht normal, weil sie fast so groß wie ich waren. Wie kam ich an diesem Ort mit diesen gigantischen Bäumen? War ich im tropischen Urlaub? Nein, meine Mutter musste immer viel arbeiten und hätte dafür keine Zeit. Während ich grübelte, ging ich zu den Bäumen und fasste die bunten Wurzeln an. Sie waren rau und hart. Vielleicht war ich noch halbwegs im Traum, als ich an die Wurzeln klopfte, weil sie wie eine Tür aussahen. „Wer ist da?“, rief eine hohe Stimme.

Ich dachte nicht, dass jemand antworten würde, also sagte ich nur: „Uhhh … niemand.“

„Ach, wie ich mich freue, dich endlich zu sehen!“, piepste die dünne Stimme, als die Person die Tür, die anscheinend in den Wurzeln angebracht war, öffnete. Die Person war klein, aber hübsch. Sie hatte orangene Haare, grüne Augen und lange, elegante Flügel. Es war wie in Märchen. Ich konnte es kaum fassen, dass ich im echten Leben eine Fee treffen durfte – wenn ich nicht träumte.

„Du sollst etwas Nettes sagen“, sagte die zentimetergroße Fee.

Mir fiel nichts ein, also sagte ich nur: „Hallo.“

„Das ist alles, was du zu deiner lieben Tante sagen willst? Du hast noch viel zu lernen, wenn du hier leben willst.“

Mir wurde fast schwindelig. Was meint sie – Tante und ob ich hier leben wolle?

„Es tut mir leid, Schätzchen, ich habe gerade alles verplappert, eigentlich sollte ich nur Magnela informieren, wenn du hier bist. Du hast nichts gehört!“ Und bevor ich Fragen stellen konnte, flog sie weg.

Ich stand dort ahnungslos und entschied, dass dies der komischste Traum meines Lebens war. Aber irgendwie schien alles auch echt zu sein. Meine Mutter hat immer eine Fee gezeichnet, die genauso aussah wie die Fee, die ich gerade getroffen hatte. Ich fand es schon immer komisch, dass sie nur diese eine Fee zeichnete, aber vielleicht hatte alles seinen Grund. Plötzlich flog mir etwas vor das Gesicht und ich schrie.

„Beruhig dich, Kind. Ich bin's, Magnela. Und wir werden all deine Fragen beantworten, falls du welche hast“, sagte sie mit genauso hoher Stimme wie die andere Fee.

„Wo bin ich? Träume ich? Ist die Fee dort meine Tante? Was meint sie mit *falls ich hier leben will*? Wie bin ich hierhergekommen?“ Die Fragen sprudelten nur so aus mir raus.

„Du bist in Habiba, einem magischen Land. Nein, du träumst nicht. Ja, die Fee dort ist die Schwester deiner Mutter, aber wir erklären gleich diese interessante Geschichte. Sie meinte, dass du die Entscheidung treffen kannst, wieder nach Hause zu gehen oder hier zu leben. Dann verwandelst du dich in eine Fee. Du bist hierher geschlafwandelt. Wow, das waren viele Fragen“, sagte sie außer Puste. „Bevor du in Ohnmacht fällst, erzähle ich dir die Geschichte: Vor gar nicht so langer Zeit lebten Menschen und Feen zusammen und friedlich. Aber dann gab es einen Krieg darüber, wer regieren sollte. Die Feen waren zu klein, um zu kämpfen, also sind viele unserer Art gestorben. Wir sahen die Menschen nicht mehr als gleich an und mussten weg. Wir sagten, wenn sie nie wieder von unserem Zusammenleben sprechen würden, dann würden wir verschwinden – und so ist es auch geschehen. Trotzdem sind manche Feen geboren worden von einem Menschen. Das war sehr selten, aber es geschah – wie in meinem Fall. Deine Großmutter liebte mich, aber sie konnte mich trotzdem nicht behalten, weil die Menschen nie unsere Existenz sehen durften. Also kam ich hierher.“

Ich war echt schockiert, aber es fühlte sich echt an, weil die Älteren nie von Feen redeten und mir als kleines Kind nie Märchen erzählt hatten. Oder ich hatte einfach eine kreative Fantasie und dachte mir das alles hier gerade aus. „Wow! Das sind viele Informationen", sagte ich. „Was ist mit meinen Freundinnen? Sie würden mich vermissen."

„Solange du hier bist, stoppt die Zeit in deiner Welt. Falls du eine Fee sein willst, dann werden alle dich vergessen", sagt Magnela.

„Ich will mich mal umsehen", sagte ich, weil sich das mit der magischen Welt interessant anhörte. Ich ging weiter und sah riesige Blumen, die fünfmal so groß wie ich waren. In meinem Kopf wirbelte es mit all den Informationen. Ich lag im Bett und alles war ganz normal. Dann fand ich plötzlich heraus, dass meine Mutter eine Schwester hat, die eine Fee ist. Wie verrückt war das denn! Ich hörte etwas links von mir: ein magisches Tier. Es sah aus wie ein Huhn, aber hatte ein großes Horn auf der Stirn und bellte wie ein Hund. Ich rannte wieder zurück, das Tier sah süß aus, aber man wusste ja nie, ob es beißen würde.

„Ich habe meine Entscheidung getroffen!", sagte ich zu Maglena und der anderen Fee, meiner Tante. „Hier in dieser Welt ist es wunderschön und sorgenfrei, aber ich würde Freunde und Familie so sehr vermissen, dass ich es nicht aushalten könnte. Vielleicht gibt es Krieg und Hass in meiner Welt, aber es gibt auch Zusammenleben und Liebe. Vielleicht könnt ihr uns mal besuchen kommen, geheim natürlich, aber ich liebe mein Zuhause und mein Leben. Danke, dass ihr so freundlich und einladend seid, aber ich lehne ab."

„Nein! Bleib!" Die beiden sahen fast wütend aus. Bevor ich Zeit hatte zu antworten, hörte ich ein lautes Geräusch. Aber aus welcher Richtung kam es? „Was ist das?", fragte ich Maglena.

„Das sind all die Tiere des magischen Lands, die unser Geheimnis beschützen wollen. Ich sage nur: Renn!" Sie hörte sich nicht mehr so freundlich an, als ob das meine Konsequenz aus dem Gesagten war. Ich hatte irgendwie ein schlechtes Gefühl, dass die Herde wirklich zu mir kommen würde, also rannte ich durch die Bäume. Nach zehn Metern gab es eine Wüste, die so aussah, als ob sie nie enden würde. Ich war bald außer Puste, weil es so heiß war. Ich schaute nach hinten und sah nichts außer Wüste, als plötzlich die Herde vor mir stand. Wie war das möglich? Die Tiere waren doch gerade noch nicht da gewesen!

Ich rannte einfach weiter. Nach weiteren zehn Metern gab es wieder eine Umgebungsänderung, ich war jetzt in einer Stadt mit Hochhäusern. Aber ich fühlte mich einsam und allein, weil ich ganz alleine dort war. Warte ... wenn ich alleine war, dann war die Herde nicht mehr da! Aber wahrscheinlich nicht mehr lange, also gab ich richtig Gas. Ich lief an einem Rosenbusch vorbei. Ich weiß nicht warum, aber ich griff schnell hinein und pflückte eine Rose. Ich schnitt mich an einem Dorn, aber das war mir gerade egal, weil ich um mein Leben rannte.

Es gab wieder ein lautes Geräusch, also schaute ich nach hinten und sah wieder die Herde. Es bestand aus kopflosen Hühnern mit einem Horn, Pferden mit einem Kaktus-Reiter und einem Hund, der miaute. Komische Welt. Sie schauten alle so böse. Was wollten sie eigentlich? Ich hatte nichts gemacht. Ich rannte aber trotzdem weiter. Sie kamen näher. Ich rannte schneller.

Als ein großes Gebäude endete, fühlte ich einen großen Ruck und fiel nach hinten. Ich sah nur schwarz. Ich hatte Angst. Hatten sie mich eingeholt? Ich öffnete die Augen, weil ich etwas spürte. Lag etwas auf mir drauf? Ich schaute auf meinen Körper und sah eine Decke, meine Decke. Ich war wieder in meinem Zimmer. War das alles ein Traum gewesen?

Aber dann fühlte ich, wie Blut meine Hand runterlief, und ich wusste, dass das alles echt war.

*Hallo, mein Name ist **Addie** und ich lebe heute in San Francisco, aber lebte 8 Jahre lang in Berlin. Im Moment bin ich 12 Jahre alt.*

Ende

Akena

Das Mädchen schlug die Augen auf. Gleißendes Sonnenlicht blendete es. Gequält kniff es ihre Lider zusammen und drehte sich auf die Seite. Das Mädchen spürte warmen Sand an seiner Wange und kaltes Wasser an den Beinen. Und es hörte das sanfte Rauschen von Wellen, die an die Felsen klatschten. Sein Kopf dröhnte. Wo war es? Wie war es hergekommen? Es erinnerte sich nur noch schemenhaft an hohe Wellen, die über ihm zusammenschlugen, und das Geräusch von aufeinanderprallendem Metall. Das Mädchen versuchte, sich aufzurichten, sein Arm zuckte vor Schmerz und es stöhnte auf. In seinem Kopf drehte sich alles. Der Himmel über ihm wurde immer undeutlicher. Dann wurde alles schwarz.

Als das Mädchen aufwachte, waren nur wenige Minuten vergangen. Die Sonne stand hoch am Himmel. Vorsichtig versuchte es, ans Ufer zu krabbeln, ohne den linken Arm zu belasten. Die Gegend war seltsam verschwommen und der Schwindel in seinem Kopf wollte nicht verschwinden. Es hielt sich die Hand vors Gesicht. Es sah sie dreimal. Das Mädchen setzte sich aufrecht hin, seine Sicht wurde wieder klarer und die Welt herum wieder gerade. Das Mädchen blickte sich um.

Es war ein klarer Sommertag. Kleine Wellen kräuselten sich auf dem ansonsten spiegelglatten, türkisblauen Wasser. Um es herum war ein weißer Sandstrand am Fuß steiler, grauer Klippen. Die Strömung musste das Mädchen bis hierhergetrieben haben. Langsam, ganz langsam tropften die Gedanken wie Sirup in sein Hirn. Es erinnerte sich wieder daran, wie es hieß … Immerhin.

Sein Blick wanderte hinunter zu dem schmerzenden Arm. Erschrocken stellte das Mädchen fest, dass er von einer langen Wunde durchzogen war. Und in dem mit ihm angeschwemmten Rucksack fanden sich allerlei rätselhafte Dinge: drei Personalausweise aus drei verschiedenen Provinzen, aber keiner davon mit seinem echten Namen. Ein reich verzierter, goldener Kompass, dessen Nadel sich immer im Kreis drehte. Außerdem Landkarte, Fernglas und zum Glück Verbandszeug, um ihren Arm zu verarzten. Das Mädchen fühlte sich inzwischen so viel besser, sodass es aufstand und langsam am Ufer entlanglief. Um seine Hüfte entdeckte es einen Waffengurt, in dem ein kleines Messer und zwei Pistolen steckten. Das Mädchen fragte sich, wozu es den wohl hatte. Und was es damit schon alles getan hatte … Irgendwie beschleunigte der Anblick des Gürtels – oder der Waffen darin? – aber den Fluss des Sirups in seinem Hirn und ihm fiel wieder ein, warum es hier war … Oder genauer gesagt fiel ihm ein, dass es einem bestimmten Mann auf keinen Fall zu nahe kommen durfte. Denn es war allein seine Schuld, dass das Mädchen hier war – und eine Begegnung mit ihm kam dem Tode gleich.

Um die Gedanken, die nun in seinem Kopf kreisten, zu vertreiben, dachte das Mädchen darüber nach, wie es am besten die steile Felswand hochkam. Es sollte so schnell wie möglich die nächste befestigte Straße erreichen, um in die nächstgelegene Stadt zu kommen. Denn obwohl der Kopf immer noch unangenehm schmerzte und es nicht wirklich wusste, wie und warum es hergekommen war, hatte es bemerkt, dass der Proviant – an den es sich definitiv erinnerte – nicht mehr da war. Außerdem hatte der Wind aufgefrischt und das Mädchen fror in seiner nassen Kleidung. Zum Glück fand es im Rucksack einen Beutel mit trockenen Sachen. Das Mädchen zog sich um und ließ seine nassen Sachen am Strand zum Trocknen liegen. Nur Waffengurt und Rucksack nahm es mit.

Während es den Strand auf und ab lief, suchte es einen Weg die Klippen hoch. Zum Klettern war es noch zu schwach, doch das Mädchen entdeckte keine Treppen oder sonstige Zeichen von menschlicher Zivilisation. Es ging zurück zum Ufer und stopfte die mittlerweile trockenen Klamotten in den Rucksack. Als es den schließen wollte, sah es im Augenwinkel, wie der Kompass im Licht flirrte. Als es ihn in die Hand nahm, drehte sich seine Nadel so schnell, dass das Mädchen es gar nicht richtig sah. Ein warmes, goldenes Leuchten glomm unter dem Glas auf. Einen Moment lang sah es eine lange, staubige Straße vor sich. Dann wichen die Bildfetzen einem hellen weißen Licht.

Das Mädchen hatte instinktiv die Augen zugekniffen, und als es sie nun öffnete, stockte ihm der Atem. Ungläubig sah es sich um. Die Hauptstraße erstreckte sich zu beiden Seiten hin bis zum Horizont und der Wind blies Staub über den trockenen Boden. Wo sich eben noch Sand war, befand sich nun Erde. Eine einsame Holzsäule voller Wegweiser und verwitterter Fahndungsplakate wankte am Rand der Straße. Ein Vogel hatte darauf Platz genommen. Er guckte das Mädchen schief an, dann flatterte er davon. Das konnte gar nicht sein, eben war es doch noch an einem Strand gewesen ...

Vorsichtig tat es ein paar Schritte und kniff sich dann in seinen gesunden Arm. Das fühlte sich ziemlich real an. Auch als es an die Säule trat und mit der Hand über das vergilbte Pergament strich, nahm es alles genau wahr. Der Blick des Mädchens blieb an einem der Plakate hängen:

GESUCHT!

Akena Emery Jake!
Etwa 15 Jahre alt, braune Haare, grüne Augen. Trägt meist Mantel, Lederstiefel und Waffengurt bei sich. Geschickte Kämpferin und Meisterschützin, ist im Besitz magischer Artefakte.

Vorsicht: Bewaffnet!

Gesucht von den Milizen aller 17 Provinzen im Auftrag seiner Hoheit Lord Dragor und seines hohen Ministerstabs aufgrund der jüngsten Ereignisse in Atamaré und wegen Betrugs, Raubs und weiterer schwerer Gesetzesverstöße in den Provinzen Luxor, Sierra, Yuniva, Eteri und Nex.

20.000 Dollar für die Ergreifung und Auslieferung der Flüchtigen!

Dem Mädchen stockte der Atem. Verwirrt kramte es einen Taschenspiegel aus seinem Rucksack und blickte direkt in ein Paar funkelnde, grüne Augen. Das lange, braune Haar fiel den Rücken hinunter, als wollte es sich vor der Wahrheit verstecken. Die Wahrheit, dass die Gestalt auf dem Plakat ohne jeden Zweifel sie selbst war. Akena Emery Jake. Langsam steckte sie den Spiegel wieder weg. Die wildesten Gedanken kreisten in ihrem Kopf. Aber sie wusste, dass es so war. Sie erinnerte sich nicht – sie wusste es einfach. Doch etwas an der Geschichte stimmte nicht, als würde noch ein Puzzleteil fehlen. Das Pochen in ihrem Kopf wollte ihr noch etwas sagen. Sie hatte etwas Wichtiges vergessen. Aber so sehr sie es auch versuchte, sie erinnerte sich nicht.

Also machte sie sich auf den Weg. Nach einem etwa einstündigen Marsch gelangte sie an eine Grenze. An einer Grenzkontrolle erfuhr sie, dass sie sich gerade in der Provinz Athaka befand, um die nächste Stadt zu erreichen, müsste sie über diese Grenze in die Provinz Irida, was dank ihres Charmes (und eines falschen Ausweises) gefahrlos möglich war. Eine weitere Stunde später konnte sie bereits am Horizont Schemen von Häusern und Türmen sehen.

Die nächste Stadt, die sie erreichte, war Sihiri, die Hauptstadt von Irida. Sie konnte sich zwar nicht erinnern, je hier gewesen zu sein, aber auf ihrer Karte war die Stadt mit einem roten X markiert und auch die Nadel des Kompasses schien sich hier schneller zu drehen als sonst.

Als sie durch das Stadttor trat, war das Erste, was ihr auffiel, der intensive Geruch nach Gewürzen. Zwischen den engen Gassen drängten sich kleine Marktstände, an denen Essen, handgemachte Teppiche, bunte Seidenstoffe und jede Menge anderer Waren angeboten wurden. Sie ging an Ständen mit Glasflakons, in denen man Momente einfangen konnte, und Federn, die von selbst schrieben, vorbei. An einem Stand kaufte sie Proviant und Wasser, dann schlenderte sie weiter ziellos durch die Straßen. Sie drängte sich zwischen den Menschen hindurch, bis die Menge sich teilte und sie allein auf einem großen Platz stand. Aus dem Schatten eines Hauses löste sich eine Gestalt.

„Miss Jake. Es ist mir eine Ehre." Es war ein junger Mann, vielleicht 25. Er trug einen Schlapphut. Und seine Hand lag auf der Pistole an seinem Gürtel.

Und plötzlich erinnerte sie sich wieder.

Ein Lächeln stahl sich auf ihre Lippen. Statt zu antworten, ging sie einen Schritt auf ihn zu – und riss die gesamte Wand des Gebäudes hinter ihr mit sich. Der Ausdruck auf dem Gesicht des Mannes wechselte schlagartig.

Sie wusste, wer sie war.

Sie wusste, was passiert war.

Und sie wusste, dass das der einfachste Kampf ihres Lebens werden würde.

*Ich heiße **Helene Gans** und bin 13 Jahre alt. Geschichten schreibe ich seit ungefähr zwei Jahren.*

Fantastisch gute Kindergeschichten

Geschichten der

Buntspechtklasse

Die kleine Meerjungfrau

Es war einmal vor langer Zeit eine kleine Meerjungfrau. Ihr Name war Amaja. Sie hatte zehn Schwestern und sie war die kleinste der Schwestern. Sie war sehr oft in den Korallen. Eines Tages kam ein Brief an, darin stand:

Hallo, du musst die Meerjungmenschen vor der Meereshexe retten!

Sie schwamm zu dem Riff, da kam aus der Koralle ein Fisch. Er fragte: „Soll ich dir helfen? Mein Name ist Sebastian. Sollen wir los?"

„Ja, danke", sagte Amaja.

Sie schwammen so schnell wie ein Blitz. Dann standen sie plötzlich vor einem Wasserdrachen. Der Drache war die Hexe. Es war ein langer Kampf. Sie gewannen und freuten sich.

Und wenn sie nicht gestorben sind, dann leben sie noch heute.

***Jakoba**, 7 Jahre alt, Hobbys: Kunst, Ballett, Tennis, Schwimmen.*

Bunti und Mika

Vor langer Zeit lebten in einem dunklen Wald Mika und Bunti. Eines Tages flogen Mika und Bunti los, um Futter zu holen, doch bald verirrten sie sich.

Da hatte Bunti eine Idee: „Wir können Kristalle finden und sie zu einem Kompass verschmelzen."

Das taten sie auch und so fanden sie den Weg zurück nach Hause. Und wenn sie nicht gestorben sind, dann leben sie noch heute.

***Theo**, 6 Jahre alt, Hobbys: Ski fahren, Leichtathletik, Spielen.*

Die Abenteuer von Amaja

Es war einmal ein kleines Mädchen, es hieß Amaja. Ihre Aufgabe war es, auf den Wald aufzupassen. Doch eines Tages kam ein böser Mann, er wollte den Wald abholzen.

Aber Amaja wollte das nicht, also stellte sie sich davor. Der Mann sagte:

„Geh weg!" Aber sie ging nicht, also hatte sie gewonnen.

Und wenn sie nicht gestorben sind, dann leben sie noch heute.

***Giuliana**, 7 Jahre alt, Hobbys: Singen, Tanzen.*

Mika und der böse Wolf

Mika war im Wald und er bewunderte den Wald, denn Mika gefiel der Wald ziemlich gut. Aber plötzlich war da ein Wolf.

Mika hatte plötzlich Angst, aber er nahm seinen ganzen Mut zusammen und er besiegte den Wolf. Mika war fröhlich.

Und wenn sie nicht gestorben sind, dann leben sie noch heute.

Theodor, *7 Jahre alt, Hobbys: Fußball.*

Der Schattenfürst

Einem Menschen gehörte ein Waschbär und der konnte zaubern. Die zwei lebten in der Stadt. Die Laterne stand am Straßenrand.

Plötzlich kam der Schattenfürst und tauschte das Licht gegen Sprengstoff. Sie griffen den Schattenfürsten an. So besiegten sie den Schattenfürsten und zündeten den Schattenfürsten an.

Und der Mensch und der Waschbär lebten fröhlich weiter.

***Clemens**, 6 Jahre alt, Hobbys: Spielen, Lego bauen.*

Mika rettet die Welt

Es war einmal vor langer Zeit in einem Paradies. Cinderella war in einem Haus eingesperrt. Das Haus brannte. Mika rettete sie und Raupe Karl.

Und wenn sie nicht gestorben sind, dann leben sie noch heute.

***Mila**, 7 Jahre alt, Hobbys: Tanzen, Singen.*

Der verrückte Drachenzauberer

Es war einmal vor langer Zeit, da lebte ein Ritter namens Tom. Tom war aber nur ein kleiner Ritter. Ritter Tom hatte eine Nachricht bekommen, er sollte gegen einen Drachenzauberer kämpfen.

Er ging los. Tom musste Türen finden und natürlich auch Schlüssel. Tom sah den ersten Schlüssel, aber nicht die Tür. Dann sah er die Tür und eine Nuss, es war eine Zaubernuss. Er öffnete sie und da kam ein Helm heraus.

Er ging weiter. Er sah einen riesigen Blätterhaufen. Er fand in dem Blätterhaufen den zweiten Schlüssel und die Tür. Er sah noch eine Nuss und in der Nuss war eine Rüstung. Tom ging weiter und sah eine Lichtung. Die Nacht war da und Ritter Tom übernachtete dort.

Am nächsten Morgen ging Tom weiter. Er sah einen Schlüssel und eine weitere Tür. Er öffnete sie und da fand er zwei Nüsse.

„Juhu!“, rief er.

Ein Schwert und Schuhe waren darin. Er war bereit und zog los. Der Weg führte durch einen Wald. Da hörte er etwas. Einen Drachen – nein – einen Drachenzauberer! Er kämpfte mit seinem Schwert und der Drachenzauberer spielte verrückt. Das Schwert begann zu leuchten. Es war ein Zauberschwert! Tom gewann den Kampf und er wurde gefeiert.

Und wenn sie nicht gestorben sind, dann leben sie noch heute.

***Per**, 8 Jahre alt, Hobbys: Leichtathletik, Ski fahren.*

Die vier und der Igel

Vier Freunde gingen durch den Wald spazieren. Sie sahen ein Haus, aber die Tür war zu. Das Haus ging nicht auf und sie sprach zu ihnen und sagte: „Wenn ihr in das Haus rein wollt, dann müsst ihr meinen Schlüssel suchen!“ Dann ging sie rein, da sahen sie einen Schlüssel vor dem großen Baum. Dann flogen die vier nach oben und holten den Schlüssel. Den Schlüssel steckten sie rein und die Tür ging auf und sie gingen rein.

Da war die Hexe und da standen die vier und ein Igel. Plötzlich kam der Drache und pustete sie weg und der Schlüssel fiel aus der Hand. Nun ging der Igel rein und holte den Schlüssel. Sie liefen weg zu der anderen Tür und mussten einen anderen Schlüssel holen, er lag auf dem magischen Schmetterling.

Dann flogen die vier zu dem magischen Schmetterling, holten den Schlüssel, machten die Tür auf und hatten die Aufgabe gelöst.

Mariia*, 8 Jahre alt, Hobbys: Schwimmen.*

Neo und der Schattenfürst

Vor langer Zeit lebten Mika und der Vogel Bunti und Neo, der Schattenfürst in einem dunklen Wald. Neo, der Schattenfürst, griff Mika und Bunti mit einem magischen Stiefel an.

Eine Schlange biss dem Schattenfürsten ins Bein. Die Retter kämpften gegen den Schattenfürsten und besiegten ihn.

Und wenn sie nicht gestorben sind, dann leben sie noch heute.

***Neo**, 7 Jahre alt, Hobbys: Fußball*

Retter Willi

Es war einmal vor langer Zeit der Ritter Willi. Ritter Willi wollte in eine Burg. Eines Tages rief der König Willi zu sich.

Der König sagte zu Willi: „Du musst das Dorf vor dem bösen Drachen beschützen!"

Dann ritt Ritter Willi los. Er fand ein magisches Schwert. Willi nahm es in seine Hände, dann kam der Drache und griff Willi an. Willi wehrte sich, er stach den Drachen mit seinem Schwert. Der Drache fiel zu Boden. Willi ritt nach Haus.

Und wenn sie nicht gestorben sind, dann leben sie noch heute.

***Matthis**, 7 Jahre alt, Hobbys: Pfadfinder, Schwimmen, Reiten.*

Fritz und der große Wald

Es war einmal vor langer Zeit. Fritz ging durch den tiefen Wald. Er hörte eine tiefe Stimme. Fritz duckte sich hinter einem Gebüsch. Da kam ein Mädchen. „Ich bin Marie. Ich suche Blaubeeren und Erdbeeren."

Fritz fragte: „Hast du die tiefe Stimme gehört?"

„Das ist die Stiefmutter", sagte Marie. Sie gingen zusammen durch den tiefen Wald. Hinter den Bäumen war ein riesiges Schloss und daneben stand ein kleines Haus. Die beiden klingelten.

Eine verzauberte Stimme sagte: „Wer ist da?"

Von den beiden kam keine Antwort. Die Tür öffnete sich langsam. Auf einmal lief ein Hirsch aus dem Wald. Der Hirsch ging mit in das Schloss – hinter die große Tür. Dort stand der böse Zauberer von Paderborn. Sie wurden eingesperrt. Der Hirsch sah ein glänzendes Geweih. Würde der Hirsch das Schloss aufbekommen?

Ja, er kriegte das Schloss auf! Der Zauberer kam. Er sah, dass die Kinder frei waren, und versuchte, sie zu verzaubern. Die beiden konnten entweichen. Von hinten kam die Stiefmutter. Sie kämpften, dann flog ein Drache runter zur Erde mit einer Maus auf dem Rücken. Der Drache spukte Feuer. Die Maus kitzelte den Zauberer.

Marie entzog ihm die Kraft und sie verzauberte die Stiefmutter. Sie zündeten ein Feuer an, dann machten sie Stockbrot und sich einen schönen Abend.

Und wenn sie nicht gestorben sind, dann leben sie noch heute.

***Max**, 8 Jahre alt, Hobbys: Leichtathletik, Basketball.*

Der Gruselwald

Vor langer Zeit lebte ein Wolf in einem dunklen Wald. Er hatte einen Freund, den Fuchs. Der Fuchs wollte den Wolf besuchen. Der Fuchs ging in die Höhle des Wolfes. Der Fuchs fand den Wolf – nicht doch!

Der Wolf rief: „Hilfe!"

Der Fuchs folgte dem Hilferuf. Der Wolf kämpfte gerade mit einem großen Drachen. Der Wolf sagte: „Hilf mir!" Da kam gerade ein Babydrache an, er biss dem großen Drachen in den Popo. Dann flog der große Drache schnell weg, der kleine Drache griff die beiden an. Der Wolf biss dem kleinen Drachen nun auch in den Po.

Der kleine Drache flog schnell weg, die beiden freuten sich, dass sie den Wald gerettet hatten. Die Drachen waren auf dem Feld und wollten nie wieder in den Wald zurück, alle anderen Waldtiere bedankten sich.

Und so lebten sie glücklich und zufrieden bis ans Ende ihrer Tage.

***Tilon**, 7 Jahre alt, Hobbys: Freunde treffen, Oboe spielen, Fußball, Turnen.*

Bibbel und Mona

Es war einmal eine Prinzessin namens Mona. Sie mochte gerne Kaninchen und andere Tiere. Eines Tages ging sie raus zu einem schönen Wald und sah ein einsames Kaninchen. Mona ging langsam zu dem Kaninchen und nahm es auf dem Arm mit nach Hause.

Als sie ins Zimmer ging, sprach das kleine Kaninchen: „Hilfe, befrei mich von dem Zauber der Hexe, bitte!"

„Wie soll ich dir denn helfen?", fragte Mona.

„Du musst von der Hexe Zutaten holen!"

„Okay, ich mache es. Aber nur mit dir, okay? Wie heißt du?", fragte Mona.

„Ich heiße Bibbel", sagte das Kaninchen.

„Okay, lass uns los!", sagte Mona.

Nun gingen sie los zu einem Gasthaus und verbrachten dort die Nacht. Am Morgen machten sie sich auf, um Ursula, die böse Hexe, einzusperren und die Zutaten zu holen. „Welche eigentlich?", fragte Mona.

„Wir brauchen grünen Schleim, Spinnenbeine und Glupschaugen", sagte das Kaninchen.

„Okay, lass uns los!"

Nun gingen sie in einen Wald und sahen ein Haus. „Es sieht einsam aus", sagte Bibbel.

„Ja", sagte Mona, „es sieht gruselig aus!" Vor der Tür stand Zaubertrankladen. Sie gingen herein und holten sich einen Unsichtbarzaubertrank und gingen weiter. Nur ein bisschen später sahen sie ein Haus. Die zwei Freunde Mona und Bibbel machten sich unsichtbar und machten das Fenster auf. Sie gingen rein und holten sich die Sachen. Bibbel trank den Zaubertrank und wurde ein Prinz und die Hexe wurde besiegt. Sie feierten und heirateten. Und wenn sie nicht gestorben sind, dann leben sie noch heute.

***Ella**, 8 Jahre alt, Hobbys: Basketball, Malen.*

Der Ritter Thilo

Es war einmal vor langer, langer Zeit in einem weit entfernten Dorf, da lebte ein neunjähriger Junge mit dem Namen Thilo. Thilos Traum war es, Ritter zu werden. Eines Tages sagte sein Vater: „Du darfst Ritter werden. Nächste Woche wirst du zum Ritter geschlagen."

Da sagte Thilo: „Tut das nicht!"

„Nein", sagte der Vater. In der nächsten Woche wurde Thilo zum Ritter geschlagen.

Eines Tages ritt Thilo mit anderen Rittern in einen geheimnisvollen Wald. Da kam ein Bär und erschreckte sein Pferd. Das Pferd warf Thilo ab und galoppierte davon. Thilo suchte sein Dorf – aber vergebens. Er suchte jahrelang. Eines Tages kam er zu einer Holzhütte mitten im Wald. Er ging rein. Zuerst ging er in die Küche, doch da war keiner. Dann ging er ins Schlafzimmer, da war auch keiner. Danach ging er ins Wohnzimmer. Da lag ein alter, weiser Troll auf dem Sofa.

Thilo fragte: „Weißt du, wie ich ins Dorf zurückkomme?"

Der Troll stand auf und sagte: „Ja, nimm diesen Wegweiser, er wird sich ins Dorf führen."

Thilo nahm den Wegweiser und verabschiedete sich. Er drückte den Knopf auf dem Wegweiser. Der Wegweiser fing an zu leuchten und flog dann von Thilo weg. Thilo rannte hinterher.

Da rief der Troll: „Übrigens, ich heiße Rigi!" Das hörte Thilo aber nicht mehr.

Als er im Dorf angekommen war, zerstörte gerade ein Drache sein Dorf. Er kämpfte gegen den Drachen und ein erbitterter Kampf entstand. Thilo stach ihm mit seinem Schwert in die Brust und der Drache war besiegt. Alle feierten ihn und sie lebten glücklich bis an ihr Lebensende.

Und wenn sie nicht gestorben sind, dann leben sie noch heute.

***Thilo**, 8 Jahre alt, Hobbys: Fußball, Zocken, Schwimmen.*

Der Prinz und der Wolf

Es waren einmal vor langer Zeit ein Prinz und ein schwarzer Wolf in einem Wald. Sie lebten in einem kleinen Haus im Wald. Plötzlich kam eine Zauberkugel und sagte: „Ich bin Räuber Kunibald und ich werde den Wolf Tilon in drei Tagen klauen."

Prinz Max erschrak. „Wir müssen zum weisen Troll Thilo!", sagte er.

„Um es zu verhindern, müsst ihr den Zaubermantel holen, dafür müsst ihr die drei legendären Aufgaben lösen. Zur ersten Aufgabe müsst ihr in das Schloss, um den bösen Riesen Jonathan zu besiegen", sagte der.

Nach ungefähr zwei Stunden war es vollbracht und sie hatten ihn besiegt. Plötzlich tauchte der Troll Thilo auf und sagte: „Jetzt müsst ihr in die Lavawelt, um einen Parcours zu laufen."

Der Parcours war mit Plattformen, über sie springen mussten, versehen und er war 200 Kilometer lang. Es dauerte fünf Stunden, bis sie fertig waren. Es war schwierig.

Der weise Troll Thilo tauchte wieder auf und er hatte seinen Freund Henry dabei, er war eine Fledermaus: „Henry wird euch zum nächsten Ort führen!"

Henry sagte: „Wir müssen in einen geheimen Bunker, um dem Zauberer Per einen Zettel zu zeigen."

Prinz Max fragte: „Was für einen Zettel?"

„Ich und Thilo haben alle Aufgaben auf einem Zettel abgehackt", sagte Henry.

„Ach so", sagte Max, „dann lass uns gehen."

Aber sie hatten die Zeit nicht mehr im Blick, in zwei Stunden würde Räuber Kunibald Tilon klauen. Sie beeilten sich, zum Glück ging es schnell und sie hatten bald den Zaubermantel. Jetzt hatten sie es eilig und rannten zum weisen Troll Thilo und fragten: „Wozu brauchen wir den Zaubermantel?"

„Wenn man ihn anzieht, wird man unsichtbar."

„Ach so!", sagte Prinz Max.

Sie rannten nach Hause und Wolf Tilon zog den Mantel über sich. Als es Nacht wurde, kam Räuber Kunibald in das Haus, aber er fand Tilon nicht. Plötzlich kam Prinz Max und schubste ihn raus. Jetzt kam Wolf Tilon und biss ihn in den Hintern.

„Aua, du böser Wolf!“, schrie Räuber Kunibald.

Aber jetzt kam ein Falke und nahm ihn in die Luft.

„Wow!“, sagte Prinz Max.

„Ich heiße Clemens“, sagte der Falke, „ich werde den Räuber jetzt zu König Per bringen und dann sperrt er ihn in das Gefängnis.“

„Ja, dann können wir ein Fest feiern. Kommt, au ja!“

Sie feierten ein Fest.

Und wenn sie nicht gestorben sind, dann leben sie noch heute.

***Lennard M.**, 9 Jahre alt, Hobbys: Fußball, Tennis, Ski, Freunde treffen.*

Der Goldfisch

Es gab vor langer Zeit in einer armen Familie einen kleinen Jungen, der hieß Albert. Er schaute gerade aus dem Fenster zu dem Brunnen. Er sah etwas Glitzerndes. Er lief hin. Es war ein goldener Fisch. Aber es war kein normaler Fisch, es war ein sprechender Fisch.

Der Fisch sagte: „Komm, spring rein!"

Albert sprang in den Brunnen. Hinter ihm war sein großer Bruder, er folgte ihm ganz leise. Albert schwamm mit dem Fisch ganz nach unten.

Plötzlich hörte Albert ein Geräusch hinter sich. Es war sein großer Bruder Kevin. Albert griff ihn an. Aber Kevin wich aus. Dann griff Kevin ihn an. Albert wurde getroffen und Albert fiel auf den Grund. Sein Bruder schwamm zum Diamanten. Aber der Fisch gab Albert etwas von seiner goldenen Superkraft ab und Albert stand wieder auf.

Dann merkten sie plötzlich: Wieso machen sie das eigentlich? Und dann brachten sie den Diamanten zusammen nach oben und ihre Familie freute sich. Dann feierten sie ein glückliches Fest.

Und wenn sie nicht gestorben sind, dann leben sie noch heute.

***Henry**, 9 Jahre alt, Hobbys: Fußball, Basketball.*

Der Engel Mika

Es war einmal vor langer Zeit ein Engel namens Mika. Mika hatte goldene Haare und Flügel, die so weiß wie Schnee waren. Er lebte in einem hellen Palast im Himmel. Oft flog Mika hinunter zur Erde, um den Menschen zu helfen.

Eines Tages sprach die Himmelsgöttin zu Mika: „Mika, du musst die Menschen vor dem Schattenfürsten retten. Aber sei vorsichtig, der Schattenfürst ist furchtbar! Auf deinem Weg wirst du einige Aufgaben lösen müssen."

Mika flog los und landete im Wald. Der Wald war geheimnisvoll und voller Rätsel. Mika merkte schnell, dass er Hilfe brauchen würde. Da hörte er ein fröhliches Kichern. Mika drehte sich um und sah

einen kleinen Vogel mit bunten Federn auf einem Ast sitzen. Der Vogel schaute ihn freundlich an.

„Ich kann dir helfen!“, sagte der Vogel. „Ich kenne den Wald gut. Ich heiße Bunti. Ich werde dir den Weg zeigen.“ Der Vogel Bunti führte Mika durch jede Ecke im Wald. Dann kamen sie an einem Hasen vorbei.

Der Hase sagte: „Mika, du musst die fünf besonderen Pilze sammeln, die es nur an einer Stelle gibt im Wald.“ Der Hase hieß Per. Dann gingen Mika, Bunti und Per los und suchten die fünf besonderen Pilze. Nach langer Zeit fanden sie die fünf besonderen Pilze. Aber daneben stand ein Maulwurf, der Lennard hieß. Und Lennard sagte, dass die fünf besonderen Pilze auch Superkräfte geben würden. Mit den Superheldenkräften könnten Mika den Schattenfürsten besiegen. Nun mussten Mika und Bunti nur noch den Schattenfürsten finden und bedankten sich bei Per und Lennard.

Dann flogen Bunti und Mika los und aus dem Wald raus. Auf einmal war die Stadt sehr dunkel, sogar noch dunkler als der Wald. Da wussten Mika und Bunti, dass der Schattenfürst da war. Zum Glück hatten die beiden die fünf besonderen Pilze dabei. Die Pilze waren eigentlich Bomben, die nur an der Stelle explodierten, wo man sie hinwarf.

Plötzlich war der Schattenfürst da. Der Schattenfürst stand direkt hinter Mika und Bunti. Sie warfen die Pilze auf den Schattenfürsten und der Schattenfürst war für immer und ewig tot. Mika und Bunti freuten sich.

Und wenn sie nicht gestorben sind, dann leben sie noch heute.

***Jonathan**, 8 Jahre alt, Hobbys: Fahrrad fahren, Lego.*

Mika

Es war einmal vor langer Zeit, Mika ging durch den Wald, da traf Mika die liebe Hexe. Und die Hexe sagte: „Unten im Tal braucht der König dich, weil es im Schloss spukt!“

Da sagte Mika: „Okay, ich mache das, aber jemand muss mitkommen.“

„Aber wer soll denn mitkommen?“

„Natürlich mein Freund, das Zebra Franz.“

„Wo wohnt er denn?“

„Er wohnt im Wald.“

„Aber wir sind doch im Wald.“

„Ja, ich weiß, aber er wohnt in der anderen Hälfte des Waldes.“

„Okay, dann mach dich schnell auf den Weg, weil der König hat ge-

sagt, dass ich schnell jemandem Bescheid geben soll, dem ich vertraue. Und ich weiß ja nicht, wie dein Freund aussieht."

„Dann komm doch einfach mit."

„Ach ja, daran hab ich ja gar nicht gedacht."

Dann gingen sie weiter und sahen Zebra Franz schon, doch dann war er plötzlich weg. Aber das würde er doch nie machen. Dann kam er wieder, aber er war nicht mehr er, sondern die böse Hexe hatte ihn in einen Roboter verwandelt. Doch da war plötzlich die böse Hexe, sie war hinter den beiden.

„Achtung, passt auf!", sagte die liebe Hexe. „Sie will euch verhexen!"

„Dann hex du doch!"

„Ja, stimmt, aber passt auf, die will euch ja auch verhexen."

„Ich weiß, los, mach jetzt!"

Und es klappte. „Jetzt verhex Zebra Franz wieder zurück!"

„Ja, mache ich", sagte die liebe Hexe.

Jetzt konnten sie den Geist besiegen.

„Komm", sagte Mika, „wir gehen zum Schloss."

Bald waren sie da, doch wo sollten sie als Erstes suchen?

„Komm, wir suchen nach Spuren! Da ist der Geist, da oben in der fünften Tür!"

Doch er war weg. „Wo ist er hin?", fragten sie gleichzeitig. „Wir müssen uns aufteilen."

Bald hatten sie den Geist geschnappt und feierten ein großes Fest mit Kuchen, Pommes, Bratwürstchen, Grießpudding, Kartoffelpüree und Partyhüten.

Und wenn sie nicht gestorben sind, dann leben sie noch heute.

***Lennard T.**, 9 Jahre alt, Hobbys: Handball, Schwimmen.*

Lisas Kindergeburtstag

Es war einmal ein Mädchen namens Lisa. Sie wohne in einer kleinen Hütte. Lisas größter Wunsch war es, einen Hasen zu haben und mit ihm auf ein großes Abenteuer zu gehen und die schönsten Momente mit ihm zu verbringen. Aber ihr Vater und ihre Mutter konnten ihr diesen Wunsch nicht erfüllen, denn ihr Vater hatte eine Hasenallergie. Lisa war sehr traurig, sie wollte doch so gerne einen Hasen haben. Und in einer Woche war ihr Geburtstag. Lisa saß auf ihrem gemütlichen Bett und dachte nach, was sie an ihrem Geburtstag machen wollte.

Als eine Woche vergangen war, war auch schon der Geburtstagsmorgen da. Alle saßen am Tisch und feierten. Lisas Eltern hatten ihr einen dreistöckigen Schokoladenkuchen gebacken. Lisa bekam auch Geschenke. Sie hatte immer noch die Hoffnung, dass vielleicht doch ein Hase drin war – aber es war kein Hase weit und breit zu sehen.

Lisa ging eine Weile spazieren, während ihre Eltern den Raum schmückten. Sie hörte im Gebüsch etwas rascheln. Ein Hase sprang heraus und Lisa nahm ihn sofort auf den Arm. Der Hase konnte sprechen und sagte ihr, dass sie zusammen den Troll von seinem Fluch befreien müssten. Die beiden gingen los. Auf dem Weg erzählte der Hase ihr alles genau.

Es war ein langer Weg zur Trollhöhle, aber der Hase zeigte ihr den Weg. Der Hase erzählte ihr auch, dass der Troll unter einem Fluch stehe. Man könne den Fluch nur wieder aufheben, wenn er nicht mehr so alleine wäre und einen Freund hätte.

Lisa konnte es immer noch nicht glauben, dass sie mit einem Hasen sprach. Sie fragte den Hasen, warum der Troll früher in der Schule öfter ausgelacht worden wäre, weil er anders war. Der erzählte, dass ihn ein Zauberer verflucht hätte, weil er meinte, dass er eine Bestie sei. Der Zauberer war böse und verzauberte den Troll auch böse.

„Das war aber vor vielen Jahren, wer weiß, ob der Zauberer immer noch lebt“, sagte der Hase. „Früher war der Troll richtig nett, aber jetzt, wo er unter dem Fluch steht, ist er böse.“

Lisa fragte: „Wieso müssen wir denn den Troll von dem Fluch befreien?"

Der Hase sagte: „Du hast dir doch gewünscht, mit einem Hasen ein Abenteuer zu erleben."

Lisa dachte sich: „Woher weiß er das?"

Aber zu dieser Frage konnte der Hase nichts sagen. Der Hase sagte ihr, dass sie jetzt immer zusammenbleiben würden. Lisa freute sich sehr. Der Hase zauberte ihr Kraft, damit sie, ohne einen Zauberstab zu benutzen, zaubern konnte.

Sie waren fast da, sagte der Hase. Sie gingen noch eine Weile weiter, nun waren sie an der versteckten Trollhöhle angekommen. Lisa hatte ein bisschen Angst, aber der Hase sagte ihr, dass sie ja jetzt Zauberkräfte besitze. Lisa hatte wieder ein bisschen Mut. Lisa nahm den Hasen auf den Arm und ging mit ihm in die finstere Höhle. Der Troll entdeckte sie und packte sie.

Lisa und der Hase zitterten und der Troll sagte: „Wer wagt es, meine Höhle zu betreten?"

Lisa sagte: „Wir wollen deinen Fluch aufheben."

Der Troll sagte: „Das sagt doch jeder, aber jeder will nur versuchen, den Schatz zu klauen, den ich besitze."

Lisa sagte: „Wir wollen deinen Fluch wirklich aufheben und wir zeigen es dir!" Der Hase zauberte eine etwas größere Katze. Lisa sagte: „Siehst du!"

Der Troll freute sich, dass er nicht mehr allein war. Der Fluch war aufgehoben und sie gingen glücklich nach Hause. Der Troll war überglücklich, dass er endlich einen guten Freund hatte, der ihn lieb hatte.

Als Lisa und der Hase aus der Höhle gingen, rief der Troll noch: „Dankeschön!" hinterher.

Als der Hase und Lisa zu Hause waren, bat Lisa ihren Vater, den Hasen behalten zu dürfen. Dann erzählte Lisa ihm die ganze Geschichte und auch, dass sie jetzt Zauberkräfte hatte und dass der Hase magisch war. Der Vater und die Mutter waren einverstanden und Lisa zauberte von ihrem Vater die Allergie weg. Sie besuchten den Troll öfters und sie feierten weiter mit dem Hasen in dem schön geschmückten Haus.

Und wenn sie nicht gestorben sind, dann leben sie noch heute.

***Rebecca Reena**, 9 Jahre alt, Hobbys: Malen, Basteln, Querflöte, Bollywoodtanz.*

Gefahr im Wald

Es war einmal vor langer Zeit, da war die Welt noch ohne Gefahr. Also das ist sie heute immer noch, aber irgendwie war das früher anders. Es war besser, alle haben gelacht und geweint. Doch jetzt stelle ich euch erst mal die Fee vor:

Sie hatte richtig schöne babyblaue Flügel und Augen wie der Mond, Haare wie Engel und das Oberteil und die Schuhe waren wie die Flügel, aber noch mit Glitzersteinen. Die kleine Fee hatte einen Begleiter, und zwar einen Vogel, der immer für sie da war, wenn sie ihn brauchte.

Dreimal dürft ihr raten, wo das Märchen spielt, richtig, im Wald. Und ich war dabei. Wir gingen und gingen, doch auf einmal hörten wir etwas hinter uns. Wir fragten uns, was das ist. Wir hatten so große Angst und wollten am liebsten wegrennen, aber dann würde er oder sie uns hören, deswegen gingen wir ganz leise, dass er uns nicht hören konnte.

Ich sagte zu dem Vogel: „Ich habe Angst! Wir wissen ja nicht, was das ist und wie groß das ist, vielleicht ist das ein Riese, wir wissen es ja nicht. Was sollen wir tun?“

Die Fee sagte: „Ich weiß es auch nicht. Es ist dunkel, ich habe Hunger und Durst, du nicht?“

„Doch ich habe auch Durst. Was denkst du denn, wir gehen die ganze Zeit, uns würde eine Pause nicht schaden, oder?“, fragte ich.

„Nein, mir nicht, ich bin eine Fee, ich könnte immer Pause haben, aber ich habe Angst, dass mich etwas berührt, du nicht?“

„Doch, ich habe Angst, aber ich kann nicht mehr. Sollen wir uns nicht erst eine Höhle bauen, wo wir schlafen können, und was zu essen und zu trinken holen.“

„Ja, können wir gerne machen. Da ist eine Höhle, sollen wir uns erst mal da ausruhen oder hast du eine bessere Idee?“

„Nein, lass uns ausruhen, meine Beine zittern vor Schmerzen. Ich habe Beeren gefunden, möchtest du welche?“

„Ja gerne, ich habe so Hunger. Die sind so lecker, was sind das für

Beeren? Ach egal, Hauptsache sie schmecken. Ich bin so müde, sollen wir schlafen?"

„Ja, ich bin auch müde."

Am nächsten Morgen. „Ist nicht ein schöner Tag heute. Ha, es ist schon wieder dieses Geräusch von gestern, hörst du das auch?"

„Ja, das ist so gruselig. Siehst du das? Da ist etwas Grünes mit Moos auf dem Kopf, siehst du das?"

„Ja, ich sehe das. Wie groß! Sollen wir mal da hingehen? Oder nicht?"

„Können wir machen."

„Okay, dann los. Was ist das wohl? ... Wir sind da. Weißt du, was das ist?"

„Nein …, obwohl ... ein Troll!"

„Ja, ein Troll, er ist grün mit Moos auf dem Kopf."

„Das sehe ich auch. Lass ihn uns aufnehmen."

„Ja, können wir machen. Hast du schon nachgedacht, dass das die Geräusche sein könnten?"

„Nee, aber jetzt, wo du es sagst, glaube ich das auch. Aber er sieht doch voll lieb aus, oder nicht? Was sagt ihr denn, sieht der nicht lieb aus? Na ja, egal, wir nehmen ihn einfach mit."

„Der Arme war die ganze Zeit draußen in der Kälte, was ist, wenn er krank ist?"

„Der wird schon nicht krank sein."

Und in dem Moment kam ein Huster. Vielleicht war er doch krank. *Hatschi.* „Der ist krank, der Arme, wir holen ihm erst mal Wasser."

Als wir ihm Wasser geholt hatten, war er plötzlich wieder gesund. Leider konnten wir auch nicht herausfinden, was ihm fehlte, weil wir was anderes zu tun hatten. Aber jetzt wussten wir, wer das Geräusch im Wald gemacht hatte. Also konnten wir jetzt auch wieder tiefer in den Wald gehen und mussten nicht nur vorne bleiben.

Ich hatte solche Angst gehabt, nun war ich froh, dass wir gefunden hatten, woher das Geräusch kam. Jetzt konnte ich wieder vernünftig schlafen – hatten wir das Rätsel gelöst.

Und wenn sie nicht gestorben sind, dann leben sie noch heute.

***Celina**, 10 Jahre alt, Hobbys: Reiten.*

Tröpfchen und der Glücksstein

Vor langer Zeit lebte Tröpfchen in einem Regenwald. Sie war eine kleine, zierliche Fee, die eine Kastanie auf dem Kopf trug, und lange, braune Haare sowie ein Kleid aus Moos hatte. Ihre rot-orangenen Strümpfe und die gekringelten Schuhe waren auffällig. Tröpfchen lebte in einem Tropfen, denn sie liebte Wasser von ganzem Herzen. Eines Tages, als sie auf einem Stein saß und Regen fiel, kicherte sie entzückt. Abends tanzte sie auf einer Seerose, bis sie ein Weinen hörte. Sie folgte dem Geräusch, bis sie ein kleines, weinendes Mädchen sah. Auf Zehenspitzen ging sie auf das Kind zu. Das Mädchen erschrak: „Wer bist du denn?", fragte sie verwundert. Tröpfchen kletterte an dem Mädchen hoch und wischte ihm die Tränen aus dem Gesicht. Dann sagte sie: „Ich heiße Tröpfchen und wie heißt du?" „Ich heiße Mia", antwortete das Mädchen. „Warum weinst du?", fragte Tröpfchen.

„Mein Glücksstein ist weg. Ich machte meinen täglichen Waldspaziergang und da sah ich ein kleines Wesen, das wie ein Troll aussah. Es schmiss einen großen, dicken Stein auf mich. Mein Glücksstein fiel dadurch aus meiner Jackentasche, sodass der Troll zu dem Stein lief, ihn in seine dreckige Hand nahm und ins Wasser warf."

Tröpfchen fragte dann: „Wie sieht er denn aus?" Mia sagte: „Er ist rund und funkelt wie ein kleiner Stern." Tröpfchen überlegte nicht lange und sprang mutig ins Wasser. Sie fragte Forellen und Seepflanzen. Eine Forelle rief nach kurzer Zeit: „Hier, er ist rund und funkelt!" Als Tröpfchen zur Wasseroberfläche schwamm, hatte sie schon das lächelnde Gesicht von Mia vor Augen. Und tatsächlich: Das Mädchen lächelte und machte sogar einen Freudensprung. „Oh, danke!", schrie Mia. „Danke, dass du mir meinen Glücksstein wiedergebracht hast!" An diesem Tag beschlossen Mia und die Fee, Freunde für immer zu sein, und sie erlebten noch viel mehr Abenteuer zusammen. Und wenn sie nicht gestorben sind, dann sind sie bis heute Freundinnen.

***Victoria**, 10 Jahre alt, Hobbys: Reiten, Tanzen, Geige spielen.*

Die Fee

Es war einmal ein Wald, der war voller Magie. Und es gab da drin Feen und Schmetterlinge, doch es gab auch eine böse Hexe, die wollte den Wald töten. Aber die Feen wollten das verhindern und die Schmetterlinge auch.

Die Hexe lebte in einem Baum. Dann eines Tages kam sie aus dem Baum raus. Und die Feen erschreckten sich, dann kämpften die Feen und die Schmetterlinge gegen sie. Die Hexe kämpfte auch und es gab die Schmetterlings-Armee. Dann taten alle die Kräfte zusammen und die Hexe war tot. Sie freuten sich und feierten das Seerosen-Fest. Alle tanzten um das Lagerfeuer und alle waren glücklich.

Und wenn sie nicht gestorben sind, dann leben sie noch heute.

***Paulina**, 7 Jahre alt, Hobbys: Singen, Malen, Basketball*

Ende

Fantastisch gute Kindergeschichten

Geschichten der

Schülerinnen der 4. bzw. 6. Klasse der

Freien Naturschule

im Fürstenberger Seenland

In der echten Welt

Lina guckte neugierig auf die Höhle. Ihr war so langweilig und sie wollte wissen, was sich in der Höhle befand. Übrigens, Lina ist ein Einhorn und lebt in der Einhorn-Welt. Heute war wieder so ein Tag, wo einem nur langweilig sein konnte. Die älteren Einhörner hatten ihr strengstens verboten, in die Höhle zu gehen, aber sie konnte der Versuchung nicht widerstehen, sie schlich sich in die Höhle.

Es war kalt, die dunklen Wände der Höhle machten einen bedrohlichen Eindruck. Lina drehte sich um, sie sah einen langen Gang. Sie ging hinein. Am Ende des Ganges war ein blaues Licht zu sehen. Sie galoppierte darauf zu. Da stand eine Art Spiegel. In den Rand des Spiegels waren unverständliche Zeichen eingeritzt. Lina berührte den Spiegel, plötzlich wurde sie hineingesogen. Alles drehte sich um Lina und ihr wurde langsam schwindelig. Erst langsam hörte es auf, sich zu drehen. Sie fiel aus dem Spiegel heraus.

„Aua! Dieser harte Aufprall. Der war aber nicht nötig!“ Sie schaute an sich hinunter. „Ich habe Beine und, nebenbei bemerkt, auch Arme!“ Lina war ein richtiger Mensch geworden. Das kam anscheinend vom Spiegel. Lina schaute sich um. Überall standen alt aussehende Sachen, es sah aus wie in einem Laden. Da hörte sie ein Husten und Schritte.

Ein alter Mann kam herein und sagte: „Kann ich Ihnen behilflich sein?“

Lina stotterte: „Äh, ich wollte eh wieder gehen.“ Lina versuchte, aus dem Laden zu gehen, aber sie fiel wieder hin. Sie war es nicht gewohnt, auf zwei Beinen zu laufen. Wie auch – als Einhorn? Schließlich konnte sie aus dem Laden gehen, aber fiel direkt wieder hin.

„Kann ich dir helfen?“

Lina guckte hoch, eine ältere Frau streckte ihr die Hand hin.

„Hallo, ich heiße Merry.“

„Ich heiße Lina.“

„Komm doch mal mit. Ich besitze eine nette Bibliothek in der Stadtmitte.“

„Okay", sagte Lina und guckte sich um. Ihr schossen Tausende Fragen durch den Kopf: Wo war sie? Und was waren das für fahrende Ungetüme überall? Aber jetzt wollte sie erst mal mit Merry Schritt halten.

Nach einer gefühlten Ewigkeit waren sie da. Die Bibliothek war ein altes Haus, aber es hatte etwas Magisches an sich. Die Tür quietschte, eine Staubwolke kam Lina entgegen. Lauter alte Regale mit alten Büchern standen herum. Ein kleines Mädchen mit blonden Zöpfen stand zwischen den Regalen, es hielt ein Buch über Einhörner in der Hand.

„Das ist meine Enkelin Marie", sagte Merry.

„Wenn ich groß bin, dann will ich Mythologie studieren. Meine Lieblingstiere sind Einhörner. Ich weiß fast alles über sie. Und weißt du was? Ich bin dabei, eine neue, bahnbrechende Entdeckung zu machen. Ich glaube, es ist möglich, dass Einhörner in die echte Welt kommen können", sagte Marie.

„Eine blühende Fantasie hat das Kind. Genau wie ihre Mutter", sagte Merry. „Oh, ein Kunde, ich gehe rasch zu ihm." Damit ging Merry weg.

Lina musste nicht lange überlegen. Sie zog Marie in einen Raum und machte die Tür zu. „Marie, du musst mir helfen! Ich weiß nicht, wie ich hierhergekommen bin. Eigentlich bin ich ein Einhorn!", sagte Lina. Maries Augen wurden groß. „Du darfst es keinem verraten!"

Maries Augen wurden noch größer und sie platzte heraus: „Es ist wahr! Genauso steht es in den Büchern."

„Bitte hilf mir", sagte Lina.

„Oh, oh, okay!" Marie rannte aus dem Raum raus und Lina hatte Angst, Marie würde sie verraten. Aber Marie kam gleich wieder mit einem dicken Buch in der Hand. Darauf prangte ein Einhorn. Marie schlug es auf und blätterte und blätterte. Langsam verlor Lina die Hoffnung. „Da ist es. Man kann die Rückreise in seine Welt nur bei Vollmond antreten und nur um Punkt Mitternacht", las Marie vor. Und dann plapperte sie wieder drauflos: „Weißt du, in welcher Straße du warst, als du aus dem Spiegel rausgekommen bist?"

„Da stand auf so einem Blechding *Lindenallee*", sagte Lina.

„Das ist nicht weit von hier und heute ist Vollmond. Vielleicht schaffen wir es noch rechtzeitig", rief Marie und stürmte in die Bibliothek, wo sie mit Merry zusammenstieß.

„Wo willst du denn hin, meine Kleine?", fragte Merry.

„Ich wollte Lina nur kurz die Stadt zeigen", stotterte Marie.

„Gut, mach das, aber komm vor halb zwölf zurück!"

„Gut, mache ich", versprach Marie und rannte aus der Bibliothek. Lina verdrehte die Augen und rannte hinterher, vorbei an vielen Menschen, die meisten von ihnen hatten kleine Blechdinger in den Händen und schauten die ganze Zeit darauf.

Marie drehte sich um und sagte: „Kommst du endlich? Da ist ja mein Bruder auf Krücken schneller!" Sie blieben vor einer Treppe stehen, die in den Boden führte. Darüber prangte ein blaues Blechding. Sie gingen die Treppe hinunter, viele Menschen waren dort unten. Sie gingen weiter und kamen auf einer Art Podest an, als gerade ein Ungetüm aus Blech einfuhr. Marie zerrte sie hinein. Das Blechding fuhr los. Eine Durchsage ertönte: „Lindenallee."

„Hier müssen wir raus", sagte Marie und zerrte Lina aus dem Blechungetüm hinaus. Es war dunkel, als sie die Treppe hochgingen. „Wo genau bist du denn angekommen?", fragte Marie.

„In einem Laden mit ganz vielen alten Sachen", antwortete Lina.

„Dann müssen wir zu Antiquitäten Schneider! Da vorne ist er." Marie machte die Tür auf. Sie quietschte. Dort stand genau der alte Spiegel, aus dem Lina herausgekommen war.

Lina drehte sich noch mal um: „Danke für alles, Marie! Ich komm dich bald wieder besuchen." Und damit ging sie wieder in den Spiegel. „Bis irgendwann", sagte Lina.

„Ja, tschüss!", rief Marie.

Josefine Riest *und* ***Berenike Sinnig****, Schülerinnen der 4. bzw. 6. Klasse.*

Die Schattenseiten der Fantasiewelt

Es war ein kalter Wintertag. Die Straßenlaternen schienen auf die weiß glitzernden Dächer von Berlin. Luna schaute sehnsüchtig aus dem Fenster, bis sie ein Kissen an den Kopf bekam. Collin stand lachend auf seinem Bett. Luna warf das Kissen zurück und sagte: „Lass mich in Ruhe!"

Daraufhin sagte Collin: „Na, meinetwegen." Collin setzte sich zu Luna auf die Fensterbank.

Luna sagte: „Schau mal, Collin, wie schön die Schnee befallenen Dächer aussehen."

„Ja", sagte Collin und stupste seine Schwester leicht an. „Kuck mal, da drüben im Fenster steht schon ein Tannenbaum."

Und dann sagte Luna: „Ha, ha, wie lustig!"

Collin fragte: „Hast du Lust auf eine Schneeballschlacht?"

„Klar!", sagte Luna. Sie rannten die Treppe herunter, vorbei an der Küche, wo ihre Mutter gerade das Abendessen machte, vorbei am Arbeitszimmer, wo ihr Vater mit schweißnasser Stirn am Rechner saß, zur Garderobe, um sich Jacke und Schuhe anzuziehen. Sie rannten raus und knallten die Tür hinter sich zu.

Luna schaute sehnsüchtig ans Stadtende, bis sie einen Schneeball an den Kopf bekam. Luna drehte sich um und da kam auch schon der nächste Schneeball und traf sie am Bein. Jetzt versteckte Luna sich hinter einem Busch ganz hinten im Garten.

Plötzlich sagte eine Flüsterstimme hinter ihr: „Komm zu mir!"

Luna drehte sich langsam um, der Atem stockte ihr. Sie sah ein Portal. Ganz langsam ging sie darauf zu und genauso langsam streckte sie ihre Hand darauf zu. Als sie schon drei Schritte darauf zugegangen war, stolperte sie, landete mit beiden Händen im Portal und als sie ihre Hände aus dem Portal rausziehen wollte, bemerkte sie, dass auf der anderen Seite jemand sie festhielt. Sie rief: „Hilfe! Collin, hilf mir!"

Woraufhin Collin fragte: „Was is' denn passiert?"

„Siehst du nicht? Ich stecke zur Hälfte in einem Portal!", sagte Luna.

Collin ergriff Lunas rechten Arm und zog so doll, wie er nur konnte. Aber es reichte nicht und so wurden sie nun beide ins Portal gezogen und hinter ihnen ging das Portal zu. Luna und Collin waren in einer Welt, in der sie noch nie zuvor waren. Als sie sich aufrappelten, sahen sie einen lilafarbenen Kobold, der auf einem geflügelten Schwein saß. Nur leider konnte das Schwein nicht fliegen und hob immer nur kurz ab.

Der Kobold sagte mit leiser Stimme: „Willkommen in der Fantasiewelt!"

Aber als Luna sich umsah, erblickte sie nur schwarze Bäume und grauen Himmel. Dann sagte sie: „Das sieht nicht nach einer Fantasiewelt aus."

Als Collin sich umsah, bemerkte er, dass ein Schatten sich näherte. Der Schatten, der sich näherte, war ein Scheusal von Monster. Es hatte verquollene Augen und Brandflecken im Fell. Der arme, kleine, lila Kobold erschrak so heftig, dass er vom Schwein fiel. Das kleine, rosa Schweinchen quiekte und hoppelte in den grauen Wald. Der Kobold versteckte sich hinter Luna und Collin stellte sich schützend vor seine Schwester. Sie bemerkten aber dann, dass das Monster gar nicht zu ihnen wollte. Erleichtert atmeten sie auf, bis Luna fragte: „Was war das für ein Wesen und wer bist du eigentlich und wie kommen wir wieder nach Hause?"

Daraufhin sagte der Kobold: „Ich heiße Kobolto und das Wesen, das ihr gesehen habt, ist ein Feuerlöchler. Und wisst ihr denn nicht, wer ihr seid?"

Luna und Collin sagten wie aus einem Munde: „Wir wissen, wer wir sind! Wir sind Luna und Collin Müller."

„Ja, aber ihr seid auch die Hüter der Fantasiewelt!", sagte Kobolto

„Hä, ja, aber, hä", stotterten Luna und Collin verwirrt.

Und dann sagte Kobolto: „Da gibt es kein Hä und langsam müssen wir mal los!" Er nahm die Kinder an die Hand und zog sie zu einem Fleck grüner Wiese in der sonst grauen Wiese. „Das ist die Wiese der Einhörner", erklärte Kobolto.

Luna und Collin blieben die Münder offen stehen, weil die Einhörner so schön aussahen. Bunte Mähnen und makelloses, weißes Fell! Nur eins war etwas gräulicher als die anderen.

„Das ist das weise Einhorn", sagte Kobolto mit Flüsterstimme zu den Kindern. Er ließ die Kinder los und ging auf das weise Einhorn zu. Fünf Minuten später waren sie endlich mit der Unterhaltung fertig. Kobolto sagte: „Wir können auf Kiera und Karla zur Greifenschlucht reiten."

„Das sind wir", sagten zwei junge Einhörner.

„Cool!", rief Luna.

Sie stiegen auf die Einhörner und galoppierten los. Nach ganzen zwei Stunden waren sie endlich bei der Greifenschlucht angekommen. Ein Greif wartete schon auf sie. „Das ist Grifa", sagte Kobolto.

„H...hallo, Grifa", sagten die Kinder wieder wie aus einem Munde. Sie stiegen auf Grifas Rücken und flogen los. Zwölf Stunden später waren sie endlich am Ziel. Sie sahen eine Schlucht. Grifa landete auf einem Steinboden vor der Schlucht. Im Boden waren riesige Löcher, aus einem brodelte es. Sie liefen nichts ahnend an den Löchern vorbei, als plötzlich aus einem dieser brodelnden Löcher ein Feuerlöchler kam.

„Ahhhhh!", rief Luna und Grifa schwang sich in die Luft und flog über den Kindern zur Höhle.

„Los! Schnell!", rief Kobolto.

Die Kinder rannten zum Felsen und kletterten den Felsen hoch, wo eine Statue stand, bis Grifa rief: „Schmeißt die Statue runter!"

Die Kinder taten, was Grifa ihnen gesagt hatte. Die Statue zerschellte auf dem Boden der Schlucht und ein Kristall schoss in die Höhe. Luna nahm ihn andächtig in die Hand und die Fantasiewelt sah so schön aus wie noch nie. Collin lachte. Die bösen Wesen versteinerten. Kobolto nickte zu einem Steinkreis. Luna drückte den Kristall in eine Form und das Portal öffnete sich.

„Tschüss!", riefen Grifa, Luna, Collin und Kobolto und die Kinder verschwanden im Portal.

Anouk Feseha *und* ***Ewa von Rohden****, Schülerinnen der 4. Klasse.*

Ende

Ein Traum wird wahr

Es war ein sonniger Morgen. Ich und meine vier Geschwister Emely, Jan, Ida und Finja lagen noch im Bett und schliefen. Jan, der Älteste von uns, wurde wach und erschrak, als er auf die Uhr sah. Er sagte mit lauter, aber verschlafener Stimme: „Aufstehe, wir müssen zur Schule!" Aber niemand rührte sich. Als er merkte, dass nichts passierte, ging er bei jedem von uns vorbei und schüttelte uns wach.

Nachdem alle wach waren und am Küchentisch saßen, kamen unsere Eltern. Mein Vater rief überglücklich: „Wir haben im Lotto 65 Millionen gewonnen!"

Mir und meinen Geschwistern fiel die Kinnlade nach unten. Emely, meine fünf Jahre alte Schwester, fragte neugierig: „Und können wir dann auf einen Bauernhof mit vielen Tieren ziehen?"

Da schaltete sich unsere Mutter ein: „Emely, du kannst ja hellsehen! Genau das haben wir vor. Deswegen müsst ihr die nächsten zwei Wochen nicht in die Schule und in den Kindergarten gehen!"

Wir wussten nicht, was wir sagen sollten.

Da sagte Vater: „Geht hoch und packt eure Sachen, wir wollen heute schon umziehen."

Also rannten wir hoch und packten unsere Sachen in Umzugskartons. Nach zwei Stunden war alles gepackt und im Lastwagen verstaut. Wir setzten uns in Auto und fuhren los. Es dauerte gefühlt eine halbe Ewigkeit, bis wir endlich ankamen. Ich und meine Zwillingsschwester Ida stürmten ins Wohnhaus und schauten uns um. Das Haus hatte drei Stockwerke und jede von uns hatte ein eigenes Zimmer. Wir suchten uns das schönste Zimmer mit Blick auf die Weide aus.

Flavia Tonte, *11 Jahre*

Fantastisch gute Kindergeschichten

Geschichten aus dem Schulhaus Wolfsmatt

in Dietikon / Schweiz

Mein schlimmster Albtraum

Es war einmal ein schöner Tag. Als Max aufstand, dachte er, dass er lieber zu Hause bleiben würde. Nach fünf Minuten stürmte Max' Mutter in sein Zimmer rein. „Max, steh endlich auf. Du kommst sonst zu spät in die Schule!", schrie seine Mutter.

Schnell zog Max seine Kleider an und rannte in die Schule. Als Max in die Schule kam, bemerkte er, dass die Schule geschlossen war. Beim näheren Betrachten sah er, dass an der Tür ein Schild hing. Auf dem Schild stand: Ferien. Im nächsten Augenblick dachte Max: „Hey geil, ich kann nach Hause und schlafen gehen." Zu Hause legte er sich hin und schlief ein.

Auf einmal fing er an zu träumen. Er träumte von einem gruseligen Monster. In seinen Träumen kämpfte er gegen das Gruselmonster. Als er von dem Monster aufgegessen wurde und das Blut überall herumspritzte, hörte er, wie seine Mutter nach ihm rief. „Max, warum bist du nicht in der Schule?"

Ängstlich schrie er: „Bitte, friss mich nicht!"

Seine Mutter runzelte ihre Stirn und erwiderte: „Ich liebe dich doch. Warum sollte ich sich fressen? Und warum bist du nicht in der Schule?"

Max konnte seiner Mutter nicht antworten, da er immer noch im Traum gefangen war, weshalb er immer noch auf der Flucht war. Im Traum gefangen sah sich Max nach einem sicheren Ort um. In der Ferne sah er die Schule. Schnell rannte er auf die Schule zu. Dort machte er sich auf die große Schlacht bereit. Das Monster kam ihm auf einmal gefährlich nah. Um sich zu wehren, hielt Max seine Hände vor sein Gesicht, doch aus dem Nichts feuerte er einen Feuerball auf das Monster ab.

Max war verdutzt. Seit wann konnte er das? Er versuchte es nochmals – und tatsächlich, es funktionierte wirklich. Max schoss mehrere Feuerbälle auf das Monster, bis es zu Boden ging. Er stellte sicher, dass das Monster nicht mehr lebte.

Sobald das Monster gestorben war, erwachte Max aus seinem Albtraum. Schweißgebadet sah er sich um und stellte sicher, dass er diesmal auch wirklich wieder in der realen Welt war.

*Ich bin **Rafael Cardoso Fonseca** und ich bin 10 Jahre alt.*

Der schlaue Dieb

Früh am Morgen ging ein Dieb zu einem Schmuckladen. In diesem Schmuckladen wurde ein Diamantenring aufbewahrt. Der Dieb plante, den Ring in der Nacht zu stehlen, weil es der teuerste Ring der Welt und er sehr wertvoll war.

Sobald es Nacht wurde, ging der Dieb zum Schmuckladen. Er versuchte einzubrechen, indem er die Türe mit einem Spezialwerkzeug aufbrach, das er extra für diesen Raub mitgebracht hatte. Es klappte schon beim ersten Versuch.

Der Ring lag in einer Vitrine. Der Dieb zerbrach das Glas der Vitrine und klaute den kostbaren Ring. Als der Dieb den Diamantenring nahm, ging der Alarm los. Er rannte, so schnell wie er nur konnte. Er rannte nach Hause, weil er nicht erwischt werden wollte. Er hatte es tatsächlich geschafft, den Diamantenring zu stehlen! Er schlief dann bis zum frühen Morgen. Vorher hatte er seinen Kollegen angerufen, weil er ihm am nächsten Tag den Ring verkaufen wollte.

Am nächsten Morgen standen zwei Polizisten vor seiner Türe. Der Dieb öffnete den Polizisten die Türe. Diese fragten ihn: „Hast du einen Diamantenring geklaut?"

Der Dieb antwortete: „Nein."

Der eine Polizist zeigt ihm die Kameraaufnahmen, während der andere Polizist den Dieb verhaftete. Die anderen Polizisten schimpfen mit ihm, bis er ins Gefängnis gebracht wurde. Das Gefängnis war ganz weit weg in einer Wüste.

In seiner Zelle, ganz links, war ein Bett, ganz rechts war eine Toilette. Auf dem Boden seiner Zelle befindet sich ein Loch unter dem Bett. Schnell überlegt sich der Dieb, dass er das Loch für seine Flucht nutzen konnte. Er wollte es gleich der kommenden Nacht ausprobieren.

Als es endlich Nacht geworden war, wagte der Dieb den Weg durch das Loch. Bevor er reinsprang, nahm er sein Kissen mit, damit er dort, wo er landete, auch schlafen konnte. Er sprang in das Loch rein und fiel in eine riesige Hölle mit Lava.

Der Dieb sah sich in der Hölle um, als plötzlich ein verärgerter Polizist hinter ihm stand. Der Polizist war auch ins Loch reingesprungen. Der Dieb schlug den Polizisten mit seinem Kissen, sodass der Polizist in die Lava fiel. Der Dieb lief tiefer in die Hölle hinein. Dabei war er vorsichtig, denn er wollte nicht in die kochend heiße Lava fallen.

Hinter sich sah der Dieb, wie ein weiterer Polizist ihn verfolgte. Der Dieb rannte auf den Polizisten zu und stach mit einem Stift in den Bauch des Polizisten. Dieser Polizist verlor sehr viel Blut und starb.

Nachdem der Polizist gestorben war, klaute der Dieb die Pistole des Polizisten. Einige Minuten später hörte er laute Geräusche. Er fand ein Blatt auf dem Boden. Auf diesem stand, dass diese Höhle schon vor 62 Millionen Jahren existierte. War er in der Zeit zurückgereist? Ängstlich lief der Dieb weiter.

Aus dem Nichts wurde der Dieb von etwas angespuckt. Er sah nach hinten und erblickte einen Dinosaurier, welcher Gift ausspuckte. Der Dieb überlegte nicht lange und sprintete durch die Höhle. Dabei warf er Steine auf den Dinosaurier. Der Dieb versuchte, sich vor dem Dinosaurier zu verstecken, aber dieser fand ihn.

Während der Dinosaurier zuerst den Polizisten fraß, schubste der Dieb den Dinosaurier in die heiße Lava. Nach diesem Vorfall war der Dieb gestresst. Der Dieb hatte eine alte Leiter gefunden, nahm sie und kletterte schnell in seine Zelle zurück. Er fand einen Schlüssel auf dem Boden seiner Zelle. Jemand hat ihn wohl auf den Boden fallen lassen. Der Dieb öffnete mit diesem Schlüssel die Tür seiner Zelle. Er nutzte die Gelegenheit und rannte weg. Er entkam den Polizisten.

Nachdem einige Stunden vergangen waren, begab sich der Dieb zum Wald. Das war auch das letzte Mal, dass man diesen Dieb dort lebendig sah.

*Ich bin **Enuar Jusufi** und ich bin 10 Jahre alt.*

Abenteuer im Wald

Hallo. Ich bin der Elf dieser Geschichte. Ich werde euch erzählen, was ich gestern erlebt hatte. Gestern war ich im Wald. Dort habe ich drei Blumen gepflückt. Während ich die Blumen pflückte, sah ich meinen besten Freund. Mein bester Freund heißt Max. Nach unserer Begegnung entschieden wir uns, nach Hause zu gehen. Mein Haus kann man nicht übersehen, denn es ist sehr bunt. Vor meinem Haus blieben wir stehen.

Max fragte: „Elf, können wir schnell in deine Bibliothek gehen?"

Ich stimmte zu. In der Bibliothek wollte ich Max mein Lieblingsbuch zeigen. Es heißt Die schöne Katze vom Wald.

„Elf, ich komme gerne mit dir rein, aber ich muss nachher nach Hause", erklärte Max.

„Weißt du was? Ich muss auch früh ins Bett gehen", sagte ich.

„Elf, lass uns morgen treffen", erwiderte Max.

Am nächsten Morgen stand ich auf. Plötzlich sah ich ein großes Monster vor meinem Bett. Als ich das Monster sah, schrie ich: „Aaaahhhh!" Beim näheren Hinsehen merkte ich, dass es nur mein Plüschtier war. Nachdem ich aufgestanden war und mich bereit gemacht hatte, ging ich zur Bibliothek. Dort gab es ein Buch namens Fisch.

Nach der Bibliothek ging ich raus, um mein Mittagessen zu essen. Zum Mittagessen aß ich eine ganze Schüssel mit Salat, weil es mein Lieblingsessen war. Nachdem ich gegessen hatte, kam Max. Ich begrüßte ihn. Nach unserer Begrüßung fragte ich Max: „Willst du zu mir nach Hause kommen?"

Max schüttelte den Kopf.

„Ich habe ein Geschenk für dich", sagte ich zu Max. Ich nahm das Geschenk vom Tisch und gab es ihm. Max bedankte sich.

Am nächsten Morgen war ich draußen und ich rief meine Freunde an. Meine Freunde heißen Hannah, Dea und Lea. Wir trafen uns am Spielplatz. Danach liefen wir zu Dea nach Hause. In ihrem Haus gab es eine große Bibliothek. Wir alle suchten uns ein Buch aus und lasen es. Danach musste ich nach Hause gehen, weil ich am nächsten Tag in die Schule musste. Leider mag ich die Schule gar nicht, weil ich nicht gut lesen kann. Trotzdem muss ich in die Schule gehen.

Am ersten Schultag traf ich wieder meine Freunde. Plötzlich erfuhren wir, dass wir in der gleichen Klasse waren. Ich freute mich sehr, weil ich mit meinen Freunden in der gleichen Klasse war. Als die Lehrerin ins Klassenzimmer kam, stellte sie sich vor. Sie hieß Frau Weiss. Sie hatte eine große Nase – wie eine Hexe – und ebenso große Augen.

Nach dem Unterricht läutete die Glocke. So wussten alle, dass sie nach Hause gehen mussten. Ich und meine Freunde liefen zusammen nach Hause. Zu Hause aßen wir zu Mittag. Danach gingen wir in die Bibliothek. Dort fanden wir ein Buch, das leuchtete. Im Buch waren ganz viele Sterne, die ebenfalls leuchteten. Plötzlich wurde es dunkel. Wir aus dem Nichts hörten wir ein lautes Geräusch von der Tür. Die Tür war vorher offen, aber jetzt war sie geschlossen. Wir standen da, verwirrt und gespannt, was nun passieren würde. Das laute Geräusch kam aus der Richtung der Tür, die plötzlich verschlossen war. Niemand hatte sie zugemacht und wir waren sicher, dass sie noch vor wenigen Sekunden weit offen gestanden hatte.

„Was war das?“, fragte Hannah, ihre Stimme zitterte ein wenig.

„Ich weiß es nicht“, antwortete Dea, ihre Augen weit aufgerissen. „Aber wir sollten nachsehen!“

Mutig ging ich auf die Tür zu und legte meine Hand auf den Türgriff. Als ich ihn drehte, öffnete sich die Tür mit einem leisen Knarren. Draußen war es stockdunkel und der Wald schien sich in eine ganz andere, geheimnisvolle Welt verwandelt zu haben. „Kommt, wir gehen zusammen“, sagte ich zu meinen Freunden. „Vielleicht ist da draußen etwas, das uns helfen kann.“

Langsam traten wir durch die Tür und in den dunklen Wald hinaus. Die Sterne funkelten am Himmel und wir gingen vorsichtig weiter, immer auf der Suche nach einer Erklärung für das, was gerade passiert war. Je weiter wir gingen, desto mehr schien sich die Umgebung zu verändern. Die Bäume wurden größer, ihre Äste streckten sich wie Riesenarme in den Himmel. Plötzlich hörten wir ein Flüstern, als ob jemand uns anrief. Wir hielten inne und lauschten.

„Hört ihr das?“, fragte Max.

„Ja, es klingt wie … wie eine Stimme“, sagte Dea.

„Lasst uns vorsichtig sein“, warnte ich. „Vielleicht ist es ein Zauber.“

Wir folgten der Stimme und kamen schließlich zu einer alten, verwitterten Hütte mitten im Wald. Das Flüstern kam eindeutig von innen. Als wir näher kamen, öffnete sich die Tür wie von selbst.

„Was ist das für ein Ort?", fragte Lea, die ein wenig ängstlich war.

„Keine Ahnung, aber wir müssen nachsehen", sagte ich. „Vielleicht können wir hier die Antwort auf das Rätsel finden."

Wir traten ein und sofort wurden wir von einer warmen, magischen Lichtquelle empfangen, die den Raum erleuchtete. In der Mitte des Raumes stand ein alter, weiser Zauberer, der uns mit einem Lächeln ansah. „Willkommen, junge Abenteurer", sagte der Zauberer mit einer tiefen Stimme. „Ich habe auf euch gewartet."

„Wer sind Sie?", fragte ich neugierig.

„Ich bin der Hüter des Waldes", antwortete der Zauberer. „Und ich habe euch gerufen, weil ihr die Auserwählten seid, die das Geheimnis des Waldes lüften können. Ihr habt das Buch gefunden, das von den Sternen leuchtet. Ihr habt den ersten Schritt gemacht, jetzt seid ihr hier, um die alte Magie zu entdecken."

„Was für eine Magie?", fragte Max.

„Die Magie der Freundschaft und des Wissens", sagte der Zauberer mit einem Lächeln. „Nur wenn ihr zusammenarbeitet, könnt ihr das wahre Geheimnis des Waldes entschlüsseln. Der Wald und seine Geheimnisse sind nicht für Einzelne, sondern nur für die, die im Einklang miteinander leben."

„Wie können wir helfen?", fragte Dea.

„Indem ihr eure Herzen öffnet, euren Mut zeigt und zusammenhaltet", erklärte der Zauberer. „Ihr müsst den Zauber des Waldes schützen und weitergeben, damit er nie in Vergessenheit gerät." Mit diesen Worten verschwand der Zauberer – und wir standen da, noch immer überwältigt von dem, was gerade passiert war. Doch wir wussten, dass unser Abenteuer noch lange nicht vorbei war. Wir gingen zusammen nach Hause. Auf dem Weg erzählten wir uns, wie wir das Geheimnis des Waldes weiter bewahren wollten. Wir würden uns immer wieder treffen, um gemeinsam zu lernen und die Magie zu entdecken.

Und so endete unser aufregendes Abenteuer, aber wir wussten, dass wir immer wieder in den Wald zurückkehren würden, um noch mehr zu erleben und zu entdecken.

*Ich bin **Léa Amaro Ferronha** und ich bin 10 Jahre alt.*

Geheimnisse des Waldes

Eines Tages war es für mich und Emmy langweilig, die ganze Zeit zu Hause zu bleiben. Plötzlich rief Emmy mich an. Da erschrak ich, weil jemand wie aus dem Nichts angerufen hatte.

Dann sagte Emmy: „Yahnet! Mir ist langweilig und ich habe die beste Idee. Lass uns in den Wald gehen, denn dort gibt es ein magisches Tor. Dieses Tor befindet sich in Spreitenbach."

„Hä, aber Emmy, darfst du das überhaupt machen?", fragte ich Emmy.

Daraufhin antwortete Emmy: „Wir können es ja heimlich machen." Für mich kam das gar nicht infrage, meine Eltern nicht zu informieren. Ich erklärte Emmy, dass ich meinen Eltern Bescheid geben würde. Am Ende des Telefonats ging ich zu meiner Mutter. Ich fragte nach ihrer Erlaubnis, mit Emmy rausgehen zu dürfen.

Da fragte meine Mutter, ob Emmy überhaupt den Weg dorthin kenne. Ich nickte mit dem Kopf. „Weiß Emmys Mutter, was ihr vorhabt?" Ich erklärte meiner Mutter, dass Emmy es ihrer Mutter verheimlichen würde. Meine Mutter zuckte mit ihren Schultern und gab mir die Erlaubnis, endlich zu gehen. Ich zog meine Lieblingsschuhe an, aber erkannte schnell, dass diese nass waren. Deshalb musste ich meine hässlichen Stiefel anziehen. Als ich zu Emmy ging, fiel mir auf dem Weg auf, dass meine hässlichen Stiefel ein großes Loch hatten, aus dem meine Zehen rausschauten.

Bei Emmy zu Hause angekommen, fragte ich sie zuerst, ob ich andere Schuhe haben könne. Sie gab mir daraufhin einer ihrer Schuhe. Ich bedankte mich bei ihr und wir machten uns gemeinsam auf dem Weg zu diesem magischen Tor.

Auf unserem Weg begegneten wir einer süßen Katze. Diese war ganz alleine. Ohne groß zu überlegen, nahmen wir sie mit uns. Wir nannten die Katze Lucy. Lucy hatte ein orange-grau gestreiftes Fell. Sie reckte und streckte sich die ganze Zeit, weil sie Hunger hatte. Aus diesem Grund gingen wir noch Futter für sie kaufen.

Nach unserem Einkauf liefen wir orientierungslos herum, bis ich schwer umfiel. Ich ging zu Fall, weil unter mir ein Loch war. In diesem Loch war ein glitzerndes, leuchtendes Zauberbuch. Ich starrte ungläubig auf das Zauberbuch, das im Loch lag. Es funkelte und schimmerte in allen Farben des Regenbogens, als ob es nur darauf gewartet hatte, entdeckt zu werden. Lucy, die Katze, schlich neugierig um uns herum, als ob sie wüsste, dass dieses Buch etwas Besonderes war.

„Was ist das?“, flüsterte Emmy, ihre Stimme zitterte vor Aufregung.

Ich konnte es kaum fassen – was, wenn dieses Buch tatsächlich magisch war? „Keine Ahnung, aber es sieht irgendwie ... gefährlich aus“, antwortete ich. Meine Hand zitterte, als ich das Buch langsam an den Rändern berührte. Der Moment schien endlos zu dauern, bis ich es schließlich vollständig aus dem Loch zog. Kaum hatte ich das Buch in den Händen, begann es zu leuchten und plötzlich hörte man ein tiefes, unheimliches Knistern in der Luft.

„Yahnet, was hast du getan?“, rief Emmy entsetzt. Die Katze Lucy miaute erschrocken und rannte plötzlich in die entgegengesetzte Richtung, als ob sie wüsste, dass wir in Schwierigkeiten waren.

Ein kalter Wind wehte auf und der Boden unter uns begann sich zu verändern. Die Umgebung um uns herum verzerrte sich, als ob die Realität selbst zu flimmern begann. Wir standen nicht mehr auf der normalen Erde – sondern auf einem mystischen, schwebenden Pfad, der in den Himmel zu führen schien.

„Emmy, was passiert hier?“, stammelte ich. Ich konnte kaum atmen, so surreal war alles geworden. Das Zauberbuch in meinen Händen begann laut zu summen. „Das Buch ..., es muss das Tor aktiviert haben!“, rief Emmy und ihre Augen weiteten sich vor Angst.

Nachdem sie diese Worte gesagt hatte, erschien vor uns ein schimmerndes Portal – das Tor, von dem Emmy gesprochen hatte. Es war riesig, fast so hoch wie ein Gebäude, und schimmerte in den Farben des Zauberbuches. Ein tiefes Grollen war zu hören und aus dem Tor stiegen seltsame, leuchtende Nebelschwaden auf, die die Luft mit einem unheimlichen Duft erfüllten.

„Wir müssen da durch, bevor es sich schließt!“, sagte Emmy – jetzt ganz die Abenteurerin. Doch ich zögerte. Was, wenn wir etwas Verbotenes taten? Was, wenn das Tor uns in eine andere Welt brachte, aus der wir nicht mehr zurückkamen? Doch bevor ich etwas sagen konnte, packte Emmy mein Handgelenk und zog mich mit sich.

„Wir haben keine Wahl. Wir haben das Tor geöffnet – jetzt müssen wir sehen, was dahinter ist."

Mit einem letzten, unsicheren Blick auf das magische Tor und das leuchtende Buch in meiner Hand sprangen wir beide hinein. Und im nächsten Moment – verschwand alles.

Wir fanden uns in einem Wald wieder, der so anders war als der, den wir kannten. Die Bäume hatten silberne Blätter und der Himmel war von einem seltsamen, violetten Schimmer umhüllt. Es war wie ein Albtraum, aber gleichzeitig auch wunderschön. Ich spürte, wie mein Herz schneller schlug, und die Frage, was als Nächstes passieren würde, ließ mir keine Ruhe.

„Emmy ..., wo sind wir?", fragte ich, als ich die Umgebung betrachtete.

„Das ist ... das muss die magische Welt sein", flüsterte Emmy und ihre Augen waren weit aufgerissen. „Das Tor hat uns hierhergebracht. Aber warum?" Plötzlich hörten wir ein leises Rascheln hinter uns. Ich drehte mich erschrocken um und sah eine Gestalt zwischen den silbernen Bäumen auftauchen. Sie war hochgewachsen, mit einer Kapuze, die das Gesicht verbarg. Aber wir konnten sehen, dass ihre Hände in einem seltsamen, blauen Licht leuchteten.

„Ihr seid die Auserwählten", sagte die Gestalt in einer tiefen, beruhigenden Stimme. „Das Buch hat euch hergerufen. Doch nun beginnt eine Reise, die sowohl Gefahr als auch Macht mit sich bringt."

Emmy und ich sahen uns an, unsere Gedanken rasten. Was hatte das zu bedeuten? Und wer war diese geheimnisvolle Person?

„Das Buch hat euch hergerufen", wiederholte die Gestalt, ihre Stimme hallte durch den magischen Wald. „Ihr habt das Tor geöffnet, nun gehört ihr zu den Hütern des Wissens. Aber seid gewarnt, die Entscheidung, das Buch zu benutzen, bringt auch große Verantwortung."

„Was bedeutet das?", fragte ich, meine Stimme zitterte vor Nervosität. „Was sollen wir tun?"

„Ihr werdet lernen, die Kräfte zu beherrschen, die in diesem Buch verborgen sind. Doch es gibt dunkle Mächte, die ebenfalls nach seiner Macht gieren", erklärte die Gestalt und trat einen Schritt näher. Ihr Gesicht blieb verborgen, doch ich spürte die Dringlichkeit ihrer Worte. „Die Reise, die vor euch liegt, wird voller Prüfungen und Gefahren sein. Aber nur so könnt ihr verhindern, dass das magische Wissen in die falschen Hände gerät."

„Das … das klingt alles so verrückt! Wir wollten nur ein Abenteuer erleben“, sagte Emmy, ihre Stimme war nun ganz ruhig, aber ich konnte die Besorgnis in ihren Augen sehen.

Die Gestalt nickte. „Abenteuer erwarten euch, aber keine gewöhnlichen. Der Weg der Hüter ist nicht leicht. Ihr werdet eure Fähigkeiten testen müssen, um das Gleichgewicht der Welten zu wahren. Und wenn ihr scheitert, wird die Dunkelheit über alle Welten hereinbrechen.“

Wir standen still, die Worte der Gestalt durchzogen die Stille des Waldes wie ein Donnerschlag. Was, wenn wir versagten? Was, wenn wir wirklich Teil von etwas viel Größerem waren, als wir es je für möglich gehalten hatten?

„Was müssen wir tun?“, fragte ich, auch wenn ein Teil von mir immer noch zögerte, den nächsten Schritt zu wagen.

„Zuerst müsst ihr das Buch verstehen“, antwortete die Gestalt und hob ihre Hand. „Es wird euch zeigen, wie ihr mit den Kräften der Magie arbeiten könnt. Doch seid vorsichtig – der Weg ist nicht nur voller Wissen, sondern auch voller Versuchungen.“

Mit einem Flimmern verschwand die Gestalt und plötzlich war nur noch das Buch in meinen Händen. Es schimmerte nun in einem schwachen Licht, als ob es uns die Antwort geben wollte.

Emmy und ich sahen uns an, beide voller Fragen und Unsicherheit. Doch in diesem Moment wussten wir, dass es kein Zurück mehr gab. Der Wald war der Anfang, aber die Reise würde uns an Orte führen, von denen wir nie geträumt hatten.

„Komm, lass uns herausfinden, was dieses Buch uns sagen will“, sagte ich entschlossen und spürte, wie sich eine seltsame Wärme in meinem Inneren ausbreitete.

Emmy nickte. „Ja, lass uns das tun. Es wird aufregend, auch wenn es gefährlich wird. Wir schaffen das.“

Wir gingen den schimmernden Pfad entlang, das Buch fest in meinen Händen, und der Wald öffnete sich vor uns, als ob er uns willkommen hieß. Wir wussten nicht, was uns erwartete, aber eines war klar: Unsere Reise hatte gerade erst begonnen. Und wer wusste, vielleicht gab es noch viel mehr als nur das Tor und das Buch. Vielleicht war die wahre Magie die, die wir in uns selbst entdecken würden.

*Ich bin **Yahnet Kahase** und ich bin 10 Jahre alt.*

Der unheimliche Drache

Am Anfang wurde ich von meiner Mutter ermahnt, weil ich in der Schule nur eine 2 Minus bekommen hatte. Damit bekam ich auch Hausarrest. Zuerst war ich enttäuscht, aber dann beruhigte ich mich, denn mir fiel eine Idee ein. Ich beschloss, meinem Vater eine falsche Nachricht zu schicken. Als er aufstand, um die Nachricht zu lesen, mischte ich ihm heimlich etwas in den Kaffee, damit er sich besser ausruhen konnte. Als mein Vater zurückkam und den Kaffee genüsslich trank, sah ich, wie seine Augen langsam schwer wurden. Irgendwann stand er auf und ging schlafen.

Nachdem er eingeschlafen war, schlich ich in den Keller, schaltete das Radio ein und lief dann schnell ins Badezimmer, um mich zu verstecken. Ich wartete dort, bis meine Mutter, die nach mir suchte, in den Keller ging, um das Radio zu überprüfen. Als sie dort war, nutzte ich die Gelegenheit, schlich mich schnell zur Kellertür, schloss sie leise und schob ein Regal davor. Dann kletterte ich über den Zaun und rannte zum kleinen Fluss, wo ein verlassenes Haus stand.

Plötzlich, wie aus dem Nichts, trat ein Drache mit einem ungewöhnlichen Hundekopf in das verlassene Haus. Ich dachte, dass der Drache mich nicht bemerkt hätte, und fühlte mich ein wenig sicherer. Doch dann sah ich, wie der Drache mich von seinem Haus aus direkt anstarrte. Ein kaltes Gefühl lief mir über den Rücken. Hätte ich lieber zu Hause bleiben sollen? Ohne groß zu überlegen, rannte ich, so schnell ich konnte weg. Ich hörte das Flattern von Flügeln hinter mir und wusste, dass der Drache mir folgte. Doch plötzlich stolperte ich und der Drache konnte mich einholen. Alles wurde schwarz.

Als ich wieder zu mir kam, stellte ich fest, dass ich mich in einem kleinen Käfig in dem verlassenen Haus befand. Um mich herum war alles still und ich wusste, dass ich schnell eine Lösung finden musste. Zum Glück lag eine Büroklammer auf dem Boden. Ich nahm sie und versuchte, das Schloss des Käfigs zu öffnen. Ich drehte die Büroklammer vorsichtig, bis ich hörte, wie das Schloss klickte. Ich hatte es geschafft! Vor Freude stieß ich unabsichtlich gegen eine Vase, die zu Boden fiel und ein lautes Geräusch machte. Der Drache hörte es und trat in den Raum. Er hob mich vorsichtig hoch und setzte mich wieder in den Käfig. Um sicherzugehen, dass ich nicht entkommen konnte, stellte der Drache den Käfig unter Strom.

Ich war verzweifelt, doch plötzlich bemerkte ich, dass der Lüftungsschacht des Käfigs offen war. Das war meine Chance! Ich kroch vorsichtig durch den Schacht und schlüpfte ins Freie. Sobald ich draußen war, rannte ich, so schnell ich konnte, so weit ich konnte.

„Nie wieder werde ich zum Fluss gehen“, flüsterte ich mir selbst zu.

Von diesem Tag an war ich vorsichtiger und erinnerte mich daran, dass Abenteuer manchmal näher sind, als man denkt.

*Ich bin **Devrim Uzatmaz** und ich bin 10 Jahre alt.*

Ende

Die Märchenwelt in Gefahr

Ich bin der berühmte Professor Wernurs von Wernerstein. In dieser Welt kennt man mich wegen meiner wissenschaftlichen Forschungen, doch auch in der Märchenwelt bin ich bekannt. Ich möchte euch nun erzählen, warum das so ist.

Alles begann, als ich in meiner Villa in der Kleinstadt Wernerhausen ein altes Buch untersuchte. Ich versuchte, einen Spruch in einer alten Sprache zu entziffern. Als ich es geschafft hatte, sagte ich den Spruch laut auf. Das war ein Fehler, denn das war ein Zauberspruch, der mich in ein kleines, mittelalterlich aussehendes Dorf katapultierte. Überall standen Fachwerkhäuser. Auf dem Dorfplatz gab es eine Kirche, einen Laden und einen seltsamen Haufen, der von einer winzigen Mauer mit Handpumpe umgeben war. Auf einem Hügel über dem Dorf thronte eine Burg und neben dem Dorf gab es einen Wald. Auf den Straßen liefen ärmlich gekleidete Leute.

Ich hatte Angst, dass die Leute mich in meiner modernen Kleidung erkennen könnten. Ich überlegte, wie ich an neue Kleidung kommen konnte. Gut, dass ich eine mittelalterliche Goldkette, ein altes Familienerbstück, bei mir trug. Ich ging in den einzigen Laden im Dorf. Weil die Kette sehr wertvoll war, gab mir der Händler das einzige feine Gewand in seinem Laden. Er wollte zuerst von mir wissen, warum ich so seltsame Kleidung trug. Darauf antwortete ich dem Händler: „Ich komme aus einem fernen Königreich." Er wirke misstrauisch, doch der Anblick des Goldes schien ihn zu besänftigen. Als ich mich fertig angezogen hatte, fragte ich, was das für ein seltsamer Haufen auf dem Dorfplatz sei.

Der Händler antwortete: „Das ist der Misthaufen, die größte Sehenswürdigkeit von Drachenhausen."

Mir lief ein Schauer über den Rücken. Einen Ort namens Drachenhausen gab es meines Wissens nicht in der Welt, aus der ich kam. Er klang mehr wie aus einer Märchenwelt. Ich konnte nur zurück in meine Welt kommen, wenn ich einen Zauberer fand. Also fragte ich den

Händler, wo der nächste Zauberer lebte. Dieser antwortete: „Der Zauberer lebt im Wald in der Nähe des Dorfes."

Also ging ich in den Wald. Die Bäume standen sehr dicht. Deswegen war der Wald sehr dunkel. Überall gab es Geräusche, die sich wie Geister anhörten. Ich folgte den Anweisungen des Händlers und nach einer Stunde fand ich schließlich eine Hütte. Ich klopfte an die Tür. Niemand öffnete. Ich rief: „Zauberer Drachalf, ich brauche deine Hilfe."

Plötzlich sah ich einen Drachen neben mir. Meine Glieder erstarrten. Ich hatte Angst, dass der Drache mich fressen würde. Er sah unheimlich aus – bis auf die Tatsache, dass er einen weißen Bart und einen grauen Zaubererhut trug. Plötzlich verwandelte sich der Drache in einen alten Mann mit grauer Zauberertracht und mit einem Zauberstab. Mir fiel ein Stein vom Herzen.

Der Mann sagte: „Ich bin Drachalf, der Zauberer. Was führt dich zu meiner Hütte?" Ich erklärte ihm mein Anliegen.

Drachalf antwortete: „Ich habe ein Buch in meiner Bibliothek, das dir helfen könnte. Allerdings habe ich auch eine Bitte: Möchtest du mir helfen, den bösen König Echsodrachsus zu besiegen, bevor er unsere Welt erobert?"

Ich nahm die Bitte an, weil ich nicht wollte, dass es den Leuten schlecht ging. Um zu besprechen, wie wir ins Königreich der Finsternis kommen konnten, gingen wir ins Haus des Zauberers. Im Inneren stank es fürchterlich, denn überall standen Tränke herum. Es war dunkel und feucht. Überall gab es Bücherregale. Am Ende des Raumes stand der Schreibtisch des Zauberers mit einem Sessel für den weisen, alten Mann und einem Hocker für Gäste.

Der Zauberer holte eine detaillierte Karte aus einem Schrank und breitete sie auf seinem Schreibtisch aus. Es war eine Landkarte, auf der jeder Weg eingezeichnet war.

Also begaben wir uns auf die Reise. Unser Ziel war das Königreich der Finsternis. Um dorthin zu gelangen, mussten wir durch unterschiedliche Länder reisen. Wir gingen über Stock und Stein, Wiesen und Felder, Berge und Wälder. Wir sahen Zentauren, Zwerge und Kobolde. Ich war aufgeregt, aber verwundert von dieser faszinierenden Welt. Wir wanderten durch einen dunklen Wald, als plötzlich Trolle hervorsprangen. Drachalf verwandelte sich und spie Feuer. Die Trolle flohen, als ob der Teufel hinter ihnen her wäre.

Ich fragte den Zauberer Drachalf, warum wir nicht geflogen seien.

Er antwortete: „Es gibt andere Drachen, die uns angreifen könnten. Außerdem können wir uns im Wald besser verstecken."

Danach fragte ich ihn: „Warum brauchst du meine Hilfe, obwohl du so mächtig bist?"

Nach einer kurzen Überlegung schaute er mir in die Augen. Er antwortete: „Weil du das Buch über unsere Welt besitzt, kennst du die Schwachstellen des Schurken."

Wir setzten unsere Reise fort, auf der es dann keine nennenswerten Zwischenfälle mehr durch Schergen des Bösewichts gab, und nach drei Tagen erreichten wir das Königreich der Finsternis. Dort gab es nur kahle Sträucher und Steine. Es war dunkel und karg. Ab und zu sahen wir die Höhle eines Trolls oder eines Drachen. Es gab keine Dörfer und Städte. Schließlich erreichten wir das Schloss des dunklen Königs. Es war düster und verfallen. Bei diesem Anblick lief mir ein Schauer über den Rücken. Da ich wusste, wie man unbemerkt ins Schloss kommt, schafften wir es ungesehen zum Thronsaal. Dort stand ein dunkler Thron, der zu einem großen Fenster am Ende des Raums gedreht war. Überall im Thronsaal standen Trolle. Mein Magen zog sich zusammen. Mein Herz klopfte.

Vom Thron ertönte eine zischende Stimme: „Leider muss ich euch jetzt töten, Trolle, schnappt sie euch!" Der Thron drehte sich zu uns. Darauf saß der dunkle König. Er war eine menschengroße Eidechse mit Drachenflügeln und Drachenschwanz. Er trug einen lila Samtmantel sowie eine goldene Krone mit lila Edelsteinen. In der Hand hielt er einen goldenen Stab, der ebenfalls mit lila Edelsteinen besetzt war.

In dem Moment, als sich die Trolle auf uns stürzten, machte Drachalf sich und mich unsichtbar. So konnten wir uns an den dunklen König anschleichen und ihm den Stab abnehmen. Dieser Stab war das Einzige, womit wir ihn besiegen konnten. Nachdem wir die Trolle in Kakerlaken verwandelt hatten, verwandelten wir den dunklen König in einen Frosch.

Ich freute mich, dass die magische Welt nun gerettet war. Zauberer Drachalf war sehr stolz auf mich. Also gingen wir zurück in die Bibliothek des Zauberers. Dort holte er das Buch heraus, in dem der Zauberspruch stand, mit dem man mich in meine Welt zurückholen konnte. Ich war traurig, dass ich mich nun von Drachalf verabschieden musste, doch dann fiel mir ein, dass ich zu Hause das Buch besaß, mit dem ich ihn jederzeit besuchen konnte. Außerdem freute ich mich, in meine Welt zurückzukommen. Also sagte ich den Spruch auf und schon befand ich mich in meinem Arbeitszimmer. So wurde ich in der Märchenwelt berühmt.

Mein Name ist **Werner.** *Ich bin zwölf Jahre alt und wohne in Isernhagen mit meinen zwei Brüdern und meinen Eltern. Ich besuche die sechste Klasse des Gymnasiums Isernhagen. Meine Hobbys sind zu lesen, spazieren gehen und zu schreiben. Wenn ich erwachsen bin, möchte ich Wissenschaftler werden.*

Das Wesen

Eines Tages ging ein junges Mädchen namens Julia zu einem Bach, um Wasser zu holen. Sie nahm ihren Eimer und wollte Wasser hineinfüllen, doch als sie in den Bach schaute, sah sie etwas sehr Seltsames. Normalerweise sah sie dort immer ihr Spiegelbild, doch diesmal sah sie ein etwas schiefes und schräges Gesicht mit Hundeohren und Eulenaugen. Es ähnelte etwa dem Bild, das sie am Vortag gemalt hatte.

„Hallo“, sagte das Wesen. Julia erschrak und sprang einen Schritt zurück. „Keine Angst, wir tun dir nichts. Wir wollen dir nur eine gute Nachricht vermitteln“, meinte es.

Sie sprach: „Aber was wollt ihr mir denn vermitteln? Welche Nachricht? Und wer sind wir? Ich meine, nur du und ich sind hier.“

„Ich bin auch da!“

„Und ich auch!“

„Hallo, ich ... ich auch!“, ertönte es aus den verschiedensten Büschen und Bäumen.

Julia erschrak noch einmal. „Aaaaahh! Was wollt ihr denn jetzt von mir?“

„Heute sollst du dein magisches Wesen bekommen. Also deinen Freund, den nur du sehen kannst. Einen imaginären Freund. Nur existiert er wirklich, aber nur du kannst ihn sehen.“

„Oooookkay. Dann könnt ihr ihn mir ja gleich geben!“, meinte sie.

Alle Wesen waren verwundert, weil noch nie ein Kind sein Wesen so verlangt hatte. „Hey, hey, nicht so voreilig, der böse Mortemer hat dein Wesen gefangen und du musst nun Aufgaben erledigen, um es zu bekommen.“

„Aber ... aber, was ist, wenn ich nicht möchte. Ich meine, ihr erscheint hier einfach aus heiterem Himmel und jetzt verlangt ihr auch noch, dass ich Aufgaben erledige?!“, meinte Julia.

Da meinte ein Wesen: „Wenn du jetzt aufgibst, dann zerstörst du die ganze Fantasiewelt und kein Kind möchte mehr an die Fantasie glauben. Oh ... warte, ich habe etwas vergessen zu erwähnen: Mortemer existiert eigentlich nicht ... Also schon, aber er ist nicht böse, doch er hat dein Wesen."

„Na gut, dann mache ich halt diese Aufgaben", beschloss Julia.

„Okay, dann geht es jetzt los", erwiderte das Wesen.

Bumm. Sie fiel in ein schwarzes Loch. Doch ... Klack, ein Licht ging an. Plötzlich erschien eine tiefe Stimme: „Aufgabe eins: Gleich erscheinen ein Schokofluss und viele große Kekskrümel. Du musst nun den Schokofluss überqueren, ohne hineinzufallen. Dafür musst du von Krümel zu Krümel springen. Alles klar?"

„Alles klar", antwortete Julia.

Es funktionierte alles so gut, als hätte Julia schon die ganze Zeit dafür trainiert. „Puhh ..., jetzt kann ich aber echt nicht mehr!", sprach sie erschöpft.

Aber kaum hatte sie den Satz beendet, ertönte die Stimme erneut: „Nun wird ein Schreibtisch und ein Blatt Papier mit einem Stift erscheinen. Mit diesen Utensilien musst du jetzt einen Brief für deinen zukünftigen imaginären Freund schreiben. Verstanden?" "

„Jap, verstanden", meinte sie lässig. „Los gehts." Dann stürzte sie sich auf den Tisch und fing einfach an zu schreiben:

Hallo, liebes Wesen,

ich weiß eigentlich überhaupt nicht, was ich hier mache und wie zufällig das alles ist. Ich versuche mir viel Mühe für dich zu geben, damit du mein bester Freund wirst. (Auch wenn ich dich gar nicht kenne und noch nie gesehen habe.) Ich glaube wirklich, dass du ein ganz toller Freund wirst. Aber ich finde nicht, dass man so etwas beweisen muss. Ich meine, natürlich werde ich mich gut um dich kümmern. (So was muss man gar nicht beweisen! Oder? Was meinst du?)

PS: Ich hoffe, dir geht es gut! :)

„Zeit vorbei!", meinte die Stimme.

Doch schon eine halbe Sekunde später antwortete Julia: „Ja, fertig!"

„Super, dann übergebe ich deinen Brief dem Wesen und es bestimmt daraufhin, ob du gut für es bist", sprach die Stimme.

„Er wird das also wirklich lesen?", fragte sie empört.

„Na klar, wer denn sonst?", erwiderte die Stimme.

Da antwortete sie: „Ach so, okay."

Es dauerte eine Weile, bis das Wesen endlich erschien: „Hallo, du bist es also. Seit gestern, als du mich gemalt hast, habe ich dich beobachtet." Es war begeistert und strahlte mit seinen Augen.

Julia konnte es zuerst gar nicht fassen: „Es stimmt also wirklich! Dich habe ich gemalt, genau dich!"

„Ja, genau. Und mit deinem Brief hattest du natürlich recht! So etwas muss man nicht beweisen. Jeder Mensch ist nett und jedem Menschen sollte man vertrauen", meinte das Wesen.

„Wie heißt du überhaupt?", fragte Julia.

„Ich heiße Sam. Aber ich muss dir sagen, dass deine Zeit abläuft. Du solltest dich dann wohl jetzt bei mir verabschieden."

„Aber … aber", entgegnete sie, doch konnte nicht fertig sprechen.

Am nächsten Morgen erwachte Julia in ihrem Bett und war völlig verwirrt. Sie dachte: „Wo ist denn Sam hin? Und warum bin ich wieder in meinem Bett?" Sie drehte sich enttäuscht um, aber was sie sah, war unglaublich. Sie sah … Sam!

Seit diesem Tag waren sie beste Freunde. Sie gingen zusammen zur Schule und machten fast alles zusammen.

Und wenn sie nicht gestorben sind, dann leben sie noch heute.

***Emilia Köhler**, geboren am 2.07.2013, lebt in Maintal und ist Schülerin des Albert-Einstein-Gymnasiums.*

Das Geschicht Gedicht

Ich sitze heut am Wegesrand,
Bin völlig in mein Buch verbannt.

Bücher, die sind still und leise,
Verzaubern mich auf eigene Weise.

Drum lass ich es auch nicht mehr los,
Nicht mal für 'nen leck'ren Klos.

Meine Eltern sind erstaunt,
Trotzdem sind sie gut gelaunt.

Meine Tante schrieb es mir:
Drinnen geht es um ein wildes Tier.

Mit dem Buch in meiner Hand
Lese ich schon den dritten Band.

Nun gehe ich ins Haus
Und das Gedicht ist auch schon aus.

Luzia Krannich und Vivien Schiga *von der bundtStift-Schule in Strausberg.*

Der Schatten hinter dem Fenster

Ich kriege ganz schön Gänsehaut, wenn ich daran denke, was mir gerade passiert ist. Ich bin Liana, 22 Jahre alt und habe gerade mein Studium beendet. Ich lebe in einem kleinen Haus in einer nicht so bewohnten Gegend. Die Ecke, wo ich wohne, kann man auch ein Dorf nennen, aber schöne Häuser gibt es.

Ich lag also in meinem Bett und arbeitete noch ein bisschen. Doch ich bekam Durst, also ging ich in die Küche, wo ich mir ein Glas Wasser holte. Gerade als ich aus meinem Zimmer ging, hörte ich ein Geräusch an meinem Fenster. Ich guckte das Fenster an – nichts. Also ging ich einfach in die Küche und holte mir ein Glas Wasser. Als ich wieder zurück in mein Zimmer wollte, sah ich ein Blatt auf meinem Bett. Es war schmuddelig. Und ich war komplett schockiert von dem, was da stand:

Pass auf dich auf Liana oder es wird nicht so gut für dich enden. Beim nächsten Mal siege ich.

Ich ließ mein Glas fallen. So schnell wie ich konnte, schnappte ich mir mein Handy und rief bei der Polizeistation in der Nähe von mir an.

„Officer Felix Mark, wie kann ich Ihnen helfen", fragte ein Officer mit junger Stimme.

„Hallo, hier ist Liana Geros, ich habe eine Drohnachricht erhalten von jemandem, der mich höchstwahrscheinlich seid längerem beobachtet", sagte ich mit besorgter Stimme und Tränen in den Augen.

„Okay, bleiben Sie ruhig, ich schicke einen Wagen rüber und einen Detektiv, der sie berät. Wo wohnen Sie?"

„Kalarenstreet 2."

„Okay, vielen Dank, der Wagen ist in fünf Minuten da." Dann fragte der Officer noch: „Soll ich noch am Telefon bleiben? Fühlen Sie sich dann sicherer?"

Mit nervöser Stimme antwortete ich: „Ja, das wäre mir lieber." In dem Moment ging es mir echt nicht gut. Es war doch nicht toll, man war gerade mit seinem Studium fertig und direkt wurde man bedroht.

Nach fünf Minuten klopfte es an der Tür und ich hörte Sirenen. Ich machte die Tür vorsichtig auf. Ein Mann um die Mitte 40 mit einem weißen Schnurrbart und Dienstkleidung stand vor der Tür. „Hallo, ich bin Detektiv Luis Rohig, wie ich hörte, gab es ein Ereignis, dass Sie eine Drohnachricht bekommen haben."

„Ja. Soll ich sie Ihnen zeigen?", sagte ich mit besorgter Stimme und voller Angst.

„Ja, bitte."

Ich machte die Tür komplett auf.

„Wenn es okay ist, würden ein paar Officer jetzt erst mal das Haus durchsuchen."

„Aber natürlich." Ich zeigte dem Officer die Drohnachricht und erklärte ihm noch mal alles, während die Officer das Haus durchsuchten.

„Okay, Frau Geros, ich würde Ihnen jetzt vorschlagen, dass ich ihr Haus erst mal beobachten lasse, natürlich unauffällig, und dann gucken wir, was passiert." Er holte eine Karte raus. „Hier ist meine Karte, da steht meine Telefonnummer drauf."

„Okay. Dankeschön, ich danke Ihnen vielmals."

„Kein Problem." Der Detektiv und die Polizisten gingen wieder und natürlich war es jetzt normal, dass ich mich nicht mehr wohlfühlte.

In den nächsten Tagen passierte nichts, die Tage wurden zu Wochen. Der Detektiv erzählte mir dann, dass man erst mal eine Pause mache, weil nichts mehr passiert war.

An einem normalen Abend, als ich nach Hause kam von einem schönen Abend mit meinen Freunden, fühlte sich alles irgendwie komisch an. Ich fühlte mich beobachtet, egal wo ich hinging. Ich zog mir meinen Schlafanzug an, legte mich in mein Bett und schlief ein. Mitten in der Nacht um 3:36 Uhr aber hörte ich ein lautes Geräusch. Es hörte sich an, als wäre Glas eingeschlagen worden. Ich schrak hoch und nahm mir den Baseballschläger, den ich mir zur Verteidigung gekauft hatte. Leise machte ich die Tür auf.

Das Geräusch, das ich gehört hatte, war von meinem Wohnzimmerfenster gekommen. Ein Schauer lief mir über den Rücken, als ich mein zerbrochenes Fenster sah. Es war jetzt einfach viel zu ruhig. Plötzlich, wie aus dem Nichts, schubste mich etwas auf den Rücken. Ich schrie auf. Eine Gestalt mit gruseliger Maske und schwarzer Kleidung stand vor mir. Sie war groß und männlich. „Wer bist du? Und was habe ich dir getan?", fragte ich. Die Gestalt sprang auf mich und wollte meine Hände festhalten, ich nahm mir meinen Baseballschläger und schlug den Typen heftig damit. In dem Moment durfte ich keine Angst haben! Die Maske von ihm ging ab, der Typ war scheinbar bewusstlos. Ich stand auf und zog die Maske mit Schweiß an den Händen ganz ab, dabei hielt ich den Baseballschläger weiter fest in der Hand. Ich ging näher an ihn ran. „KAY?" Komplett schockierte sah ich meinen besten Freund aus meiner Schule an und ließ den Baseballschläger fallen.

So schnell wie es ging, stand er auf und packte meine Hände. „Tja, Liana, ich habe es dir gesagt: Mach keine Faxen. Sobald du tot bist, kann ich endlich mein Studium machen und werde der Beste." Er holte ein Messer raus und ich dachte, mein Leben wäre vorbei. Er hob das Messer.

In dem Moment brach jemand die Tür auf, schubste Kay von mir runter. Es war Officer. Detektiv Rohig zielte mit eine Waffe auf Kay, falls der fliehen wollte. „Sie sind verhaftet wegen Einbruchs und Eindringens in die Privatsphäre", schrie Detektiv Rohig und guckte auf Kay.

Ein Officer half mir derweil auf. Ich weinte vor Freude, dass ich tot war, aber auch vor voller Angst. Ich zitterte am ganzen Körper. Ein Officer rief dann einen Krankenwagen.

Der Detektiv km zu mir. „Okay, Frau Geros, wie wir hörten, war er Ihr Freund."

„Ja."

„Okay, er sitzt jetzt im Polizeiauto, Sie brauchen keine Angst mehr haben. Wir haben herausgefunden, dass er eine psychische Störung seiner Persönlichkeit aufgebaut hat."

Ich guckte rüber zum Polizeiauto, in dem Kay saß. Ich schaute ihn für 30 Sekunden lang an, wie er auf den Boden des Autos blickte. Wie aus dem Nichts guckte er mich mit einem breiten Lächeln an und legte seine Hand gegen die Autoscheibe. Auf der Hand stand:

Es ist nicht vorbei.

Ich bin ***Jouline Müller****, 12 Jahre alt und gehe in die 7. Klasse. Meine Hobbys sind Geschichten schreiben und Zeichnen.*

Heimat erleben Geschichten erzählen

Neue Anthologiereihe öffnet Türen zu literarischen Schätzen Deutschlands – auch für Texte von Kindern

Die neue Anthologie-Reihe „Heimat erleben, Geschichten erzählen“ widmet sich der Vielfalt des literarischen Lebens in Deutschland. Mit 41 deutschen Regionen und vier Großstadtmetropolen im Mittelpunkt, wie beispielsweise dem Schwarzwald, dem Siegerland, der Lüneburger Heide, der Uckermark, dem Harz, der Sächsischen Schweiz oder den Städten Hamburg und München, stellt diese Reihe das reiche kulturelle Erbe, die vielfältigen Traditionen und die besonderen Charakteristika der deutschen literarischen Regionen heraus. Ziel ist es, eine Plattform zu schaffen, die Autorinnen und Autoren die Möglichkeit bietet, ihre Werke in einem breiten, literarischen Kontext zu veröffentlichen und so die literarischen Schätze der deutschen Regionen zu bündeln.

Literarische Reisen durch Deutschland

Mit dieser Anthologie startet ein neues Projekt, das dazu einlädt, das literarische Leben Deutschlands authentisch und kreativ zu erkunden. Schon in früheren Ausschreibungen wurden ähnliche thematische Schwerpunkte gesetzt, doch „Heimat erleben, Geschichten erzählen" verfolgt nun das umfassende Ziel, die literarischen Stimmen der Regionen auf eine größere Bühne zu heben und zusammenzuführen.

Die Auswahl an Genres und Themen ist bewusst breit gefächert: Eingereicht werden können Erzählungen, Sagen und Märchen, Gedichte, Anekdoten, Mundarttexte, Historisches, Reiseberichte, Kurzkrimis, Fabeln, Legenden, Tagebucheinträge, Porträts, Lieder und Autofiktion – um nur einige zu nennen. Auch Bilder, historische Fotografien und Illustrationen sind willkommen, um die einzelnen Regionen noch anschaulicher darzustellen. Die Ausschreibungen sind für Schreibende jeden Alters offen, die Geschichten können unabhängig von der Herkunftsregion der Autorin oder des Autors eingereicht werden. Auch Mundarttexte sind ausdrücklich erwünscht, um die kulturelle Vielfalt Deutschlands authentisch einzufangen und den Charme der einzelnen Regionen erlebbar zu machen.

Weitere Informationen unter

www.papierfresserchen.eu

Die neuen Schreibwettbewerbe

Kunterbunte Drachensachen

Hast du schon mal von Drachen geträumt? Oder bist einem in deiner Fantasie begegnet? Erfinde eine Geschichte voller Abenteuer, Magie und Freundschaft mit Drachen in der Hauptrolle! Ob mutige Feuerdrachen, winzige Drachenkinder oder eine geheime Dracheninsel – lass deiner Fantasie freien Lauf. Schreibe deine Geschichte und zeig uns, wie du die Welt der Drachen siehst. Das kannst du einreichen:

- Märchen
- Gedichte
- Erzählungen
- Kurzgeschichten
- Selbst gemalte Bilder

Einsendeschluss für alle Texte ist am 1. November 2025.

Printed in Poland
by Amazon Fulfillment
Poland Sp. z o.o., Wrocław

70685834R00148